열다섯, 교실이 아니어도 좋아

열다섯,
교실이
아니어도
좋아

최관의 글

보리

차례

석 달 입고 장롱에 간직한 중학교 교복

오늘은 중학교 입학식이 있는 날이야. 아침 일찍 일어나 밥을 급히 먹고 아직도 기름 냄새가 나는 책가방을 팔에 꼈어. 집 앞 고개를 넘어 삼십 분은 걸어가야 버스를 타거든. 외딴 산골 삼월 초 새벽 공기는 아직도 찬데 소달구지 한 대 겨우 지나다니는 울퉁불퉁한 길을 엄마랑 나는 걷기 시작했어. 손발을 바삐 움직여 갈 길을 재촉하면서도 마음은 낯선 학교로 가 있었고. 가난 때문에 한 해 쉬고 학교에 가는 아들한테 엄마는 할 말도 많으련만 고갯마루 넘어가도록 겨우 한마디 하시데.

"춥니? 가방 이리 다고. 내 들고 가마."

버스 정류장 가까이 가니 동네 아이들이랑 어른들이 서 있는데 모두 나만 쳐다보는 것 같아. 아는 아주머니가 다가와 내 손도 잡고 얼굴도 쓰다듬어 주며 열심히 공부하라고 해 주시네. 아주머니 옆에 서 있는 엄마는 나를 대견스레 보고 있고. 갑자기 쪽 산모퉁이에서 먼지를 풀풀 날리며 달려오는 버스를 보자 엄마는 멀쩡한 교복을 털어 주고 단추도 꼭 채워 주네. 그렇게 중학교 생활 첫발을 내디뎠지.

학교에 도착한 나는 학교 건물 여기저기를 기웃거리다 입학식에 늦을까 봐 운동장 한옆에 서 있었어. 입학식은 운동장에서 할 거고 나한테는 시계가 없기 때문에 어디 다른 데를 둘러보자니 마음이 안 놓여서. 애들이 어지간히 모이자 구령대 위로 남자 선생님 한 분이 올라와 반별로 줄을 서라는 방송을 하네. 나는 아는 아이들이 없어 그냥 맨 앞에 가서 섰지. 몇 번 구령에 따라 움직였고 아이들도 어지간히 조용해졌어. 아이들 정리를 하던 선생님이 내려가고 생활지도 담당이라고 소개받은 남자 선생님이 올라왔지. 키는 아주 작지만 어깨가 넓고 두꺼웠어. 한 손에는 몽둥이를 들고 아무 말 없이 아이들을 쳐다보기만 하더군. 그 순간 운동장엔 긴장감이 돌고 쥐 죽은 듯 조용해지는 거야. '난 너희들을 다 알고 있어' 하는 눈빛으로 몇 번 아이들을 둘러보다 갑자기

"너, 앞으로 나와!"

하면서 내 쪽을 가리키는 거야. 순간 난 내 둘레에 있는 아이들을 둘러봤지. 나를 가리킬 까닭이 아무것도 없었거든. 잘못한 일도 없고. 다른 아이들도 나처럼 놀란 눈으로 둘러보네.

"거기, 키 큰 놈. 자꾸 딴 데 둘러보지 말고 얼른 앞으로 나와!"

키 크다는 말에 당황하면서도 설마 하는 표정으로 생활지도 선생님을 쳐다보자 빨리 나오라는 거야. 나가야지 별수 있나. 나가면서 '반장은커녕 분단장도 딱 한 번밖에 해 본 적 없는 나한테 입학

생 대표 선서를 시키려고 하나?' 생각했지. 왜냐하면 모범생처럼 눈동자 하나 움직이지 않고 서 있었거든. 한 해 묵고 와서 동생들이랑 입학하는데 뭐 좋다고 떠들겠어.

어쨌든 모든 사람들이 보내는 눈길을 온몸으로 느끼면서 어색한 발걸음이지만 뛰다시피 구령대 위로 올라섰어. 그 순간 마치 꺼칠꺼칠한 나무 판때기 같은 게 내 뺨을 세차게 후려치는 거야. 맥없이 뒷걸음치다 쓰러졌지. 구령대 위에는 매서운 눈빛을 한 생활지도 선생님이 보였어. 판때기는 선생님 손바닥이었고. 차가운 흙바닥에 누워 선생님 표정을 보는 순간 잠깐 생각했어. 그리고는 욱하고 성질이 치밀어 올랐지. 나는 재빠르게 벌떡 일어나 선생님 앞에 차렷하고 빳빳하게 섰어. 눈은 선생님을 쳐다보면서. 어떻게 되었을까? 또 얻어맞았지. 이번에는 반대편 뺨을 맞았어. 그냥 때리기만 하는 게 아니라 적당히 쓰러질 만큼 밀었어. 억울하다는 생각과 함께 선생님에 대한 감정이 생기더라. 아까보다 더 빨리 일어나 선생님한테 더 가까이 갔어. 또 맞고 넘어지고 다시 잽싸게 일어나 선생님 앞에 서고. 맞은 얼굴이 붉게 부어오르는 것만큼 내 눈은 점점 더 독해지고.

곰곰이 생각해 보건대 키 크고 몸집도 좋은 나를 골라 다른 아이들한테 본보기로 삼은 것 같아. 여하튼 집안 형편으로 한 해 쉬고 어렵게 시작한 중학교 시절을 뺨 맞는 것으로 시작했어. 설레는 마음으로 새벽밥 먹고 어머니 배웅받으며 어렵게 참석한 입학식이었는데…….

입학 뒤 아침이면 일어나 논물 보거나 논두렁을 손질하고 아니면 밭을 둘러보고 나서야 밥 먹고 버스 타러 갔지. 삼월 아침에는 논에 나가 겨우내 묵었던 논에 물을 대고 논두렁을 다지는 일이 엄청 중요해. 그래야 모를 심거든. 평야 지대에서는 언제든지 물을 댈 수 있지만 내가 살던 곳은 산골이라 농사지을 물이 귀해. 미리 물을 가두어 두지 않으면 봄 가뭄에 모를 못 심는 일이 벌어져. 논에 물 대는 일 때문에 싸우기도 하고.

농사일을 하다 보니 학교가 끝난 뒤 아이들이랑 어울리는 건 생각도 못 했어. 시장에 들러 농사나 살림에 필요한 물건을 사서 서둘러 집에 가야 했거든. 숙제는 할 새도 없고. 마음먹으면 할 수도 있지만 그럴 정도로 공부를 열심히 하지도 않았어. 너무 고단해서 저녁 먹고 나면 등잔불 켜 놓고 조금 있다가 잠이 들었지.

숙제 때문에 늘 교실 앞에 나가 매를 맞거나 복도에서 무릎 꿇고 벌 받는 게 일이었어. 가끔 어쩌다 해 가기도 했지만……. 그러면서도 아이들이랑은 잘 어울렸어. 처음에는 동생들이라 어색하기도 하고 또 내가 형이라는 걸 강조해야 하나 어쩌나 고민도 되었지만, 그러기에는 친구가 너무 그리웠어. 내가 형이라는 걸 일부러 알리지는 않았어. 점심시간이면 운동장에 나가 놀고 싶어 밥도 급하게 먹었고 그 무렵 농구 하는 즐거움에 맛들기 시작했지.

서울에서 살다 내려간 지 겨우 두 해 정도 된 엄마나 내가 농사를 짓는다는 건 쉬운 일이 아니었어. 지게질도 서툴고 낫질도 엉성했거든. 그런데 하복을 입기 시작할 무렵 다른 집들은 모를 심는데 우리 집은 논도 못 갈았어. 못자리야 겨우겨우 했지만 비닐을 씌워 만든 못자리마저도 제대로 돌보지 못했어. 모가 군데군데 누렇게 타 들어가 죽기까지 했으니 농사일이 서툴긴 어지간히 서툴렀지. 농사일은 때를 놓치면 한 해 농사를 망쳐. 추수할 게 없으니 굶는 다는 얘기지. 아무 때나 콩 심는다고 콩을 먹을 수 있는 게 아니거 든. 때를 놓치면 아무리 거름을 잘 줘도 잎만 무성하지 콩이 여물 지 않아. 모든 곡식이 그래.

모내기를 안 한 논이 줄어들면 줄어들수록 엄마는 한숨이 잦아 지고 걱정 때문에 밤잠을 설쳤어. 이 집 저 집 찾아다니며 사정해 서 겨우 한 분이 하루, 그것도 잠깐 와서 우리 논 가운데 4분의 1 정도만 갈아 주고 다시는 오지 않아. 아마도 우리 집에 와서 일해 봐야 품앗이해 줄 사람도 없고 품삯을 제대로 받기도 어려우니 바 쁘다는 핑계로 그만둔 것 같아.

그 뒤로 엄마는 며칠 동네를 헤매고 다니며 사정사정하다 끝내 논 가는 일을 포기했어. 그러니 어쩌겠어. 하는 수 없이 내가 학교 가는 걸 관두고 엄마랑 같이 우선 갈아엎은 논만이라도 모를 내기 로 했어. 써레질할 소가 없어 쇠스랑으로 대충 흙을 깨뜨리고 발로 밟아 논바닥을 평평하게 고르는 일을 했지. 온몸에 흙칠을 해 대면 서 하는데 처음에는 재미있더라고. 물 담긴 논에 발이 쑥쑥 빠지는 느낌이 나쁘지 않았고. 오히려 흙탕물에서 노는 기분이 들면서 장 난기도 생겼지. 흙덩어리를 쇠스랑으로 깨뜨리는 재미도 좋았고 비료 포대 위에 동생을 태우고 끌고 다니면서 논바닥을 고르는 게 신 나서 소리를 막 지르며 놀듯이 일했지. 그렇지만 이것도 몇 번이지 금방 지치고 시들해지네. 질퍽거리는 논바닥에서 발을 빼내는 게 점점 더 힘들고 잘 빠지지도 않아. 어깨는 처지고 발은 무겁고 나중에는 몸에 물이 닿는 느낌마저도 싫더라고. 왜 그렇게 논은 커 보이는지. 해도 해도 흙덩어리가 자꾸 나오네.

못자리 가까이 있는 논부터 모내기를 해 갔어. 그렇지만 그렇게 하다가는 논농사를 망치게 생겼네. 다른 집들은 모내기하는 정도가 아니고 심은 모가 땅내를 맡아서 짱짱하게 힘도 생기고 제법 퍼런 때깔 내며 커 가는 판에, 우린 아직 논도 못 갈았으니 보통 일이 아니지. 우리 식구들이 자리 잡은 동네가 고향이었다면 달랐을 거야. 그런데 아무도 아는 사람이 없는 그야말로 낯선 데에 자리를 잡았거든. 그것도 서울에서 살다가 내려갔으니 동네 사람들과 제대로 어울리지도 못했어. 나만 그런 게 아니고 엄마나 아버지 그리고 우리 식구들 전부 다 그랬지. 남의 논에는 바람이 불면 자란 벼가 제법 푸른 물결을 치는데 우리는 아직 논을 갈지도 못했어. 이런 우리 논을 보며 사람들은 한마디씩 하네.

"저 집은 어째 논을 묵힌댜. 서방이 죽었나. 죽었으면 여편네라도 농사일을 해야 할 것 아녀. 뭔 일이랴 그래."

"논 주인이 빚을 지고 야반도주했다는구면. 마누라랑 어린 애들만 놔두고 서울에 갔다는 거여. 그래도 그렇지 저게 뭐여."

"먹을 게 많아 배가 부른 거지. 배만 고파 봐라. 농사지을 땅 있겄다, 어떻게 하면 농사를 못 져. 배가 더 고파야 혀. 저런 것들은 굶어 봐야 한다니깐."

"아이고, 논에서 호랑이 나오것다. 이제 논에다 염소나 키워야 쓰것네. 목장 만들 생각인감."

지나가면서 한마디씩 던지는 말을 들을 때마다 미운 감정이 들기도 했지만 어떻게 하든 모를 심어야 한다는 오기랄까 그런 마음이 치솟았어. 시간이 오래 걸리고 힘이 들어 그렇지 갈아 둔 논에는 모를 다 심었어. 이제부터가 큰일이야. 풀이 무성해진 논에 어떻게 모를 심느냐 이거야. 갈아엎어 둔 논만은 물을 많이 잡아넣고 흙덩어리를 깨서 모를 심었지만, 온갖 풀이 무성할 대로 무성해진 논은 어떻게 하냐고. 삽으로 파 심어 볼까도 했지만 도저히 엄두가 나질 않아.

그러고만 있으면 뭐해. 구석에 있는 작은 논부터 삽으로 파 엎기 시작했어. 풀뿌리가 엉켜 삽이 잘 들어가지도 않고 설령 들어가도 뒤집어지질 않아. 뒤집어지면 또 뭐해. 풀이랑 뿌리가 엉켜 흙덩어리가 잘 깨지지도 않는걸. 물을 넣고 밟아도 풀이 먼저 고개를 드니 쇠스랑으로 풀을 걷어 내고 모를 심어야 하는데 이를 어째. 쟁기로 갈아엎어 둔 논에 모심는 건 이거에 견주면 거저야 거저.

그렇게 엄마랑 논에서 쩔쩔매며 조금씩 모를 심고 있던 어느 날이야. 그날따라 날씨가 좋았지. 새소리도 가깝게 들리고 논물에 비치는 햇살도 따스했어. 논 옆 개울물 흐르는 소리도 듣기 좋았고. 일하다 논두렁에 앉아 쉬면 졸음이 살살 달콤하게 오네. 삽으로 논을 엎고 있는데 누가 날 부르는 소리가 들리는 거야. 어쩌다 사람들이 지나가는 길이기는 하지만 한창 농사일이 바쁜 때, 그것도 일하기 좋은 점심 무렵 그 시간에는 사람 구경하기 쉽지 않거든. 더구나 동네 사람들이 나를 부르는 일은 별로 없었고. 두리번거리다가 다시 논일을 하는데 또 부르는 소리가 들려. 논 옆 언덕 위를 보니 하얀 한복을 깨끗하게 차려입은 할아버지 한 분이 올라오라고 손짓을 하면서 나를 부르는 거야. 그래서 무슨 일인가 하고 발이랑 손에 묻은 흙을 대충 털고 맨발로 걸어 올라갔지.

아랫마을에 사는 오 씨 할아버지야.

"모심는 거니?"

"네."

"다른 집들은 모 다 심었는데 이제 심어서 먹을 수 있을까 모르겠네. 하긴 아직 대추 알이 콧구멍을 들락날락거리기는 헌다만. 밤 가시도 아직 무르고."

이게 무슨 말인고 하니 대추를 따서 콧구멍에 넣을 때 쉽게 잘 들어가고 밤송이를 겨드랑이에 넣고 꾹 눌렀을 때 따갑지 않으면 모내기를 해도 된다는 거야. 벼가 여물어 쌀을 먹을 수 있다는 이야기지.

"논 갈 줄 아냐?"

"잘 몰라요. 해 본 적도 없고 소도 없어요."

"소를 빌려 주면 할 수 있겠냐?"

소를 빌려 준다는 말에 나는 망설이지도 않고 한 말씀 드렸지. 몸이 후끈 달아서.

"예, 하지요. 배우면 할 수 있어요. 힘은 돼요. 가르쳐 주세요. 소 안 다치게 할게요."

할아버지는 아무 말 없이 나를 물끄러미 쳐다보시네. 한참을 그러고 서 있었어. 사실 말은 그렇게 했지만 겁이 나기도 했지. 아랫동네에 50여 집이 있지만 소 있는 집은 열댓 집이나 될까. 그러니 소가 얼마나 귀한 재산인지는 나도 어렴풋이 느끼고 있었거든. 더구나 나는 서울에서 살다 내려와 농사일은 전혀 모르고 이제 겨우 중학교 2학년밖에 안 됐다는 걸, 그 할아버지는 알고 있었어. 어쩌면 그 당시 내가 나 스스로에 대해 알고 있는 것보다 더 잘 알고 계셨을 거야.

"지게 지고 날 따라와라."

그 한마디가 뜻하는 게 뭔지 알아들었어. 눈이 번쩍 뜨이면서 어둡던 세상이 밝아지는 거야. 나는 일하던 논으로 얼른 내려가 고무신을 신고 집으로 냅다 뛰어갔지. 부엌에서 점심을 차리던 엄마는 내 말을 듣자마자 차리던 밥상을 그대로 두고 할아버지한테 서둘러 갔어. 나는 지게를 지고 부지런히 따라갔지. 처음에는 소가 생긴다는 게 좋기만 하더니 갑자기 겁이 덜컹 나네. 이거 쟁기질이라고는 생전 해 본 적도 없고 일하다 소가 다치거나 죽기라도 해 봐. 당장 공주 읍내에 있는 학교에 갈 차비가 아쉬운 판에 소 값을 물어 준다는 건 꿈도 못 꾸지. 이런 생각도 잠시, 길 아래에 풀로 뒤덮여 있는 논을 보니 두려움이 쏙 들어갔어. 어쨌든 소를 빌려 논을 갈아야 한다는 게 너무 절실했거든.

너무 고마워 어쩌냐고, 이 은혜 어찌 갚냐고 이런저런 말을 하며 엄마는 할아버지한테 인사드렸지만 할아버지는 별말씀이 없어. 날은 자꾸 가고 너무 힘들어 보여 그런 거니 걱정 말라는 몇 마디 하고는 할아버지는 앞장서서 댁으로 걸음을 옮기셔. 나는 빈 지게를 지고 따라가며 엄마를 툭툭 쳤어. 싱글벙글 웃으면서.

산모퉁이를 돌아 할아버지 사는 동네가 보이자 또 걱정이 머리를 드네. 쟁기질이나 써레질은 가르쳐 준다고 했으니 괜찮지만 멍에를 메우는 방법도 모른다고 소를 안 빌려 주면 어쩌나. 또 써레랑 쟁기를 지고 와야 하잖아. 쟁기질은 관두고 쟁기랑 써레를 짊어지고 일어서지도 못할 것 같아. '그 정도 기운에 어떻게 소를 맡기냐'며 안 주면 어쩌지 하는 겁이 나는 거야.

할아버지 들을까 봐 말도 못 하고 속으로 끙끙 걱정하다 보니 댁에 도착했네. 마당으로 들어서니 할머니께서 부엌문 앞에서 기다리고 계셔. 엄마 키가 참 작은데 그런 우리 엄마보다 더 작으시더라. 할머니는 환하게 웃는 얼굴로 달려 나와 엄마 손을 잡으며

"얼마나 힘들고 고생이 많고, 아이들만 데리고. 농사일이라고는 해 보지도 않았을 텐데……. 마음고생은 또 얼마나 클고."

마당에 지게를 지고 우두커니 서 있는 나를 보고는 학교도 못 가고 고생한다면서 등을 토닥여 주고 마루에 올라가 앉으라 하셔. 곧 밥상 들여올 테니 점심을 먹고 가라는 거야. 집에서 꽁보리밥만 먹다 흰 쌀밥을 먹으니 김치랑 먹는데도 그야말로 꿀맛이네. 쟁기질 걱정은 뒤로 미루고 정신없이 먹었어. 우리가 올 걸 미리 아셨는지

때맞추어 밥도 새로 지으셨더구만. 아마도 두 분이 그렇게 하기로 말을 맞추신 거라는 생각이 들어. 할머니는 정신없이 먹는 나를 부드럽고 따스한 눈길로 바라보셨어.

밥 먹고 나니 가마솥에서 긁어 온 숭늉까지 주시네. 어른들끼리 이야기하는 동안 소가 보고 싶어 외양간에 갔지. 할아버지 모습을 보면 농사짓는 분 같지 않아. 얼굴도 깔끔하고 늘 하얀 한복을 입으셨으니까. 특히 여름날 깨끗하고 빳빳한 모시옷을 입고 우리 집 앞을 지나 고개 넘어 두 분이 다정하게 장 보러 가시던 모습은 서울 부잣집 할아버지 같았지. 할머니도 걸음걸이가 조심스럽고 온화한 느낌이었고.

그런데 그날 처음 본 할아버지네 소가 그래. 엉덩이에 똥 딱지 하나 붙어 있지 않고 온몸이 깨끗해. 털도 부드럽고 가지런한 거야. 엉덩이 살은 터질 것같이 펑퍼짐하면서도 통통하고, 턱은 살이 쪄서 출렁거리고. 암놈이라 그런지 순했어. 옆구리를 긁어 주고 목덜미도 쓰다듬어 주다 외양간 옆에 쌓아 둔 풀도 집어 먹였어. 소랑 친해지려고 그런 것도 있지만 소가 정말 좋았거든. 초등학교 다닐 때 꿈이 농사짓는 거였고 특히 소, 돼지를 많이 키우는 농장 주인이 되는 게 내 꿈이었어. 돼지우리나 외양간에서 나는 냄새를 맡으면 기분이 좋아지거든.

점심 먹고 잠시 쉰 다음 할아버지는 엄마랑 나한테 멍에 지우는 법, 쟁기질이나 써레질 하는 요령을 가르쳐 주고, 지게에다 쟁기랑 써레를 얹어 주셨어. 쟁기랑 써레를 지고 일어설 수 있을까 걱정했는데 생각보다 거뜬하게 일어섰지. 드디어 소고삐를 내 손에 쥐게 된 거야. 할아버지는 고삐 잡은 내 손을 두 손으로 지긋이 감싸 주셨어. 쟁기와 써레를 지고 집까지 오는데 어깨가 빠지고 주저앉는 것 같았어. 그래도 쉬지 않고 논 있는 데까지 왔지. 그야말로 이를 악물고…… 논에서 소 모는 요령을 가르쳐 주신다고 할아버지랑 같이 왔거든.

소를 모는 방법, 그러니까 걷고 멈추고 방향 틀고, 빠르고 느리게 하는 방법을 일러 주셨어. 할아버지가 시범을 먼저 보인 뒤 내가 직접 해 보기를 되풀이했지. 세상에, 삽으로 하면 힘만 몇 곱 들고 그렇게 안 뒤집어지던 흙이 속살을 내보이며 옆으로 홀렁홀렁 젖혀지는 거야. "이랴!" 하고 소를 몰아 놓고 소 움직이는 거 보면서 쟁기 가는 방향 보고, 가다가 돌에 걸리면 쟁기를 한 번 들었다 놓고 하는데 정신이 하나도 없어.

평야에서는 기역 자 모양으로 꺾인 쟁기를 쓰지만 내가 살던 산골은 돌이 많아서 그런 쟁기는 못 써. 우리가 쓰는 쟁기는 쟁기가 아니라 극쟁이라고 하는데, 어떻게 생겼냐 하면 흔히 보는 삽처럼 생겼어. 그래야 쟁기질하다 돌이 걸린다 싶으면 들었다 놨다 되풀이하며 일하기 좋아. 큰 돌에 걸린 걸 모르고 그냥 갈다가는 쟁기가 망가지거나 소가 다치는 일까지 있다는 거야.

그러니 생전 처음 하는 내가 고삐 잡고 소 몰랴, 쟁기가 똑바로 가게 붙잡으랴 정신이 없어. 게다가 소는 논두렁만 보면 풀을 먹느라고 딴짓을 하는 거야. 그러지 못하게 입마개를 씌우기는 했지만……. 쭉 앞으로 가는 건 그나마 쉬워. 끝에 가면 다시 되돌아서야 하는데 소를 돌려 세우는 게 힘들어. 소가 말을 잘 안 듣는 거야. 다른 사람들은 고삐만 슬쩍 당겨도 쉽게 돌아서더구만 나는 그게 잘 안 되네. 등줄기에 땀이 줄줄 흘렀어.

어느 정도 일이 손에 익었다 싶으니까 할아버지는 가셨어. 나는 태어나서 처음 해 보는 일이라 온몸에 힘이 들어가 어깨부터 안 아픈 데가 없네. 시원치 않은 일꾼 옷만 더럽힌다고 온몸은 흙탕물 범벅이고. 힘은 들어도 풀에 덮인 논이 줄어들고 논에 물 차오르는 걸 보니 행복하네. 쟁기 날을 따라 옆으로 홀렁홀렁 젖혀지는 흙이 정말 예뻤고 뒤집어진 흙에서 나는 냄새가 향기로웠어. 그렇게 며칠 동안 논을 갈면서 논에 물을 채웠지. 엄마랑 동생은 논두렁에 흙을 발라 가며 손질을 했고 그러다가 밥이나 새참을 내오기도 했어. 다른 집 일꾼이 오지 않아서 특별한 반찬은 안 했지만 엄마는 내 숟가락에 김치도 놔 주고 때로는 막걸리도 한 대접씩 주셨어. 어른이 된 기분이었어.

그러던 어느 날, 써레질하다 점심을 먹으러 집에 왔을 때야. 온몸에 흙투성이를 하고 와서 집 앞 흐르는 물에 대충 닦고 마루에 걸터앉아 밥상을 기다리는데, 고개 너머에 사는 다른 반 아이가 집에 찾아온 거야. 담임 선생님 편지를 가져왔네. 내가 학교에 하도 안 오니까 편지를 써 보내신 거야. 얼마나 죄송하고 고마워. 엄마가 편지를 먼저 읽고 지금 당장 학교에 가자는 거야. 그래서 엄마가 읽던 편지를 받아 읽었는데 내용은 이런 거야. 학교를 너무 오랫동안 안 나와 걱정이 된다는 것과 곧 중간고사를 보니 밀린 등록금을 가져와서 시험을 보라는 거야. 입학할 때는 등록금을 냈으니까 두 번째 내는 돈이었지. 다른 것은 기억이 잘 나지 않는데 한 가지 분명한 것은 돈을 가져와야 시험을 볼 수 있다는 거야.

나는 이 편지를 보는 순간 너무 서글프고 화가 났어. 초등학교 때도 육성회비를 한 해 넘게 못 내 많이도 시달렸거든. 결국 그 돈은 내지 못하고 졸업했지만……. 그래서 더 화가 났던 것 같아. 내가 왜 학교를 안 가는지, 어떤 사정이 있는지 알아보지도 않고 학교에 돈을 가져와서 시험을 보라고 했으니. 꼭 등복금을 가져와야만 시험을 볼 수 있다는 뜻은 아니었을 거야. 하지만 오랫동안 학교에 나오지 않는 아이가 있으면 돈 이야기는 빼고 어떻게든 학교에 나오게 하는 게 먼저 아닐까?

더구나 일주일 정학이라는 처벌을 내렸다는 게 나를 더 격하게 만들었어. 도둑질을 하거나, 싸운 것도 아닌데 내가 왜 정학을 받아야 하는지 이해할 수 없었어. 괜히 편지를 가져다준 아이한테 울면서 마구 소리를 질러 댔지. 선생님이 우리 집에 와서 내가 지금 무엇을 하고 있는지 눈으로 보고 확인하라고. 정학을 내린 걸 사과할 때까지 학교는 안 간다고 소리소리 질렀어. 엄마는 나를 야단치고 달래기도 하면서 막차라도 타고 가서 선생님을 만나자는 거야.

지금 생각하면 후회가 돼. 엄마 말을 들을걸. 그때 나는 만일 엄마가 학교에 가면 그길로 집을 나가겠다고 악을 썼지. 결국 내 고집을 꺾지 못한 엄마가 포기하고 말았어. 글이 서투른 엄마 대신 내가 답장을 썼어. 너무 억울하다는 것과 나는 지금 농사짓느라 학교를 갈 수 없다는 것, 그리고 돈을 가져와야 시험을 본다는 건 옳지 못하다는 내용이었지. 그 편지를 받은 아이는 집으로 돌아갔고 나는 심던 모를 계속 심었어. 그렇게 힘들게 심은 벼가 자라 거둔 쌀을 지고 공주 장에 나가서야 내가 퇴학 당했다는 걸 들었어.

봄이 끝나고 여름으로 들어서는 그 무렵, 어렵게 들어간 중학교를 그렇게 단 석 달 만에 마무리하고 말았지. 그 당시 엄마는 아들 고집을 꺾지 못하고 내가 입었던 교복을 장롱 깊은 곳에 간직하셨던 거야. 아들이 벗어 둔 교복을 손질해 장롱에 넣던 엄마는 어떤 심정이었을까? 내가 그 마음을 알 수 있을까? 나는 내 교복이 장롱 깊은 곳에 있다는 것도 나중에야 알았어.

너는 절 식구 될 인연이 아니야!

"……."

"오빠, 무슨 소리 안 들려?"

"야! 갑자기 왜 그래, 무섭게. 아무 소리도 안 들리는데."

"잘 들어 봐, 누가 부르는 거 같은데."

비 내리는 초여름 밤. 바람 한 점 없어 그런지 빗방울 떨어지는 소리가 유달리 크게 들려. 저녁 밥상을 물린 뒤 등잔불을 켜 놓고 직직거리는 고물 라디오에서 나오는 연속극을 숨죽여 듣고 있었어. 그런데 여동생이 갑자기 날 쳐다보면서 무슨 소리가 난다는 거야. 라디오를 끄고 가만히 귀를 기울였지. 앞마당에서 빗방울 소리에 섞여 인기척이 나네.

"계세요?"

나랑 동생은 뒤로 물러서고 엄마가 방문을 열면서 비가 쏟아져 내리는 어두운 마당에 손전등을 비췄어.

"거기 누구요?"

"나무아미타불! 지나가는 비구니올시다."

우산도 없이 온몸이 젖은 채로 스님 한 분이 마당 입구에 서 계시네. 나랑 동생은 등불을 들고 엄마를 따라 마당 위 봉당으로 내려섰어.

"아니, 얼른 이리 들어오세요. 온몸이 다 젖었네. 이걸 어째. 얼마나 추우실까. 얼른 수건 갖고 오고 너는 가운데 아궁이에 군불 좀 때라. 저녁에 먹고 남은 숭늉 있으니까 솥에서 김 나면 대접에 퍼 오너라."

"갑자기 늦은 밤에 놀랐지요? 이 비를 맞으면서 고개 넘어갈 엄두가 안 나서요."

"잘 오셨어요. 대충 닦고 방으로 들어가 옷 갈아입으세요. 입으실 만한 옷이 있을라나."

나는 부엌에 들어가 마른 솔가지랑 불쏘시개를 잔뜩 넣어 불을 지폈지. 조금 있다 엄마가 나왔어. 솥뚜껑을 여니 김이 확 올라오면서 구수한 보리숭늉 냄새가 나네. 엄마는 숭늉을 닥닥 긁어 양푼에 담고는 수저랑 대접을 쟁반에 올리면서

"동생이랑 손전등 들고 텃밭에 가서 상추 좀 뜯어 와라. 밭에 들어가진 말고 가장자리에서 조금만 뜯어 와. 겉절이 무쳐 저녁 드시게. 샘에 가서 물도 한 통 길어 오고."

엄마는 저녁에 먹고 남은 양푼에 담긴 밥을 솥 안에 넣어 데웠어. 아닌 밤중에 홍두깨라고 이제 잠잘 시간인데 느닷없이 본 적도 없는 스님이 오셔서 집안이 난리가 난 거야. 동생이 우산을 씌어

주기는 하지만 질척거리는 밭에 가는 것도 그렇고 뒷마당에 가서 물 긷는 것도 여간 귀찮은 게 아니야. 뭐라고 구시렁거리고 싶지만 엄마 말투에서 느껴지는 분위기가 그럴 상황이 아니더라고. 외딴집에 살면서 찾아오는 사람도 거의 없고 나 역시 다른 사람도 아닌 스님이 찾아온 게 기분 나쁘진 않았어. 뭔가 호기심도 생기고. 아궁이에 불을 넉넉히 피워 놓고 동생을 불러 상추도 뜯고 물도 길어 왔어.

빗방울이 떨어지면서 튀긴 흙이 잔뜩 묻은 상추를 부뚜막에 두고 방으로 들어갔지. 방에 들어서는데 다른 손님이 왔을 때랑 다르게 몸이 자꾸 움츠러드네. 눈을 마주치기가 쉽지 않더라고. 스님은 어느새 승복을 벗고 엄마 옷으로 갈아입었어. 머리만 밀지 않았으면 그냥 아줌마네.

"여기 이 아들이 넷째고요, 딸아이가 막내입니다. 위로 아들 하나, 딸 둘이 있지만 지금은 아버지랑 서울에 살고 있어요. 인사 드려라."

나랑 동생은 고개를 꾸벅이면서 기어드는 목소리로 인사를 했지. 우리 둘이 인사하는 모습을 대견한 눈빛으로 쳐다보시는데 그 눈길이 내 마음을 부드럽게 쓰다듬듯 편안한 거야. 스님은 나한테 이름이며 나이를 물어보네.

"어느 학교 다니냐?"

"……."

"다니면 중학교 2학년인데 집안일 거들고 있어요."

내가 머뭇거리고 있자 엄마가 한마디 하면서 끼어들었어.

"그렇지 않아도 아들 때문에 늘 마음이 그래요. 이렇게 지내게
놔두면 안 되는 거야 알지만 어째요, 해 볼 길이 없으니."

엄마는 한숨을 쉬면서 말을 잠시 멈추었다가

"저번에는 여관에 가서 일한다고 거기 잠깐 있다가 왔어요. 가을
걷이 끝내면 대전이나 서울 가서 돈 벌어 온다고 그러네요."

스님은 물끄러미 내 얼굴을 쳐다보다 동생한테 눈길을 돌렸어.

"예쁘게 생겼네. 몇 학년이니?"

동생은 엄마 옷깃을 잡으며 기어드는 목소리로

"2학년."

"초등학교가 먼데, 그러면 너 혼자 다녀?"

"네."

엄마가 스님 드실 저녁상을 차리러 부엌으로 나가자 우리도 따
라 나왔어. 처음 보는 스님이랑 한 방에 있는 게 편할 리 없잖아. 슬
그머니 엄마 따라 부엌으로 갔지. 뜯어 온 상추를 씻어서 몇 가지
양념을 넣고 주물럭주물럭하니 금방 겉절이가 되네. 김치에 달랑
상추 겉절이 하나 상에 얹어 들여갔어. 상은 내가 들고 갔지.

"꽁보리밥이지만 그나마 새로 하려니 너무 배가 고프실까 봐 찬
밥 데워 왔어요. 정말이지 찬도 없네요."

"무슨 그런 말씀을 해요. 비 오는 날 밤 느닷없이 찾아와 이런 신
세를 지니 어째? 낮에 점심도 제대로 못 먹었는데 맛있게 잘 먹
을게요. 너희들도 같이 먹자."

"애들은 다 먹었어요. 드세요."

숭늉 뜨러 나가는 엄마한테 큰 대접을 하나 가져와 달라 해서 맛있게 비벼 드시는 거야. '스님이 보리밥도 잘 드시네' 싶었는데 엄마처럼 김치를 손으로 쭉쭉 찢어서 수저에 척척 얹어 드시는 걸 보니 가깝게 느껴졌어. 밥을 드시면서 나한테 여기가 고향인지, 언제 이사 왔고, 초등학교는 어디를 나왔는지, 아버지가 안 계시면 농사는 누가 짓는지, 이것저것 물으시네. 나랑 동생은 옆에서 대답했고. 늦은 저녁밥을 다 드시고 나서 엄마랑 이런저런 사는 이야기를 했는데 그러다가

"저녁을 잘 먹었으니 밥값을 해야지. 어머니! 아이들 생일하고 태어난 시 좀 알려 줘요. 쌀이나 보리쌀 한 공기하고."

"쌀은 없고 보리쌀 가져올게요."

엄마는 윗방에 가서 보리쌀을 조금 퍼 와 스님 앞에 놓았어.

"부처님 모시고 있는 사람은 이런 거 안 하는데 저녁을 진짜 정성껏 대접받아 그냥 갈 수가 있어야지. 어머니, 땡추중이라고 흉보지나 말아요."

"아이고, 스님. 무슨 말씀을 그렇게 하세요. 대접한 거라고는 찬 보리밥 덩어리뿐인걸. 제대로 된 이부자리도 없고. 저희 집에 오신 것만도 얼마나 고마운데요."

"누굴 먼저 볼까?"

하면서 나랑 동생을 지긋이 바라보는데 순간 나는 '관상 보는 건가? 스님도 점을 치나?' 하는 생각이 들었어. 쌀 점이라고, 쌀을 손

에 쥐고 흔들다가 상에 획 하고 뿌린 다음 흩어진 쌀 모양을 보고 지나간 일이나 앞으로 벌어질 일을 이야기하는 거지.

"아들 먼저 봐 주세요. 늘 아들만 생각하면 가슴이 미어지네요. 지금 같아서는 앞이 안 보여요."

스님은 나보고 상 가까이 오라고 한 뒤 얼굴이랑 손바닥을 자세히 봤어. 쌀을 한 움큼 집어 상에 뿌린 뒤 하나하나 세듯이 보고 동생도 불렀어. 나한테 하듯이 동생 얼굴이랑 손바닥을 자세히 보고 쌀도 한 움큼 뿌린 다음 쌀을 자세히 보시더라고.

"나무아미타불 관세음보살 ……."

우리 세 식구는 침도 삼키지 않고 스님 입만 쳐다봤어. 눈을 감고 잠시 생각을 하더니만 걸망에서 목탁을 꺼내는 거야. 한참 불경을 왼 뒤 목탁을 상 위에 놓고

"캄캄해! 앞이 하나도 안 보일 거야! 지금 당장은 하루하루 목숨 부지하는 것만도 힘들고. 내일이 절벽이고 낭떠러지네."

"네, 굶어도 어떻게 산 입에 거미줄이야 치겠어요. 하지만 남자애가 초등학교만 졸업하고 어찌 살지. 동생이야 아직 여유가 있지만……."

"그래 맞어. 지금은 아무것도 안 보여. 그런데 마음 놔요. 아들딸 모두 갈 길이 있어. 지가 갈 길을 간다니까. 지금 내가 이 말 하면 믿지 않을 건데 아들은 공부해서 먹고살 거야."

나 참, 이 말을 듣는 순간 내가 얼마나 황당하던지. 내가 공부를 해서 먹고산다니, 속으로 '이건 말도 안 돼. 성적표 받으면 양이랑

가가 수두룩하고 어쩌다 미가 한두 개 있는 내가 공부해서 먹고살 거라니' 하고 코웃음을 쳤지. 난 사실 우리 형제 가운데 가장 공부를 못했어. 숙제를 내주면 열 번에 아홉 번은 안 해 갔으니까. 이런 날보고 공부로 먹고산다니 '가짜 스님 아냐?' 하는 생각마저 들었어.

"작은아들 걱정일랑 아예 하들 말아요. 힘든 순간에 귀한 사람들이 옆에서 도와줄 거예요. 귀인이 사방에서 모여들 팔자야. 어려서는 고생 억세게 하는데 고생하면서 얻은 그 힘으로 평생 먹고 살 거고. 부모님 속 썩일 놈은 절대 아냐."

"그래요? 그러면 얼마나 좋아요. 스님 말씀 들으니 눈앞이 환해지는 것 같네요. 우리 막내딸은 어떨까요?"

"딸? 이놈은 힘이 넘쳐. 살아갈 힘을 갖고 태어났어. 어차피 막내라는 게 그렇잖아. 부모 사랑은 다른 형제보다 적게 받을 거고. 그런데 앞날이 훤해. 어두운 게 안 보여. 다른 형제들은 내 못 봐서 모르겠는데 이 두 아이는 걱정 안 해도 되겠어. 그 대신 엄마가 지성을 많이 들여야겠네. 절에 와서 불공드리라는 말 안 해요. 그냥 마음속으로 '나무아미타불'만 외우라고. 그래야 아들딸 앞길이 트여. 아들 이름이 관의라 했나? 너도 힘들 때마다 '나무아미타불'만 외워라. 당분간 고생 많이 할 건데 그러다 보면 길이 조금씩 열릴 거다."

점치는 건 미신이라고 배웠잖아? 그러니까 '순 거짓말! 미신이잖아' 하는 마음이 들면서도 '진짜? 내가 공부를 한다고? 앞날이 훤하다고?' 하면서 기분이 밝아지는 걸 느꼈어. 스님은 엄마랑 이야기를 좀 더 하다가 이불을 펴고 잠자리에 들었지.

다음 날 아침 일어나니 스님은 가셨더라. 비가 개서 새벽에 가셨대. 밤에 엄마가 스님 옷을 부뚜막에서 대충 말려 입고 가게 해 드렸나 봐. 그리고 며칠이 지났지. 논에 나가서 일하고 들어와 점심을 먹으려 하는데 지난번에 우리 집에 들렀던 스님이 들어오시네. 엄마는 반가워서 신발을 신는 둥 마는 둥 끌고 마당으로 내려와 스님 앞에 합장을 했어.

"어서 오세요. 감기는 안 걸리셨는지?"

"그날 어찌나 밥을 맛있게 먹었는지 저 아랫동네에서 점심 먹고 가라는 걸 여기 와서 먹고 싶어 이렇게 왔지요. 숟가락 하나만 더 놔도 되겠지요?"

"걸망은 저한테 주시고 샘에 가서 세수라도 하시지요. 지금 막 밥해서 상추에 싸 먹는 중입니다."

저번보다는 스님 뵙기가 편한데. 스님도 편한 얼굴로 이런저런 이야기를 하면서 같이 점심을 먹었지.

"절에 놀러 와라. 불공드리고 나면 먹을 게 많다. 떡도 있고 하니까 아무 때나 들려."

스님이랑 이야기해 보니 절에서 아이들을 키우신다는 거야. 부모 잃은 아이들을 데려다가 키워서 공부를 시키는데 한 아이는 공부를 잘해서 서울에 있는 대학에 보냈다네. 학비도 다 스님이 대주시고. 지금은 다섯 살 여자아이를 키우고 있다는 거야. 커서 스님이 돼도 좋고 안 돼도 좋고. 스스로 돈벌이할 때까지 스님이 부모 노릇을 하시는 거지. 스님은 별다른 말씀 없이 사는 이야기를 나누다가 길을 떠났어.

여름은 깊어져 이제 한낮에는 논밭에서 일하기도 힘든 때가 되었어. 아침나절에는 엄마를 따라가 농사일을 거들었지만 태어나 처음 하는 일이라 늘 서툴렀지. 낫질을 해도 늦고 호미를 들고 밭을 매도 시원치 않았어. 다치기는 왜 그렇게 잘 다치는지 지금도 손에는 그때 다친 흉터가 남아 있어.

하루는 이장님이 우리 집에 다녀가셨는데 그 뒤로 엄마가 걱정스런 얼굴이야. 걱정거리가 뭔고 하니 정부에서 정해 준 양만큼 퇴비를 해야 비료를 살 수 있다는 거야. 농사지을 땅이 많으면 그만큼 퇴비를 많이 해야 하고.

제때 김을 매지 않아 논밭에 풀이 무성한 판인데 언제 퇴비를 하러 다녀. 더구나 퇴비할 사람은 나밖에 없고 나는 낫질도 엉망이니 이 일을 어째. 엄마는 걱정이 컸지. 그때는 비료가 없으면 농사를 못 짓는다고 생각했으니까. 지금이야 비료나 농약을 안 주고 키우는 유기농이 있지만 그때는 어떻게 해서든지 쌀을 많이 생산하는 게 국가 최대 목표였거든. 오죽했으면 날마다 방송에서는 쌀이 부족하다고 했고, 학교에서는 학생들한테 쌀과 잡곡을 섞어 먹는 혼식을 하라고 했어. 선생님이 아이들 도시락 검사까지 했다니까. 흰쌀밥만 싸 오면 혼나는 그런 때야.

이장님 말로는 우리가 퇴비를 못 해서 비료를 못 사면 다른 사람이 그 비료를 사 간다는 거야. 정해진 날까지 퇴비를 해야 한다네.

면사무소 직원이 나와서 직접 퇴비 검사를 한다니 어째, 어떻게 해서든지 퇴비를 해야지.

다음 날부터 나는 지게 지고 낫 들고, 논두렁 밭두렁을 돌며 풀을 베다가 퇴비장에 쌓기 시작했어. 앞마당에 붙어 있는 텃밭 끝자락에 퇴비장을 만들었는데, 퇴비장도 가로세로 길이가 정해져 있어. 이장님이 알려 준 대로 퇴비장을 만들었지. 틈만 나면 열심히 퇴비를 했어. 하루에 대여섯 지게씩 져다가 쌓은 지 일주일이 지나도록 어찌 된 게 퇴비가 늘질 않네. 동네에 내려가 보면 퇴비가 벌써 내 키를 훌떡 넘어서는 집도 많고 아무리 적어도 다들 1미터는 넘어. 내 나름대로 열심히 밥 먹고 풀만 했는데도 차이가 나니 어째. 내 낫질이 시원치 않아 그런가 보다 했지.

어느 날 아침, 아직 밥도 먹지 않은 이른 시간이야. 아랫동네에 사는 형이 집에 와서 엄마를 찾네. 지난번에 소를 빌려 준 할아버지 조카야. 오자마자 퇴비 더미를 보재. 엄마는 형을 데리고 퇴비장으로 갔지.

"맨날 낫 들고 다니더니 풀만 해 왔냐? 이래서는 비료 못 사. 산에 가면 사람 허리쯤 되는 나무나 억새 있지? 그걸 나무하듯이 다발 지어 가지고 와서 차곡차곡 쌓아. 안쪽에는 나무를 넣고 밖에는 억새를 쌓는 거야. 적당히 군데군데 요즘 해 온 풀을 끼워 넣고."

"나무는 안 썩잖아요? 그걸 어떻게 논밭에 거름으로 내요?"

"형 말 들어. 동네 사람들도 다 그렇게 해. 안 그러고 풀만 넣으면

이 더운 날씨에 일주일도 못 가 썩기 시작해. 그래 가지곤 아무리 해다 쌓아도 정해진 양 못 채워. 산에 가서 지붕 서까래로 쓸 만한 나무를 먼저 해 와. 그런 다음 형을 불러. 내가 안에다 얼기설기 엮어 줄 테니. 그러고는 겉에만 아까 얘기한 억새랑 잔 나무로 둘러치는 거야. 한 열흘 하면 2미터는 넘을 거다."

그러고 보니 동네에서 본 다른 집 퇴비 더미는 마치 벽돌로 쌓은 것처럼 반듯하더라고. 사실 형이 말한 대로 해도 정해진 날까지 양을 채우기 어려웠으니 어째, 시킨 대로 했지. 그야말로 가짜 퇴비 더미를 만드는 거야.

날마다 산을 헤매고 다녔어. 손가락은 낫에 베이고 나무에 찔려 성한 데가 없었지. 형이 시키는 대로 소나무를 해다 퇴비장 옆에 모아 둔 뒤에 형을 데리고 왔어. 형은 마치 집 짓듯이 사각형을 만들고 옆이랑 위에 내가 해다 둔 나뭇단을 쌓았어. 금방 1미터가 넘네.

"이제 아래쪽에는 풀을 해다 수북이 쌓아. 그 위로 억새랑 나뭇단을 적당히 섞어 쌓으면 돼. 며칠 있다가 와 볼게."

여름 산은 봄 산하고 달라. 더구나 늦여름 산은 벌레도 독해서 나같이 서울에서 살다 온 놈한테는 무섭기까지 해. 쐐기는 왜 그렇게 독한지, 한번 쏘이면 톡톡 불거지고. 무슨 가루가 묻었는지 어느 날은 목이 마치 식중독에 걸린 것처럼 오돌토돌해지기도 했어. 비가 오면 몸이 구질구질해도 벌레가 덜 물고 시원해서 차라리 비오는 게 더 좋았지. 지게질이나 잘해? 다른 애들은 나뭇짐도 마치 예술 작품처럼 타원형으로 갸름한 게 예쁘고 단단해 보이는데, 나는 어찌된 게 나름대로 힘주어 묶는다고 묶어도 지게 지고 내려오는 도중에 풀어지는 게 한두 번이 아니야. 넘어지기는 오지게 잘 넘어지고. 그러니 다른 사람은 한 번에 지고 올 걸, 나는 서너 번에 나르니 일이 제대로 되겠어? 그렇게 나는 구월 늦장마 비를 맞으며 퇴비를 열심히 해 날랐어.

해질 무렵, 집에 돌아와 샘에서 목욕을 하고 있는데 그 형 목소리가 나. 몸을 대충 닦고 마당가에 있는 형한테 갔지. 형이랑 줄자를 가지고 가서 퇴비장 높이랑 폭을 쟀어. 비료를 살 양이 되었나 하고.

"됐다. 양은 넉넉하다. 내일은 밭두렁, 논두렁에서 풀을 해다가 아래쪽에 쌓고 검사 받으면 돼. 웬만하면 통과 시켜 줄 거야. 이장님이 너네 사정을 면사무소 직원한테 이야기해 준다고 했어. 비료 값이나 준비해 둬."

고마운 그 형을 보내 놓고 나니 이제 돈이 걱정이야. 퇴비는 그럭저럭 했지만 돈이 없어. 끼니도 겨우 때우는 판에 비료 대금을 어찌 구할까? 엄마는 또 시름이 깊어졌어. 아들이 한 달 가까이 고생해서 쌓아 둔 퇴비가 돈이 없으면 물거품이 되는 거야. 형이 말한 대로 퇴비 검사는 합격했는데 돈이 있어야지.

그렇게 며칠 지났어. 비료 값 내는 날이 사흘 정도 남은 날 아침이었어. 이장님이 올라오셨네. 정해진 날까지 돈을 못 내면 우리 몫 비료를 다른 사람이라도 사게 하자는 거야. 대신 비료가 니오면 요소랑 질소 비료를 몇 포대 우리 집 주고 나머지는 다 가져가는 거지. 큰일 났네.

다음 날은 아침부터 비가 쉬지 않고 퍼붓는데 아주 굵은 비는 아니지만 쉬지 않고 내렸어. 아침상을 물리고 나서 엄마는 솥을 닦고 나는 아궁이 앞에서 불을 쑤시며 장난하고 있었지. 나도 엄마도 말이 없었어. 온통 머릿속에는 비료 값을 어떻게 해야 할지 그 생각만 가득했으니까. 그때 문득 논산에 우리한테 신세를 많이 진 사람이 산다는 이야기를 들은 생각이 났어.

"엄마, 논산에 아버지, 엄마한테 큰 신세를 진 사람이 있다며. 그 사람한테 가면 안 줄까? 우리야 큰돈이지만 그 사람은 아닐 수도 있잖아?"

"아냐, 그 집도 그렇게 넉넉한 집은 아니야."

"그래도 알아? 다른 방법이 없잖아. 그렇게라도 해 보자."

나는 왠지 그 사람한테 가면 비료 값이 해결될 것 같다는 느낌이 들었어. 그러고 시간이 좀 흘렀는데 엄마가 갑자기 설거지하던 손을 멈추고 말했어.

"가자, 돈 구하러."

"어디로 가? 누가 우리한테 돈을 줘?"

"논산에. 네가 말한 그 집에 가자. 그냥 농사를 포기하면 겨울을 어떻게 나니. 앉아서 굶어 죽을 수는 없지."

설거지고 뭐고 다 그대로 놔두고 동생과 나 그리고 엄마는 논산에 갈 준비를 했어. 우산 쓰고 가기에는 너무 먼 길이라 비료 포대를 잘라 대충 우비를 만들었지. 그리고는 걷기 시작했어. 우리 세 식구는 비장한 마음으로 길을 나섰어. 그 비를 맞으며.

지금도 공주에서 논산으로 가려면 차로 국도를 달려 삼십 분은 걸려. 한여름이면 몰라도 구월에 내리는 비를 맞으며 그 먼 길을 걷다 보니 많이는 아니지만 춥더라. 빗물이 얼굴을 타고 흘러 앞은 잘 안 보이지, 논둑길을 걸으니 진흙에 신도 훌러덩 벗겨지고. 고무신에 빗물이 고여 신발이 겉돌아. 발은 아프고 점심때가 지나 배는 고파 오니 어린 동생은 울기까지 해. 비료 포대로 만든 우비 위로 떨어지는 빗방울 소리는 어찌 그리도 큰지. 낯선 길을 가려니 지나는 사람 붙잡고 물어보기를 몇 번 한 뒤에야 마침내 찾는 동네가 보이네. 이제 살았다 싶으면서도 돈, 그러니까 비료 값이 걱정이야.

그 집 대문 앞에서 비를 맞으며 한참을 망설이던 엄마가 마침내 문을 밀고 안으로 들어섰어. 그 순간 마루 위에서 내리는 비를 보고 있던 집주인 부부와 눈이 마주쳤어. 그 사람들도 놀라고 우리도 멈칫했지. 잠시 서로 얼굴만 쳐다봤어.

"안녕하세요?"

"……."

아무 말 없자 엄마가 말했어.

"갑자기 이렇게 찾아왔네요."

주인이 뭐라고 말했을까? 난 지금도 너무나 또렷하게 그때를 기억해. 반가운 표정은 전혀 없이

"아니, 갑자기 여기는 웬일이세요?"

비에 젖은 채 먼 길을 걸어온 사람에게 참으로 쌀쌀맞게 말했어. 그래, 누구라도 놀랄 일이지. 그때는 전화 있는 집이 귀했고 그렇다고 편지를 미리 하고 간 것도 아니니 분명 우리가 잘못이야. 하지만 그렇게까지 쌀쌀맞게 대할 줄은 몰랐어. 더 이상 무슨 말이 나오겠어.

"마침 아욱 넣고 죽을 쑤었으니 건넌방에 들어가 있으세요. 새아기야, 드실 것 좀 가져다 드리거라."

새로 들어온 며느리한테 아욱죽을 가져다주라 시키고 방으로 들어가네. 배는 엄청 고팠지만 먹을 생각이 싹 달아났어. 그래도 어째, 이왕에 온 거 말이라도 꺼내 봐야지. 죽을 다 먹고 상을 물리고 나니 주인 부부가 들어오는 거야. 어색하게 이런저런 이야기를 하다가 엄마가 비료 값 이야기를 했어. 빌려 주면 가을에 추수 끝나고 이자 붙여 돌려주겠노라고. 냉정하게 거절당했어. 망설이며 조심스럽게 말하는 엄마와 달리 주인아주머니는 잠시도 머뭇거리지 않고 찬바람 도는 목소리로 한마디 하더군.

"비오는 날 느닷없이 찾아온 까닭이 그거예요? 목구멍에 풀칠하기도 바쁜데 돈이 어디 있어요."

그런 이야기는 나 같은 아이가 보지 않는 데서 하지. 옆에 있던 나는 너무나도 또렷하게 그 말투며 느낌을 내 머리에 담아 두고 말았어.

나는 엄마보고 집으로 가자고 했어. 더 이상 있지 말자고. 먹은 죽이 위까지 내려가기도 전에 엄마와 동생 그리고 나는 다시 비료 포대를 뒤집어쓰고 올 때보다 더 힘들게 집으로 떠났지. 난 비를 맞으며 엉엉 울었어. 결코 이 수모를 잊지 않을 거고 뭐든지 열심히 해서 당당하게 살 거라고. 공부도 일도 죽을 만큼 열심히 하리라 다짐했어. 동생은 발이 물에 불어 터져서 잘 걷지 못해, 걷다가 업히다 하면서 겨우 집에 왔어. 동생은 그날 밤부터 며칠을 열 감기에 걸려 끙끙 앓았고 끝내 우리 몫으로 나온 비료는 다른 사람이 사 갔어.

며칠 뒤 엄마가 말했어.

"관의야, 너 집 떠나라. 공부하러 가라."

"어디로 가, 누가 날 공부시켜 준대?"

"우리 집에 오셨던 스님 기억나지? 스님한테 가. 먹여 주고 공부도 시켜 준다니까 가서 공부해. 꼭 스님이 돼야 하는 건 아니잖아. 네가 원하면 스님이 돼도 좋다. 지금보다 나쁘기야 하겠냐."

나는 아무 말도 안 했어. 안 한 게 아니라 할 수가 없었어. 이건 여관 가서 일하는 거랑 다른 문제야. 출가, 그러니까 집을 아주 떠나 스님이 되는 길이 될 수도 있거든. 태어난 뒤 공기처럼 언제나 내 곁에 있던 식구들을 떠나되, 잠시 돈 벌러 가는 게 아니고 아주 떠날 수도 있다는 것. 나는 앞날이 두렵고 무서웠어. 그 정도는 각오해야 학교에 다닐 수 있고 앞날을 준비하는 길이 열린다는 게 날 짓눌렀지만 다른 선택은 보이지 않네.

"꼭 스님이 되어야 하는 건 아니지?"

"그래, 스님이 그렇게 말하는 거 너도 들었잖아."

"그래도 평생 공부 시켜 주고 키워 주는데 어떻게 모른 척해."

"스님 되는 게 싫으니?"

"꼭 싫은 건 아닌데 그래도……."

"하도 답답하니까 해 본 소리다. 신경 쓰지 말거라."

다음 날 새벽, 눈을 뜨고 보니 엄마도 깨어 있네.

"엄마, 가자. 절에서 살래. 까짓것 죽는 것도 아닌데 절에서 공부 한다고 식구들 못 보는 것도 아니잖아. 먼 데 있는 공장 갔다고 생각하지 뭐."

"그래, 니 마음고생이 크지만 앞날이 캄캄한 것보다 낫다. 가자. 가서 스님보고 내 아들 잘 키워 달라고 하자."

갑사 입구에서 왼쪽으로 난 산길을 따라 한참 올라가니 자그마 한 절 하나가 보여. 엄마랑 나는 절 마당에 들어섰지. 집에서 절까 지 가는 동안 무척 더웠어. 땀을 뻘뻘 흘리면서 마당에 서 있는데, 스님이 나오시더니 마당까지 한걸음에 달려와 내 손을 꼭 잡고 부 처님 모신 대웅전 왼쪽에 있는 마루에 데리고 갔어. 한 번도 와 보 지 않은 절을 찾느라 고생은 안 했는지, 농사는 어찌 되었는지 이 런저런 사는 형편을 물어봤어. 그러다 잠깐 기다리라고 하더니 커 다란 냉면 그릇을 수저로 휘휘 저으며 가져오시는데 구수한 미숫 가루 냄새가 나.

"공양드리고 남은 밥을 말려 볶아 만든 미숫가루라 맛있다. 배가 얼마나 고플고. 우선 이걸로 시장기를 달래고 얼른 밥 먹자."

미숫가루라고 하면 그래도 물이 있어서 휘휘 저으면 마시는 거잖아. 그런데 이건 그게 아니고 미숫가루를 물에 비빈 거야. 배부르게 많이 먹으라고 빽빽하게 타 오셨네. 그래도 난 이 세상에서 그날 먹은 것처럼 맛있고 고맙게 먹은 미숫가루는 없어. 따스한 스님 마음이 느껴지면서 왠지 가슴이 먹먹해지네.

"스님, 사실은 제가 아들을 부탁드리려고 왔어요. 아들 삼아 키워 주세요. 집에서는 에미 애비가 해 줄 게 너무 없어요."

"마당에 들어서는 표정이 그런 것 같더라. 나도 든든한 아들 하나 키우면 좋지요."

스님은 내 손을 꼭 잡은 채 내 얼굴을 쓰다듬으며 측은한 표정을 지었어. 고개를 숙이고 있는데 어째 자꾸만 눈물이 솟네. 마루 위로 눈물이 뚝뚝 떨어지는 거야. 엄마도 목이 메는지 하던 말을 잇지 못했어. 스님도 한참을 말없이 먼 산만 보더니

"아들은 절에 안 와도 돼요. 절 식구 될 인연은 아니야. 나도 아들 삼아 데리고 있고 싶지만 인연에 어긋나는 일이라 안 돼요. 내가 지난번에 말한 대로 곧 길이 열릴 거니까 걱정 말고 가요."

"스님, 정말 그럴까요? 자식 앞날을 부모가 막고 있는 것 같아서요. 그래서 스님께 부탁드리러 왔지요."

"점심 먹고 집에 가서 어머니 모시고 농사일하면서 살거라. 그러면 일이 자연스럽게 풀릴 거야. 어둡긴 뭐가 어두워. 관상을 보니 복이 넘치는데. 다른 사람이 사는 걸 둘러봐요. 위만 보면 못 살아. 네가 노력만 해 봐. 너를 도와주려고 기다리는 사람 많다. 밥 먹고 어서 가. 엄마도 괜히 아들 마음 흔들지 마요. 먹을 게 없

으면 언제든지 오고. 나도 지나는 길이면 너네 집에 꼭 들를 테니까."

스님은 긴 설명을 달지 않았어. 조금은 서운하고 아쉬운 듯 짧게 끊으며 하는 스님 말씀 한마디 한마디가 오히려 마음에 오래 남았어. 그날 점심은 모처럼 흰 쌀밥에 담백한 나물로 배를 채우고 스님이 챙겨 주신 미숫가루며 떡을 가지고 돌아왔지. 스님 되겠다고 떠난 길은 너무도 쉽게 끝나고 말았어. 그런데 이제 '이 스님 가짜 아니야?' 하는 마음은 눈곱만큼도 없이 싹 사라졌어.

그 뒤로 정말 나를 기다리는 사람이 많았냐고? 많았지, 정말 많았어. 내 마음에 있는 어둠을 걷어 주는 좋은 분을 고맙게도 많이 만났어. 그 스님도 날 기다린 분 가운데 한 사람이고. 스님을 만난 뒤로 힘든 일이 생길 때마다 나는 속으로 이렇게 중얼거렸어.

'나무아미타불 관세음보살.'

새길

추운 겨울이 오자 서울에 있던 아버지가 시골로 내려왔어. 겨울에는 일거리, 그러니까 공사장에서 할 일이 없기 때문이지. 가을걷이한 지 얼마 지나지 않은 겨울이건만, 아버지 없이 지은 농사라 수확량도 얼마 안 되고 그나마 땅 주인한테 가져다주고 나니 우리 식구 겨울나기도 어려워. 그렇다고 뭐 산골에서 돈 벌 일이 있나. 몇 해 전 할아버지, 할머니 산소를 쓰면서 큰 소나무를 베다가 집 뒤뜰에 쌓아 둔 게 있는데 그걸 도끼로 패 장작을 만들어 팔기로 했어. 계룡면 장날에 나가 식당이나 여관 같은 데 파는 거지. 오늘이 바로 그동안 쪼갠 장작을 팔러 가는 날이야.

"뒤뜰에 있는 장작 말이다, 밥 먹고 요 아래 큰길가로 옮기자."

아침밥 먹다 아버지가 말했어.

"마차가 마당까지 못 와요?"

"돌도 많고 너무 경사가 심해. 무리해서 마당까지 끌고 오다 남의 집 소 다치면 어쩌냐? 힘들어도 지게로 날러. 서둘러야 어둡기 전에 돌아온다."

밥숟가락 놓자마자 온 식구가 장작을 나르는데 나랑 아버지는 지게로, 동생이랑 엄마는 함지박에 담아 옮겼지. 소나무랑 참나무가 반반 섞였는데 참나무가 유달리 더 무거워. 워낙 참나무가 더 단단하고 무겁기도 하지만 소나무는 베어다 둔 지 두 해나 지나서 바싹 말랐고 참나무는 이번에 장작 패다 팔려고 금방 벤 생나무라 더 그래. 겨울바람이 차건만 온몸이 땀에 흠뻑 젖네.

"얼추 다 날랐구나. 나는 동네에 내려가 마차를 빌려 오마. 그동안 마무리해 둬라."

얼마 남지 않은 장작을 부지런히 옮겨 놓고 찐 고구마를 먹고 있는데 때마침 아버지가 소랑 마차를 빌려 오셨어.

"고구마 좀 들어요. 그냥 가면 점심때가 다 돼 배가 고파서 힘을 못 써요."

"그럽시다. 시원한 동치미나 한 사발 주소."

아버지는 고구마를 껍질도 안 간 채 몇 개 드시고 큰 대접에 담긴 동치미 국물을 벌컥벌컥 다 마셔. 마무리로 큰 무 조각 하나를 우적우적 씹으면서 한마디 하시네. 동치미에 찐 고구마는 찰떡궁합이라, 소화도 잘 되고 특히 겨울에 고구마랑 먹으면 그 맛이 참 시원하다고.

"아이고, 시원하다. 이제 장갑 끼고 슬슬 시작하자. 내가 마차 위에 올라가 쌓을 테니까 장작을 집어 다오. 서두르자."

마차에 장작을 쌓은 뒤 그 위를 멍석 같은 걸로 덮고 지게를 얹은 다음 굵은 끈으로 칭칭 동여맸어. 마침내 떠날 준비가 끝났네.

아버지는 고삐를 붙잡고 앞서 가고 나랑 동생은 그 뒤를 따라갔어. 엄마 배웅을 뒤로 하면서 우리 집 앞 고개를 넘어 장작 팔러 길을 떠났어. 그야말로 이야기로만 듣던 나무꾼이 된 거야. 나무꾼이 별건가, 나무를 내다 팔아 먹고살면 나무꾼이지. 그 무거운 장작을 끌고 가는데 포장이 안 된 울퉁불퉁한 길이라 푹 파인 데를 지나가면 마차가 기우뚱하면서 꼭 뒤집어질 것 같아 불안해. 험한 고갯길을 넘어 마침내 평지로 나서서

"이랴, 으저저저 어여 가자. 이랴!"

하고 아버지가 소 등을 고삐로 한 대 탁 치니 소걸음이 빨라져. 소 콧구멍에서는 뜨거운 김이 힘차게 나오고. 공주에서 갑사를 오가는 버스가 다니는 길도 비포장 길이지만 방금 넘어온 고갯길에 견주면 고속도로야. 부지런히 서둘러 계룡 저수지 옆으로 난 길을 따라 걸어가는데 잔잔한 저수지 위에 비친 맑은 겨울 하늘과 계룡산이 한 폭의 그림이야. 겨울 한낮에 따스한 햇살 사이로 물 냄새를 머금고 불어오는 찬바람도 내 마음을 들뜨게 하고. 동생이랑 나는 저수지 물가로 내려가 물수제비도 뜨고 냇물 속 물고기를 구경하느라 아버지가 멀어지는 것도 몰랐어.

"오빠, 얼른 가자. 마차가 안 보여."

"그래? 가자!"

그렇게 저수지 물가에서 장난치다 뛰기를 몇 번 하고 나니 마침내 계룡면 장에 다다랐어. 장이 얼추 끝나가는 무렵이야. 가지고

나온 곡식이나 채소 같은 걸 팔아 돈으로 바꾼 사람들이 해 비치는 양지쪽에 군데군데 모여 이야기를 나누거나 막걸리 집에서 술 한 잔씩 하는 사람이 눈에 띄어. 짐을 싸는 사람이 있는가 하면 아직 팔다 남은 물건을 사라며 고래고래 소리 지르는 사람들도 있고.

"동생이랑 마차 잘 보고 있어라. 식당이나 저 아래 여관에 가서 장작을 사려는지 알아보고 오마."

아버지는 복잡하지 않은 한쪽 구석에 마차를 세워 놓은 다음 나한테 고삐를 쥐어 주고 식당이 모여 있는 쪽으로 서둘러 걸어갔어. 소 콧구멍에서 김이 훅훅 나오고 되새김질하는 입에서는 침이 질질 흐르네. 큰 눈으로 '얼른 짐 내리지, 뭐하냐? 아이고 힘들다' 하는 것 같아. 긴 혓바닥으로 코언저리를 휙 훑는데 혀가 엄청나. 소 목덜미와 배를 손으로 쓱쓱 긁어 주니 기분이 좋아 보여. 그렇게 소 여기저기를 긁어 주고 있는데 아버지가 오셨어.

"저기 싸전 옆에 있는 여관 보이지? 저 집에서 사기로 했다. 지게로 두 짐 정도만 버스 정류장 맞은편 식당에서 사기로 했고. 어여 가자. 배들 고프지?"

여관 문 앞 기둥에 고삐를 묶고 장작을 나르기 시작했어.

"참나무는 저쪽에, 소나무는 여기다 내려놔. 대충 구분만 해. 내가 차곡차곡 쌓을 테니까. 잘못 쌓으면 와르르 무너진다."

동생은 몇 개씩 들어 나르고 나랑 아버지는 지게로 날랐어. 식당에 가져갈 소나무 장작만 남겨 두고 모두 나른 다음 아버지랑 둘이서 부지런히 벽에다 장작을 쌓았어. 가지런히 쌓고 나서 보니 예쁘더라. 아버지는 장작 값을 받고 이번에는 버스 정류장 옆에 있는 식당으로 가서 부엌에 장작을 쌓아 주고 있는데

"최 주사! 얘가 아들이우?"

"예, 둘째 아들."

"그놈 몸이 좋구먼. 장작 쌓는 걸 보니 손이 야무지네. 서울 애가 아닌 거 같어. 지게질도 어지간히 하고."

"엄마랑 둘이 농사짓느라 고생이 많지. 학교도 못 다니고. 그게 다 에미 애비 잘못 만난 죄지 뭐."

"동생이랑 이리 와라. 최 주사도 와요. 순댓국 먹고 가."

"순댓국은 무슨 순댓국. 저녁은 집에 가서 먹어야지. 막걸리나 한 대접 주슈."

"여러 소리 말고 얼른 와요. 저 나이 애가 부모 일 도와주는 게 쉬워? 돈 안 받을 테니 와. 한창 먹을 나이 애를 장날 데리고 와 서 그냥 굶겨서 갈 생각이우?"

"난 됐으니까 애들이나 한 그릇씩 줘요. 난 막걸리나 한잔하지."

나랑 동생은 순댓국을 정신없이 먹기 시작했어. 아버지는 막걸 리를 한잔하며 주인아주머니랑 이야기하고 있는데 아버지보다 나 이가 들어 보이는 아저씨 한 분이 식당에 들어서면서 아버지를 알 아보는 거야.

"최 주사, 장 보러 나왔소?"

"어이 오시구려. 여기 앉아요. 아줌마, 잔 하나 더 줘요."

"애들은? 아들하고 딸이여?"

"예, 장작 팔러 나왔다가 저녁 좀 먹여서 데려가려고요. 한잔 받으세요."

아버지랑 그 아저씨가 어떤 사이인지 나는 잘 모르겠는데 친해 보이더라고. 예쁘다고 하면서 나랑 동생 머리도 쓰다듬어 주셨지. 인상이 참 부드러워 보이는 분이셨어.

"서울 갔다더니, 언제 왔어? 제수씨랑 애들이 농사짓느라 고생이 크단 얘기는 들었네."

"예, 서울에 있는 자식들 챙기고 먹여 살리느라 애비가 서울에 있으니 집사람이랑 이놈들이 고생이지요."

"농사지을 땅도 얼마 없다며 애를 농사짓게 할 거여? 기술이라도 배우게 허지? 그래야 지 밥벌이라도 할 거 아녀."

"그러게 말입니다. 걱정이 많아요."

나랑 동생은 순댓국을 양껏 먹고 큰길에 나가 놀았고 아버지랑 친구 분은 막걸리를 마시며 이야기를 했어.

얼마를 놀았을까, 해는 서산으로 넘어가고 캄캄해졌어.

"오빠, 아버지보고 집에 가자 하자. 아버지 술 너무 마시는 거 싫다. 아버지 취하면 누가 소 끌고 가. 얼른."

나랑 동생이 식당으로 가니 아닌 게 아니라 아버지는 거나하게 취해 보이네. 우리를 보고 자리에서 일어나는데 주인아주머니가

"장작 값 여기. 다음에 또 팔 나무 있거든 가져와요."

아버지가 돈을 받고 다시 술값을 내려 하는데 아주머니가 안 받아. 헤어질 때 아버지 친구라는 분이 나랑 동생 머리를 쓰다듬으며

"젊어 고생은 사서도 한다. 나중에 보면 그게 다 세상 사는 힘이지. 고생한 놈이 사람 구실 하는 거다. 조심히 가거라."

나랑 동생은 꾸벅 인사를 하고 마차 위에 걸터앉았지. 아버지는 앞에 앉아 고삐를 흔들며

"으저저저, 으랴! 가자, 집에 가자. 이놈아! 사람도 사람이지만 니가 큰일 했다."

아무도 없는 캄캄한 겨울밤, 얼굴에 와 닿는 밤공기가 품속을 파고드는 게 낮하고는 딴판이야. 몸은 덜덜 떨려 오지, 달마저 없어 어디가 길인지 잘 보이질 않네. 게다가 아버지는 앉은 채 꾸벅꾸벅 졸기까지 해.

"아버지, 졸지 마요. 소가 엉뚱한 데로 가면 어째?"

"걱정 마라. 소는 주인이 고삐만 놓지 않으면 지 집은 틀림없이 찾아간다. 니가 고삐 좀 잡아라. 나는 뒤에서 한숨 잘란다."

나랑 동생은 앞쪽에 앉고 아버지는 뒤에 묶어 놓은 지게를 등받이 삼아 눕더니 바로 코까지 고시네. 우리 둘은 바싹 긴장해서 고삐를 쥐고 소가 어떻게 가나 한동안 눈여겨봤어. 정말이지 기가 막히게 갈림길에서 망설이지도 않고 소는 제 길을 찾아가는 거야. 그제야 마음이 놓였어.

오직 소 발걸음 소리와 마차가 삐거덕거리는 소리만 가득해. 간간히 밤 새 우는 소리가 들리고. 길 오른쪽에 있는 계룡 저수지 물 위로 별빛이 가득해. 낮에 살살 불던 바람마저 잦아들고 달도 없는 캄캄한 밤하늘에 떠 있는 별은 더욱 빛났어. 우리 둘은 하늘에 있

는 별과 물 위 별을 번갈아 보며 추위를 달랬고.

갑자기 마차가 심하게 흔들리고 기우뚱기우뚱거리네. 몸이 자꾸 뒤로 밀려. 이제 우리 집 앞에 있는 고개에 다다른 거야. 나랑 동생은 추위 떨면서도 꾸벅꾸벅 졸았어. 장작을 덮었던 허름한 멍석으로 몸을 감싸기는 했지만 추위를 어찌 막아. 아버지는 고개 중턱쯤 가서 깨시데.

"다 왔냐? 잘 찾아가지? 소만 한 동물이 어디 있나? 사람이 소만큼만 착실하면 먹고사는 데 일없다."

고갯마루를 넘어서니 마당이 훤해. 집 식구들이 아직 장에서 돌아오지 않으니 엄마가 마당에 등불을 밝혀 둔 거야. 그렇게 장작을 내다 팔고 온 뒤 아버지랑 나는 산을 돌아다니면서 참나무를 베다가 쌓기 시작했어. 장작을 바싹 말려서 가져가면 값을 더 받지만 참나무 장작은 젖은 것도 잘 팔린다는 거야. 한두 달만 말려도 참나무는 잘 탄다네. 화력도 좋고 알맞게 태운 건 숯으로도 쓰기 때문에 값이 좋아. 그런데 이 참나무란 놈은 오지게 무거워. 대신 편한 게 있어. 참나무는 알맞게 자른 다음 나뭇결만 제대로 찾아 도끼로 내려찍으면 한 번에 쫙 하고 벌어져. 한 번에 나무가 쫙 하고 벌어질 때 그 기분은 느껴 본 사람만 알지. 어찌되었든 그날 뒤로 밥만 먹고 나면 참나무를 베다가 장작 패서 담벼락에 쌓는 게 일이었어. 그러던 어느 날이야.

"최 주사, 계시우?"

누가 아버지를 찾기에 내다보니 지난번에 장작 팔러 나가서 만

난 아버지 친구 분이 서 계시네.

"안녕하세요? 아버지 산에 나무하러 가셨는데요."

"안으로 들어오세요. 이제 내려올 때가 됐어요. 아들! 얼른 산에 가서 아버지 오시라 해라. 가는 길에 지게 가져가서 해 놓은 나무 몇 개 져 오고."

나는 지게를 지고 산으로 올라가면서 아버지를 불렀지. 그런데 아버지는 벌써 내려오고 있네. 나무를 다해서 내려오는 게 아니야. 산골에서는 산이나 논에서 일하다 누가 고개를 넘어오면 금방 눈에 띄거든. 아버지도 산에서 나무하다 친구가 오니까 서둘러 내려오고 있었던 거야.

"굵은 참나무는 무거워. 위험하니까 가는 거 몇 토막 지고 내려오거라."

아버지가 해 둔 나무를 몇 토막 지고 집으로 내려오니 엄마가 동네로 내려가 막걸리를 받아 오라며 주전자를 내밀어. 주전자를 받아 들고 동네까지 뛰어갔지. 술을 받아 온 다음 동생이랑 마당에서 놀고 있는데

"큰길에 나가 놀고 있어. 고구마 다 찌면 부를게."

큰길이라고 해 봐야 차가 다니길 하나, 하루 종일 마차가 몇 번 지나가면 그게 전부인 동네라 길이 놀이터였거든. 길에서 한참 놀고 있는데 친구 분이 아버지, 엄마랑 뭔가 이야기를 하며 큰길로 나오시네. 이제 가시나 봐.

"이놈이 지난번 장날 본 둘째 아들이지? 내 눈이 정확해. 아주 눈

썰미가 있고 손재주가 좋겠어. 아주머니! 제 이야기 잘 생각해 보시고 연락 주세요. 큰아들 놈이 트럭 가지고 내일 서울 가는 길에 데리고 가면 좋겠어요."

무슨 말인지 나야 알아들을 수 있나. 여하튼 아저씨는 나랑 동생 머리를 쓰다듬어 주고 고개 넘어가셨지. 나는 엄마, 아버지랑 같이 집으로 들어가 저녁을 먹고 잠자리에 들었어.

다음 날 새벽에 엄마, 아버지가 두런두런 이야기하는 소리가 들리네.

"먹여 주고 재워 주면서 이발 기술 가르쳐 준다는데 어쩔까요?"

"여기 있다고 뾰족한 수가 있는 것도 아니고. 저놈 앞날을 생각하면 어딘가 가서 뭐라도 배워야지. 여기서 농사짓고 나무하고 살아서는 희망이 없어."

"그렇긴 하지만 아직 어린애가 집 떠나 어찌 살지. 덩치만 산만큼 커서 험한 꼴이나 당하지 않을런지. 공장에서 일하다 다쳐 오는 애들 많잖아요. 나쁜 애들하고 어울릴까 그것도 걱정이고."

"이발소 하는 아들이 둘째라는데 어머니, 아버지 봐서는 자식들도 선하겠더만. 아예 아무것도 모르는 사람한테 부탁하는 것보다는 나을 것 같네."

"아들한테 내 입으로는 가라 마라 말 못 해요. 에미가 돼 가지고 학교도 못 보내면서 남의집살이 가라고 등 떠미는 것 같아서……. 이 녀석만 생각하면 가슴이 먹먹해요."

"어쩌겠소. 다 무능한 내 탓이지."

그제서야 낮에 아저씨가 다녀간 까닭을 알게 되었어. 이 상황에서 내가 길을 골라 갈 수 있나. 며칠 안 되는 남의집살이지만 여관에서도 일해 본 나야. 여관에 비하면 기술도 배우는데 망설일 게 뭐 있겠어. 당연히 해야 할 일이라고 생각했어.

아침에 일어나니 하늘이 흐린 게 눈이 내릴 것 같았는데 아침밥을 먹고 나니 눈발이 날리기 시작했어. 엄마가 부엌에서 아침밥 지을 때야. 나는 아궁이 앞에 앉아 아궁이를 부지깽이로 쑤시면서 이발소에 가겠다는 내 생각을 말했고 엄마는 별말씀 없었지만 가지 말라고 말리지는 않았어.

아침밥 먹고 얼마 안 지났는데 밖에 누가 왔네. 내다보니 내리는 눈을 맞으며 어제 그 아저씨가 오셨어. 엄마, 아버지는 무거운 표정으로 아저씨를 방 안으로 들어오게 했고 나는 나가지 않고 방 안에 앉았어.

"큰아들이 오늘 서울 갈 거라 들렀어요. 어제 드린 말씀도 있고 해서요."

"부모 처지에서 뭐라 하겠어요. 이놈이 가겠다네요. 당장 다른 길이 없으니 보내야지요. 마음이 여린 놈이니 잘 부탁드려요."

엄마는 심각한 얼굴로 말했어. 아버지는 옆에서 아무 말 못 하고 천장만 쳐다보다 한숨만 쉬고, 동생은 이게 무슨 일인가 싶어 내 옆에 있다가 엄마 무릎에 엉덩이를 드밀며 앉아 눈만 껌뻑이네. 말하던 엄마 눈에 눈물이 비치는가 싶더니 옷 몇 가지를 싸겠다고 일어서시는 거야. 나는 동생을 데리고 부엌으로 가서 아침밥 하고 남은 불에 묻어 둔 고구마를 꺼내 먹었어. 다른 때 같으면 뭐라고 조잘대며 떠들 동생이지만 그날따라 아무 말 안 하고 내가 까 주는 고구마를 먹다 울먹이는 거야.

"오빠, 가지 마라."

"짜식, 울긴. 내가 기술 배워 돈 벌면 선물 사서 보내 줄게. 편지도 하고."

불 속 고구마가 탈까 봐 끄집어내 부뚜막에 올려놓는데 엄마가 날 부르시네. 방에 들어가 떠날 준비를 했지.

엄마가 보자기에 싸 준 옷가지를 들고 아저씨 뒤를 따라 길을 나섰어. 아버지는 그 아저씨한테 계속 뭐라고 이야기하셨고. 그날따라 왜 그렇게 눈이 많이 오는지 금방 머리 위로 눈이 하얗게 쌓이네. 이제 헤어져야 하는 순간이야. 아저씨는 저만치 앞서서 뒤돌아보며 내가 오기를 기다리고 있는데 엄마는 내 머리와 어깨에 쌓이는 눈을 털어 주며 눈물 머금은 목소리로 말했어.

"아들, 미안하네. 몸 잘 챙겨."

나는 아무 말도 못 하고 고개만 꾸벅 숙이고 고갯길을 넘어가기 시작했어. 고개를 오르다 몇 번 뒤돌아보니 내리는 눈에 부모님과 동생은 점점 희미해지고, 고갯마루에 올라 뒤돌아보니 아무것도 안 보이더라.

이런 건 실수지 잘못이 아니야

계룡초등학교 앞 삼거리에 다다랐어. 왼쪽으로 가면 논산, 전주, 광주로 가고 오른쪽으로 가면 공주, 천안, 서울이지.

"다 왔다. 저기 오른쪽으로 꺾어지는 모퉁이에 있는 집이다."

가리키는 집을 보니 대문도 울타리도 없는 우리 집하고는 달라. 마당을 담으로 빙 둘러싸고 대문도 옛날 양반집처럼 묵직한 나무로 짜서 만들었더라고. 아저씨가 문을 붙잡고 흔드니까 안에서 신발 끄는 소리가 나면서 사람이 나오더니 문을 열어.

"둘째네 가서 같이 지낼 아이요. 눈이 많이 와서 위험할 텐데 갈수 있을라나."

"들어오너라. 눈길 걸어오느라 애썼다. 짐은 주고 이리 들어와. 몸을 좀 녹여야겠다."

주인아주머니는 나를 아주 살갑게 맞아 주면서 안방으로 데리고 들어갔어. 아랫목에 깔아 놓은 이불을 들추면서 앉게 하더니 이불로 발을 덮어 주네. 좋더라. 눈길을 걸어와서 추운 것도 있지만 사실 집 떠나는 내 마음이 어떻겠어? 날씨만큼이나 움츠러들어 있던 난 아랫목에서 느껴지는 따스함이 더없이 고마웠어.

우리 집은 장롱도 없이 그냥 옷가지를 대충 걸어 놓거나 한쪽에 쌓아 놓고 사는 형편인데 이 집은 달라. 장롱도 큼지막한 게 있고 벽에는 그림도 걸려 있는 거야. 살림살이도 가지런히 정리되어 있고. 가져다준 수건으로 젖은 머리를 대충 닦고 방 안을 두리번거리며 살피고 있는데 맛있는 냄새가 솔솔 풍기네. 조금 있으니까 방문이 열리고 밥상이 들어와.

밥을 먹고 구수한 누룽지와 숭늉으로 입가심을 하고 얼마 안 있다가 그 집을 나섰지. 미끄러워서 갈 수 있을까 싶은데 그래도 나서더라고. 나야 어차피 떠나기로 한 길이니 얼른 가고 싶지. 들어올 때는 온종일 멈추지 않을 것처럼 퍼붓더니 밥 먹는 새 눈이 그쳤네. 아저씨가 큰아들한테 운전 조심하라며 뭐라고 이야기 나누는 동안 아주머니는 내 손을 꼭 잡더니

"고생스럽더라도 기술 열심히 배워. 우리 둘째도 꼭 네 나이에 집 떠나 배운 거야. 어렵게 산 애라 잘해 줄 거다."

하면서 아직 따스한 기운이 남은 노릇노릇한 누룽지를 가면서 먹으라고 차에 올려 주시네. 눈길에 조심하라는 말을 들으며 차는 떠났어. 난 작은 트럭인 줄 알았는데 그게 아니고 큰 거야. 당시 나오는 트럭 가운데 가장 커. 위에 올라앉으니 버스하고 견줄 수 없을 정도로 높네. 잠깐 다녔던 중학교가 있는 언덕을 지나 공주대교를 건너니 넓은 들녘이 나오고, 버즘나무가 맞닿아 굴처럼 생긴 길을

한참 달리니 언덕이 나오기 시작하는데 이 고개가 차령 고개야. 공주와 천안을 갈라놓는 산이지. 지금은 차령 터널이 뚫려 언덕을 오르지 않지만 터널이 생기기 전에는 이 고개를 넘어야 했고 눈만 오면 차들이 쉽게 넘지 못했어.

그날도 고갯길을 오를 때만 해도 아래를 내려다보며 경치 좋다고 신 나게 구경했는데 산마루를 넘어서는 순간 그게 아니야. 옆에서 운전하는 큰아들 눈빛과 얼굴 표정이 달라졌어. 입을 꾹 다문 채 몸은 의자에 기대지 않고 앞으로 당긴 상태에서 살살 아주 살살 모는데, 어찌나 신중한지 나도 모르게 온몸에 힘이 들어가. 막 언덕을 넘어 모퉁이를 두 개쯤 돌아서는데 다시 급하게 꺾어지는 길이 나와. 그런데 갑자기 차가 저 혼자 흔들리더니 아래로 쭉 밀려 내려가는 거야. 그 아래는 까마득한, 그야말로 낭떠러지인데 하필 그쪽으로 밀리는 거야. 난 두 손에 힘을 꽉 주고 여차하면 문 열고 밖으로 뛰어내릴 준비를 했어. 차랑 같이 구르느니 산으로 튕겨 나가는 게 낫겠다는 계산을 한 거지. 낭떠러지와 큰아들을 번갈아 보고 있는데 흔들리며 미끄러지던 차가 멈추는 거야.

"천천히 내려. 아주 살살! 바퀴를 괴야겠다. 돌하고 흙을 찾아."

그러고는 의자 뒤에서 삽하고 장갑을 꺼냈어. 나도 장갑을 받아 끼고 조심조심 내렸지. 내려서 바퀴를 보니 아찔하더라. 바퀴 하나 정도만 더 밀렸어도 그냥 그대로 절벽 아래로 굴러떨어지는 거였어. 지금처럼 보험회사에 연락해 견인차를 부를 수 있는 것도 아니고 스스로 해결해야 해. 그나마 다행인 건 그때는 지금처럼 차가 많이 다니질 않아. 더구나 눈이 와서 더 안 다니지. 나는 시키는 대로 길옆에서 흙을 퍼다가 바퀴 밑에 뿌리고 돌을 가져다 단단하게 고였어. 큰아들은 바퀴 고인 걸 여러 차례 확인한 다음 차에 오르면서 나더러는 밖에 있으라네. 다행히 조금 밀리는 듯하다 앞으로 훅 하고 나가더라고. 일단 사고는 피했어.

그렇게 한 번 호되게 고생한 뒤로는 고개를 다 내려갈 때까지 가다가 밀리겠다 싶으면 내려서 삽과 곡괭이로 얼어 있는 땅을 파 흙을 뿌리며 내려갔지. 꽤 여러 번 그렇게 흙을 뿌린 뒤에야 고개를 벗어났어. 천안 시내로 들어서서 잠깐 쉬는데 그제서야 팔이 후들거리더라. 삽질을 하기도 했지만 나도 모르게 긴장해서 의자를 꽉 잡은 거야.

그렇게 해서 마침내 넓은 길을 달리기 시작했는데 얼마 안 가 천안 위에 있는 성환에 이르렀어. 성환은 천안과 평택 사이에 있는데 경부선 철길이 지나가. 철길 건널목을 건너니 큰 냇물이 나오고 그 냇물을 지나 얼마 안 가니 앞에 꽤 큰 동네가 나타나네.

"다 왔다. 저기 이발소 보이지."

넓은 마당이 가장 먼저 보이고 바로 오른쪽에 이발소가 보여. 어둑어둑 어둠이 내리고 있는데 눈 쌓인 마당에는 동네 사람 몇몇이 모여 있다가 차가 들어오니까 비켜 주더라. 큰아들이랑 아는지 뭐라고 이야기도 건네고.

내 짐 보따리를 들고 차에서 내려 우두커니 서 있는데 이발소 문이 열리고 하얀 가운을 입은 아저씨랑 애기를 업은 아주머니가 나오더니 내게 다가와.

"아버님한테 연락 받았다. 너구나. 키가 크네. 먼 길 오느라 힘들지? 들어가자. 곧 이발소 닫고 들어가마."

나는 아주머니를 따라 안으로 들어갔고 차를 몰고 온 큰아들은 더 늦기 전에 서울에 가야 한다고 그길로 되돌아서 바로 떠났어. 이렇게 해서 성환이라는 땅은 어둠과 이발소 불빛으로 처음 내게 다가왔지.

저녁을 먹고 아저씨랑 같이 이발소를 둘러보러 나갔어. 이발소에는 의자가 세 개 있어. 드나드는 문을 바라보고 왼쪽에 하나, 오른쪽에 두 개. 그 옆으로 기다란 나무 의자가 벽에 붙어 있어서 손님들이 차례를 기다리며 거기서 신문도 보고 라디오도 듣곤 하지. 나무 의자가 있는 벽에는 창문이 있는데 그 너머로 동네 마당이 보여. 가게 문을 들어서면 바로 맞은편에 안방으로 들어가는 쪽문이 하나 있고 쪽문과 가게 문 사이에는 연탄난로가 자리 잡고 있고.

"이발 일을 모르는 사람 눈에는 일거리가 없는 것처럼 보여. 처음에는 뭘 해야 할지 모를 거야. 청소부터 하면서 하나씩 배워 가자. 바닥 쓸 때는 물을 가볍게 뿌리고 쓸어야 먼지가 안 나. 손님 발에 흙먼지가 묻어 들어오니까 꼭 물을 조금 뿌리고 하거라. 여기 머리 감는 데는 하루에 몇 번씩은 닦아 내라. 물통에 물도 여유 있을 때마다 길어다 붓고. 처음에는 이 정도만 하고 몸에 익으면 할 게 자꾸 보일 거야. 이발 기술은 틈날 때마다 옆에서 보면서 배워. 내가 한가할 때는 따로 시간 내서 가르쳐 줄 테니."

이 밖에도 시골이라서 동네 어른들께 인사를 공손하게 잘하는 것부터 누가 농담하더라도 함부로 대꾸해서는 안 된다는 것까지 몇 가지 조심할 걸 알려 주더라. 그러면서 하는 말씀이 부모님이 친동생이라 생각하고 야단칠 것 있으면 야단치면서 나쁜 길로 가지 않게 하라는 이야기도 했다는 거야. 그러니 삼촌이라고 부르래. 아주머니보고는 숙모라 하고. 그런데 나는 '아줌마, 아저씨'라고 불렀어. 불편해서 삼촌이니 숙모니 하는 소리가 안 나오더라고.

일 끝나고 어디 가려면 꼭 가는 데를 말하고 가라는 말을 몇 번이나 하더라. 동네 내 또래 아이들 가운데 어느 날 갑자기 몇 명씩 무리 지어 서울로 떠나는 애들이 있는데 그런 데 휩쓸리면 큰일 난다는 거야. 하긴 거기만 그런가. 내가 살던 동네도 그러기는 마찬가지였어. 대도시에는 날마다 공장이 생기고 일손이 부족하니까 시골에서 젊은 사람들을 많이 데려다 썼거든.

빗자루 같은 청소 도구는 어디 있고 쓰레기는 어디다 버리는지 알아 뒀어. 연탄은 시간 맞추어 갈기가 힘들다고 아주머니나 아저씨가 직접 갈 거니 신경 쓰지 말래. 바쁠 때는 연탄 갈라는 이야기를 해 줄 테니까 언제 갈아야 할지 시간에는 신경 쓰지 말라는 거야. 이 말을 듣고 마음이 놓였어. 다른 건 몰라도 한밤중이나 새벽에 연탄을 갈아야 하면 잠을 깊이 잘 수가 없어. 깜빡 잊으면 연탄불이 꺼지고. 보통 신경 쓰이는 일이 아니거든.

아저씨는 이발소를 둘러보고 나서 내가 잘 방을 보여 주더라. 부엌에서 화장실로 가는 길에 작은방이 있는데 거기가 내 방이야. 주인 방하고는 완전히 떨어져서 좋기는 한데 구석이라 좀 그렇더라. 방에 들어가니 작은 서랍장 하나가 있어서 거기에 가져온 옷이랑 양말을 넣고 그 위에 있는 이불을 방바닥에 깔았지. 낯선 방에 혼자 앉아 있으니 잠깐 꿈을 꾼 것 같아. 아침만 해도 엄마, 아버지, 동생이 같이 있었는데 갑자기 알지도 못하는 곳에 혼자 뚝 떨어져 있는 거야. 마치 《이상한 나라의 앨리스》에 나오는 것처럼 낯선 세상에 뚝 떨어진 기분이야. 여기를 벗어나려면 힘든 관문을 지나야 하고 마법 약을 먹거나 목숨 걸고 뭔가를 해야 할 것 같은데, 난 여기를 벗어나는 길을 모르고. '내가 스스로 원해서 온 거 맞아?' 하는 생각이 슬슬 올라오는 걸 얼른 눌렀어.

방에 이불을 깔아 놓고 부엌에 있는 아주머니한테 동네 한 바퀴 돌아보고 오겠다고 한 뒤 밖으로 나왔어. 어두워졌지만 무서울 게 뭐 있어. 방 안에 혼자 앉아 있으면 자꾸 집 생각나는 게 더 싫었어. 내가 살던 데와 달리 전기도 들어오고 냇물 둑 근처에는 공장도 있더라. 성환 시내 쪽으로 냇물이 흐르는데 냇물 위 다리를 건너 트럭을 타고 처음 들어오던 길로 되돌아가 보니 거기는 공장도 대여섯 군데나 있어. 기차 건널목 앞에서 되돌아서서 이발소 있는 동네 골목을 이리저리 돌아다녔지. 개가 짖어서 조금 신경이 쓰였어. 여기는 내가 살던 동네와 달리 개를 묶어 놓고 키우네. 여기만 해도 도시가 가까워 그런가 봐. 동네를 논이 빙 둘러싸고 있는데 어둠 속에서 어슴푸레 보이는 논이 굉장히 커. 내가 농사짓던 다랑논하고는 비교도 안 되게 반듯하고.

개 짖는 소리를 들으며 온 동네를 돌아다니다 보니 다리도 아프고 지치기도 해서 이발소로 돌아왔어. 혼자 이불 속에 들어가니 잠이 와야지. 그렇게 뒤척이다 깜빡 잠이 들었는지 눈을 떠 보니 어느새 아침이네. 벌떡 일어나 옷을 입고 이발소로 갔지. 이렇게 이발소 생활이 시작되었어.

정말이지 허드렛일이 끝도 없이 생기더라. 바닥 쓸고 물 길어오고 드나드는 문 닦고 그 많은 수건 널고 개고……. 늘 할 일이 뭐가 있을까 찾으며 시간을 보냈는데 일이 힘든 게 아니라, 어딘가에 해야 할 일이 있는데 내가 몰라서 못 하는 게 있을 거라는 불안감이 더 컸어. 첫날은 하루가 왜 그렇게 긴지, 정말 징그럽게도 시간이 안 가더라. 저녁밥 먹고 아저씨가 그래.

"힘들었지? 며칠 하면 요령도 생기고 그러면 좀 여유로워질 거다. 일하다가 틈나는 대로 내가 하는 걸 눈여겨봐 둬. 처음에는 보는 게 무슨 보탬이 될까 싶은데 자꾸 보다 보면 백번 설명하는 것보다 낫다는 걸 알게 될 날이 올 거다. 이런 일은 설명한다고 되는 게 아니거든. 웬만큼 눈에 익고 몸으로 해 봐야 제대로 보이기 시작해. 여하튼 틈만 나면 봐라. 빨리 배워야 너도 좋으니까. 네가 면도나 간단한 이발을 하면 월급을 주마. 우선 일주일마다 쓰라고 용돈은 줄 테니까 부지런히 배워. 나중에는 네가 이발소를 차려도 되고 어디 가서 월급을 받아도 된다. 기술만 좋아봐라 서로 데려가려고 난리지."

하루는 손님도 없고 한가한데 나보고 머리 감은 지 얼마나 됐냐고 물어보시네. 며칠 됐다 하니 감겨 주시겠대. 그러면서 손님들처럼 의자에 앉혀 놓고 수건으로 턱 밑을 감싸고 감겨 주는 거야.

"먼저 손님을 의자에 앉게 한 다음 윗도리가 젖지 않게 턱 밑으로 해서 무릎까지 이 큰 수건을 둘러라. 집게로 목 뒤에서 수건을 꽉 물어. 그런 다음 물 묻히기 전에 두 손으로 머리카락을 가볍게 털어. 우리 나라 사람은 머리를 함부로 다루면 기분 나빠하니까 정성껏 해야 한다. 어린애들은 살살 하고, 나이가 많을수록 시원한 느낌이 들게 손끝으로 툭툭 치면서 하고. 그런 다음에 물을 부으면서 비누칠을 하는데 손톱이 아니라 손톱 바로 아래 도톰한 살로 문질러. 덜 시원하다고 하면 이 솔로 살살 문지르면 시원해할 거야. 머리숱 많은 사람은 솔을 쓰면 머리카락이 맞물려 뽑히기도 하니까 쓰지 마라. 어른은 두 번 비누칠하고 아이들은 한 번만 해 줘. 더러운 사람은 더 많이 하고. 다 끝나고 나면 손으로 이렇게 돌려서 머리카락에 있는 물을 짜내. 그런데 이게 끝이 아니다. 꼭 새 물을 손에 묻혀서 눈을 살짝 문질러 줘야 해. 왜 그러는지는 네가 이발소 다녀 봐서 알 거야."

아이고, 머리 감기는 일은 아무것도 아니라고 여겼는데 그게 아니네. 사람마다 머리 생김새도 다르고 머리카락 성질도 다 달라. 내가 이발소에서 일하기 시작하면서 사람을 만나면 머리가 가장 먼저 보여. 수염도 그렇고. 그날 아저씨가 머리 감기면서 이런저런 기술을 알려 주는데 쉽지 않겠더라고. 내가 내 머리 감는 거랑은 완전히 달라. 다 감기고 난 뒤 손님한테 하듯이 나를 의자에 앉히고 머리 말리는 방법과 얼굴에 화장품 바르는 방법을 가르쳐 주셨어. 손등에다 로션을 미리 묻혀 놓고 손바닥에 스킨을 덜어서 먼저 발라. 그냥 대충 쓱 문지르는 게 아니고 눈과 입을 피해서 이마, 볼, 턱과 목덜미를 톡톡 치듯이 하라는 거야. 그러고 나서 얼굴에 주름이 생기지 않게 로션을 바르는 방법도 배웠어.

시간만 나면 주인아저씨를 손님으로 삼고 머리 감기는 연습을 하는데 긴장을 해서 그런지 한 번 감기고 나면 허리랑 어깨 그리고 목까지 아파. 게다가 내 옷도 그렇고 주인아저씨 옷도 물이랑 비누가 튀어 엉망이네. 옷만 그런 게 아니라 세면대 둘레가 난리야. 물도 많이 들고. 허드렛일을 하면서 틈만 나면 머리 감기는 연습을 했고 내 머리를 감을 때도 손님한테 감기는 거라 생각하고 감았지.

면도하는 법도 차근차근 배웠어. 이발소에서 쓰는 면도칼은 날카로워. 날이 시퍼렇게 서 있어서 무섭기까지 해. 더구나 얼굴과 목에 난 수염을 깎는 거라 무섭기도 하고. 애들이야 목덜미에 난 잔털과 귀밑머리만 다듬으면 되지만 어른들은 수염이 많거든. 지금은 면도할 때 쓰는 거품이나 크림이 있지만 그때는 비누 거품을 칠했어.

면도할 때가 되면 나는 손님을 뒤로 눕히고 큰 수건으로 윗도리를 덮어 준 다음 비누 거품을 냈어. 비누 거품이 묻어 있는 솔을 난로 연통에 대고 살살 문지르지. 여름에는 상관없는데 겨울에는 차가운 거품을 그냥 얼굴에 대면 섬뜩해서 사람들이 싫어해. 그래서 난로 연통에 대고 문지르면 뜨듯해지고 거품도 잘 나거든. 그걸 수염에 문질러 주고 수건을 뜨거운 물에 적셔 흐르지 않을 만큼 짜서 수염을 덮어 따뜻하게 해 주는 일을 내가 했어. 수염이 부드럽고 적은 사람은 한 번, 억세고 많은 사람은 두 번 해 주었지. 턱수염을 따뜻하게 해 주면 수염이 부드러워져서 면도할 때 칼이 잘 들어. 아프지도 않고.

면도 준비하는 일에 어지간히 자신감이 생긴 어느 날이야. 그날 따라 손님이 어찌나 많은지 정신이 없더라고. 나는 비누 거품을 얼굴에 칠한 다음 수건을 뜨거운 물에 담갔다 짰어. 물기를 어지간히 빼고 한 번 펼친 다음 손님 얼굴에 척 얹었지. 원래는 가장 억센 턱부터 조금씩 얼굴 위쪽으로 덮어 가야 하는데 내가 좀 건방을 떤 거야.

"앗 뜨거!"

하고 비명을 지르면서 누워 있던 손님이 벌떡 일어났어. 면도하려고 손님 가슴 위에 얹어 둔 거품 통이랑 신문 조각이 바닥에 나뒹구는 건 말할 것도 없고, 옆에서 마무리 가위질을 하던 주인아저씨도 놀라서 하던 일을 멈추고 달려와 손님 얼굴을 살폈어. 난 무조건 죄송하다고 사과했고 주인아저씨도 찬물로 찜질해 주며 한동안 쩔쩔맸어. 손님이 다행히 이 동네 사람이라 그런지 심하게 뭐라하지는 않았고 요금도 다 냈어. 면도하면서 편하게 쉬려는데 갑자기 뜨거운 수건을 확 덮었으니 얼마나 놀랐을까?

머리 감기고 말리는 일은 이제 내가 도맡아서 하게 되었어. 머리카락이 몸으로 들어가지 않게 수건을 감싸는 일은 말할 것도 없고,

초등학생이 오면 뒷머리 잔털을 면도칼로 미는 것까지도 내 일이 되었지. 힘들기는 하지만 재미있어. 내 솜씨를 인정받기 시작하니까 자꾸 의욕도 생기고 동네 분들이 빨리 배운다고 칭찬도 해 주니 얼마나 좋아.

주인아저씨는 쉬는 날이나 한가할 때 자기를 시험 삼아 면도 연습을 하게 했어. 초등학생 뒷머리 면도를 해 주면서 어느 정도 칼을 무서워하는 것도 줄어들었거든. 손님이 많을 때는 목이랑 코 밑은 주인아저씨가 하고 턱과 볼은 내가 맡아 하기 시작했어. 그냥 아무 손님이나 하는 게 아니고 주인아저씨랑 친한 분이 오시면 내가 면도를 해도 되겠냐고 부탁을 하는 거지. 그러면 거의 받아 줘.

"떨지 말고 마음 편히 해 봐. 많이 베이게는 하지 마라. 조금 피나는 건 넘어가 주지."

"은근히 겁난다. 살살 해라."

"목은 하지 마. 나 아직 더 살아야 한다."

면도를 배우기 시작하면서 주인아저씨 면도는 쭉 내가 했지. 손님을 상대로만 안 한 거야. 느리기는 해도 베는 일은 없었어. 꼼꼼하게 한다고 해도 꺼칠꺼칠한 데가 몇 군데 나오긴 하더라.

이제 손님 가운데 수염이 부드러운 분은 내가 면도를 맡아서 하기 시작하던 어느 토요일 오전이야. 길 건너편에서 소를 여러 마리 키우는 집 할아버지가 오셨어.

"꼬마야! 오늘은 네가 내 면도 좀 해다오."

"네?"

나이 드신 분들은 수염도 많고 뻣뻣해서 아직까지 한 번도 해 본 적이 없거든.

"오늘 회갑 잔칫날인데 제가 할게요."

주인아저씨가 나서서 말렸어.

"아녀, 오늘은 이놈한테 하고 싶어. 나도 좋은 일 하는 거고. 내 수염이 숱도 많고 어지간히 억세야지. 내 수염만 잘 깎으면 웬만한 사람 수염은 다 깎을 수 있을 게다. 머리 다듬고 나거든 해 봐라."

할아버지가 그러는데 주인아저씨라고 별수 있나.

"그래도 잔칫날인데 얼굴에 상처라도 나면 어째요. 사진에 남는다고 자식들이 걱정할 텐데."

"걱정 마. 다 내가 알아서 할게. 당신은 머리나 잘 다듬어 줘."

"네. 머리에 기름도 바르고 뒤로 시원하게 넘겨 드릴게요."

아저씨가 할아버지 머리를 다듬는 동안 나는 면도칼 가운데 가장 잘 드는 놈을 고르고 거품도 새로 내 난로 위에 얹어 따스하게 준비했어. 가슴에 덮어드릴 큰 수건도 새 걸 꺼내 준비해 놓고. 머릿속으로 어디서부터 면도를 시작해야 하는지, 조심할 게 뭐가 있는지 생각하면서 바닥을 쓸었지. 마침내 이발이 끝나자

"이발 끝났다. 면도 잘해 드려라. 나는 저쪽 의자에 앉아 신문이나 볼게."

주인아저씨는 멀찌감치 앉아서 신문을 보고 아예 내 쪽은 쳐다보지도 않네. 긴장이 되면서 마치 시험 보는 기분이 들어. 잘하면 한고비를 넘기고 내 실력을 인정받는 거잖아. 오늘 회갑 잔치에 동

네 사람들이 다 모일 텐데 내 이야기가 나올 수도 있고. 잘해야겠다는 각오로 수건을 뜨거운 물에 담갔다 꺼내 꾹 짠 다음 펴 내 볼에 살짝 대니 좀 뜨겁다 싶어. 한 번 더 펼쳐 입으로 후후 분 다음 턱부터 시작해서 살이 부드러운 쪽으로 눌러 덮었지. 골고루 꾹꾹 눌러 놓고 다시 새 수건 한 장을 꺼내 또 뜨거운 물에 적신 다음 아까처럼 알맞은 정도로 뜨겁다 싶을 때 먼저 있던 수건을 걷어 내고 다시 덮었지.

조금 있다 수건을 걷어 내고 골고루 거품을 발랐어. 다 바른 다음 걷어 냈던 수건을 뜨겁게 해서 다시 덮어 두고 코와 윗입술 사이 수염, 그러니까 코밑수염을 밀어 내기 시작했지. 피부를 팽팽하게 하고 수염이 난 방향을 거슬러서 미는데 한 번에 쭉 미는 게 아니고 조금씩 조금씩 밀어 올리면서 해 나갔어. 코밑수염을 다 밀고 나서 턱을 했고 마무리로 목 부분까지도 아무 탈 없이 끝냈어. 귓바퀴에 난 잔털까지도 사각사각 밀어냈으니 그야말로 깔끔하게 마무리한 거야.

개운한 마음으로 따뜻하게 한 수건으로 이마부터 얼굴 전체를 닦아 낸 뒤 스킨을 듬뿍해서 얼굴에 고루 문지르는데, 어라 코 바로 밑, 그러니까 인중이라고 하지, 거기가 꺼끌꺼끌해. 자세히 보니 수염이 덜 깎여서 긴 털이 몇 개 있네. '이까짓 것쯤이야' 하고 손가락에 거품을 조금 묻혀 바르고 면도칼로 인중 윗부분, 그러니까 두 콧구멍 사이에 오목 들어간 부분에 있는 털을 면도날 끝으로 살살 미는데……. 아이고 이를 어째. 수염을 밀다가 그만 칼이 내

뜻과 다르게 훅 하고 나가는 거야. 인중 윗부분이 싹 베이면서 피가 확 솟네. 얼른 솜으로 막았어. 2밀리미터 정도 베였는데 코를 위로 밀어 올리면 표시가 날 정도야.

얼굴이 벌게져서 어쩔 줄 몰라 당황해하자 주인아저씨가 와서 솜으로 피를 닦고 이럴 때를 위해 준비해 둔 지혈제를 발라 주셨어. 다행히 피는 곧 멈췄는데 얼굴 가운데인 인중에 표시가 나. 할아버지께 얼마나 죄송한지 나는 울면서 고개를 숙이고 잘못했다고 사과했어. 다치게 한 것도 잘못이지만 잔칫날인데도 일부러 내게 면도할 기회를 주신 할아버지 마음이 느껴져서 죄송함이 더 컸지. 피가 멎고 난 뒤 일어나 머리 감으러 가면서 할아버지가 하시는 말씀이

"이놈아! 내가 이 나이 먹도록 살면서 이런 실수만 했으면 성인군자가 됐겠다. 이건 아무것도 아니야. 난 여태껏 살면서 죄 많이 졌다. 잘하려다 그런 건 실수지 잘못이 아니라니까."

"……."

"그만하고 머리 감겨 다오. 요새 머리숱이 자꾸 빠지니까 살살 시원하게 해 봐라."

머리 감기는 거야 이제 어지간히 하거든. 주인아저씨는 쓰던 비누가 있건만 얼른 새 비누를 꺼내 오셨어. 나는 손톱이 아니라 손톱 아래 도톰한 살로 정성껏 머리카락을 털었어. 구석구석 잘 감겨 드리고 나서 새로 배운 머리 안마까지 해 드렸지. 등도 토닥여 드리고. 아저씨가 머릿기름을 발라 마무리하는 동안 나는 잔치에 신

고 갈 구두에 침까지 뱉어 가며 그야말로 파리가 미끄러질 만큼 삐까번쩍하게 닦았지. 머리 손질이 끝나길 기다렸다가 의자 바로 앞에 구두를 가져다 놓아드린 다음 얼른 윗도리를 꺼내 팔을 넣기 좋게 해 드렸고.

"너 오늘 큰일 했다. 이제 이놈한테 면도 맡겨도 되겠어. 좀 있다가 잔치에 오너라. 우리 집에서 하니까 꼭 와라."

나랑 주인아저씨는 문밖에까지 나가 그야말로 허리를 구십 도로 꺾어 인사를 드렸지. 그날 회갑 잔치에 갔더니 할아버지는 한 잔 거나하게 취하시자 날 부르시더라. 술 한 잔 따르라 하더니만 큰소리로 면도를 아주 잘한다고 오늘 면도도 이놈이 다했다고 했어. 면도하다 낸 얼굴 상처는 안 보였어. 이발소에서 볼 때는 꿰매야 할 정도로 커 보이더니 찬찬히 눈여겨봐도 눈에 안 띄네. 나중에 알았는데 자식들한테 얼굴을 베였다는 말을 꺼내지도 않으셨다는 거야.

그날부터 웬만한 얼굴 면도는 다 내가 하게 됐어. 그리고 그달에는 월급도 조금 받아 집에 보내면서 막내 동생 쓰라고 색연필과 공책도 사서 소포로 부쳤어. 짧은 편지도 같이.

귀한 마음을 기억할 뿐

쉬는 날이나 가게 문 닫은 밤에도 집에 있으면 마음이 편하지 않아. 자꾸 뭔가 일을 하지 않으면 안 된다는 생각이 날 짓눌렀거든. 그렇다고 밖에 나오면 어디 갈 데가 있나, 오라는 데도 없고. 내 또래 동네 아이들은 거의 다 어려서부터 같이 자라서 같은 초등학교와 중학교에 다니니 잘 알지도 못하는 나를 끼워 주지 않아. 더구나 학생도 아니고 남의집살이를 하고 있으니 더 그래. 가끔 어쩌다 끼워 줘도 어울리는 게 쉽지 않고. 자기들끼리 함께한 세월이 얼만데 내가 끼어들 틈이 있겠어. 당연히 난 혼자야.

성환 이발소에 온 첫날 내 눈에 들어온 건 경부선 철길 건널목을 건너자마자 있는 냇물이었어. 좁은 콘크리트 다리 위로 아슬아슬하게 천천히 건너는 트럭 위에 앉아 있던 내 눈에 들어온 냇물. 비록 겨울이라 얼어 있었지만 하얀 눈 덮인 냇물이 내 마음에 남았는지 틈만 나면 냇물 쪽으로 걸어갔어. 혼자 걷다 보면 참 외롭더라. 집 떠나 며칠 정신없이 이발소 일 하며 사느라 잠자리에만 들면 곯

아떨어졌기 때문에 깜빡 잊고 있던 집 생각이 나네.

뭐 어디 가겠다고 마음먹은 목적지가 있는 것도 아니고 해서 논에 물 대는 수로도 기웃거리고, 논에 들어가 고랑에 있는 얼음도 발로 툭툭 쳐 깨 보고, 그러면서 논두렁 따라 끝없이 혼자 걸었어. 그런데 며칠 잊고 있던 집 생각이 한 번 솟아오르더니 그칠 줄 모르고 자꾸만 떠오르네. 엄마랑 동생 얼굴이 자꾸 떠올라. 그 넓은 겨울 들녘에 누가 있길 하나, 노래를 흥얼흥얼 부르기 시작했어. 처음에는 누가 들을까 작은 목소리로 부르기 시작했지.

나무야 나무야 겨울나무야
눈 쌓인 응달에 외로이 서서
아무도 찾지 않는 추운 겨울을
바람 따라 휘파람만 불고 있느냐

이 노래를 혼자 계속 되풀이해서 부르는데 특히 '아무도 찾지 않는 추운 겨울을 바람 따라 휘파람만 불고 있느냐'에서 바로 '아무도'라는 노랫말에만 오면 목이 메였어. 그러다 나중에는 엉엉 울었어. 그냥 샘물에 물 솟듯 눈물이 솟는 거야.

쉬는 날이나 한가할 때면 목마른 사람이 물 냄새 찾아가듯 혼자 성환천 물길을 따라 걷거나 넓은 논이 펼쳐져 있는 들녘을 그야말로 하염없이 싸돌아다니는 게 내 여가 생활이었지. '겨울나무', '어머님 은혜', '어린이날 노래', 그리고 라디오에서 자주 나왔던 나훈

아의 '녹슬은 기찻길'을 부르며 바람난 동네 개처럼 돌아다녔어.

노래만 한 게 아니라 눈물을 흘리며 불렀어. 그동안은 누구한테 야단맞거나 억울하면 눈물이 나오고 그렇지 않으면 슬퍼서 운다고 생각했거든. 그런데 때로는 그냥 까닭 없이 나오는 눈물도 있다는 걸 그때 알았어. 마음이 울적하고 심심하면 둑길로 들녘으로 돌아다녔어. 처음 한두 달 동안은 혼자 흥얼거리거나 고래고래 소리 지르며 노래 부르는 게 내 일이야.

그렇게 혼자 고래고래 소리 지르고 울고 논두렁으로 뜀박질하다가 보면 어느 순간 몸에 힘이 쭉 빠지고 다리가 아프다는 느낌이 와. 그러면 얼지 않은 물을 찾아 얼굴을 쓱쓱 닦고 이발소로 돌아갔어. 주인 아저씨, 아주머니가 내 눈에서 이상한 낌새, 그러니까 울었다는 걸 눈치채지 못하게 하느라고. 혼자 돌아다니다 집에 들어가려면 나 스스로도 어색할 때가 많았지만, 일주일에 한두 번은 그렇게 시간을 보냈네. 며칠 일하다 보면 노래 부르며 돌아다니는 시간이 그렇게 기다려지는 거야.

그러던 어느 날 아침이야.

"선지! 선지! 선지!"

하는 소리와 주인아주머니가 신발 신고 나가는 소리에 잠을 깼어. 그날은 이발소가 쉬는 날이었거든. 더 자야지 하는데 잠이 오지 않는 거야. 이리 뒤척, 저리 뒤척 하다가 이불을 개 장에 올려 놓고 나오는데 맛있는 냄새가 솔솔 나.

"아줌마! 뭐 하세요? 와, 이게 다 웬 먹을 거예요?"

하면서 부엌에 머리를 디밀었지. 주인아주머니가 내 모습을 보고 부엌에 들어와서 김에 기름을 발라 구우래. 검은 조선 김을 주면서 김에 붙은 지푸라기를 먼저 떼어 내고, 손바닥 사이에 김을 끼고 싹싹 문질러서 돌이나 조개껍질 같은 걸 떼어 낸 다음 또 어떻게 하라고 하는데 내가 그랬지.

"저요 집에서 김 많이 구워 봤어요. 걱정 마세요. 제가 알아서 싹 해 놓을게요."

주인아주머니는 내가 김에 소금과 기름 바르는 걸 보더니

"관의야! 너 김 많이 발라 봤구나. 솜씨가 좋은데."

"저요, 부엌일 잘해요. 수제비 반죽도 잘하고요 칼국수도 만들 줄 알아요. 만두피도 만들 줄 알고요. 서울 살 때 날마다 수제비나 칼국수 해 먹고, 겨울에는 만두를 겁나게 많이 해 먹었거든요."

"언제 만두 해 먹자. 아저씨도 만둣국 좋아하거든."

이런저런 이야기를 하면서 아주머니랑 같이 아침 준비를 했지. 기름 바를 때 나는 참기름 냄새도 좋지만 연탄불에 김 구울 때 나는 냄새를 맡으니 진짜 군침이 꼴깍꼴깍 넘어가는 거야. 석유곤로 위에서는 생선을 조리지, 내 방 아궁이에서는 소 내장을 넣은 선짓 국이 부글부글 끓지, 꼭 생일잔치 준비하는 분위기야.

"아줌마, 오늘 누구 생일이에요?"

"아니다. 그냥 요즘 이발소 손님이 많아 너랑 아저씨가 고생 많이 하잖아. 먹고 힘내자고. 이제 넌 우리랑 한식구다. 그래서 오늘은 기분 좀 썼다."

기분 좋더라. 내 집이 아니라서 늘 긴장하는 마음으로 살기는 하지만 두 분 마음 씀씀이가 정말 고마워. 아저씨는 핑계고 내가 힘들어 보였는지 날 위해 일부러 쉬는 날을 잡아 아침상을 걸게 차리신 거야.

그렇게 아침상을 차려서 안방에 들어와 밥상에 둘러앉으니 진짜 생일 기분 나더라. 두 분이 먼저 수저를 들고 나서 내가 막 숟가락으로 선짓국 국물을 한술 뜨고 입맛을 다셨지. 그런 다음 밥을 한술 푹 떠 입에 넣고 목구멍으로 넘기는 순간, 갑자기 가슴에서 무언가 뜨거운 게 불쑥 솟더니만 눈물이 나고 목이 메네. 난 속으로 '갑자기 왜 이러지?' 하면서 당황했어. '참자, 참자' 하면서 목에 생선 가시가 걸렸을 때 하듯 밥을 씹지도 않고 꿀꺽꿀꺽 삼키며 이를 꽉 깨무는데 어찌된 일인지 그만 밥상 위에 눈물을 떨구고 말았네. 물을 한 대접 벌컥벌컥 마셔 보기도 했지. 그런데도 가라앉질 않아. 이젠 어깨까지 들먹이기 시작했고 난 숟가락 든 손을 무릎 위에 걸친 채 고개를 숙이고 흐느끼고 말았지.

즐겁게 준비한 아침상에서 내가 울 거라고 생각지도 못한 두 분은 '쟤가 왜 저럴까?' 하며 당황했어. 아침에 느닷없이 터진 내 울음은 도대체 앞뒤가 맞지 않아. 내가 이해할 수 없는데 누가 내 울음을 받아들이겠어. 기분 좋게 아주머니랑 이야기하며 걸게 차린 아침 밥상을 앞에 놓고 목 놓아 운다면, 누가 그런 행동을 이해하겠냐고.

"어디 아프니?"

"우리 때문에 마음 상한 게 있냐?"

"집에서 무슨 연락을 받았어? 그건 아닌 거 같은데, 조금 전에도 나랑 이야기하며 같이 아침 차렸는데……. 어찌 된 일이니?"

"맛있는 거 보니 식구들 생각나서 그래?"

두 분은 어찌할 줄 몰라 쩔쩔매면서 내 손을 꼭 붙잡고 등을 토닥거리다가 안아 주기까지 했지만 눈물은 멈추지 않고 끝없이 솟네. 솔직히 그 순간 더 놀라고 당황한 사람은 바로 나야. 내가 더 미치겠더라고. 이 눈물이 왜 나오는지 알 수가 있어야지. 보기만 해도 군침이 도는 이런 진수성찬을 눈앞에 눠둔 채 솟아나는, 가슴에서 목으로 넘어오는 이 울음의 까닭과 그 깊이를 도대체 알 수가 없었어. 당황한 내 등줄기와 얼굴에는 식은땀이 줄줄 흘러내리네. 눈물과 콧물, 땀이 엉켜서 나는 더 이상 밥상머리에 앉아 있지 못하고 그만 이발소 안으로 가서 혼자 엉엉 소리 내 울고 말았어. 동네 마당으로는 나가지 못했어. 동네 사람들이 보면 뭐라고 할까 봐.

두 분은 내가 왜 그러는지 몰라 안절부절못하면서도 나만의 시간이 필요하다 생각했는지 내게 오지 않았어. 이발 손님이 앉는 의자에서 한참 울고 있는데, 얼굴이 저려 오고 온몸에 힘이 쭉 빠지더니 몸이 땅으로 땅으로 가라앉으면서 졸음이 오네. 이발 의자를 뒤로 젖히고 잠깐 쉬겠다는 게 그만 한 시간 넘게 잠이 들었어. 일어나 보니 크고 도톰한 수건이 덮여져 있더라고. 쑥스러웠어. 창피하기도 하고 죄송하고. 두 분 얼굴을 볼 수가 있어야지.

이발소 문을 열고 나와 논이 쫙 펼쳐져 있는 들판으로 가서 보이는 대로 발길 닿는 대로 걷는데 또 눈물이 나오는 거야. 아까 밥상을 앞에 두고 울었던 것처럼 걷잡을 수 없는 격한 울음은 아니었어. 혼자 노래 부를 때 나오는 눈물 정도라고나 할까. 아침밥도 못 먹은 채 당황스러운 일을 겪어 그런지 금방 몸이 지치더라. 나오던 눈물도 마르고.

논두렁을 걷고 있는데 배가 고프네. 지치기도 하고 해서 내 방에 가 한숨 자야겠다는 생각을 하며 방문을 여는데 어라, 방 안에 밥상이 차려져 있는 거야. 미안한 생각이 들면서도 허겁지겁 늦은 아침밥을 먹었어. 참 맛있더라. 이 맛있는 걸 안 먹고 왜 울었을까? 내가 봐도 나 자신이 참 한심하단 생각이 들더군. 밥을 정신없이 먹고 벽에 기대 앉아 쉬고 있는데

"관의야! 밥 먹었니? 들어가도 될까?"

난 벌떡 일어나 방문을 열고

"들어오세요."

한마디 하고 고개를 숙였어. 나 스스로도 이해할 수 없는 행동을 해서 온 식구 밥을 못 먹게 한 게 죄스럽기도 하고 창피하기도 해서 고개를 들고 아저씨 눈을 마주할 수 없겠더라. 눈을 어디다 둬야 할지 모르겠더라고.

"괜찮냐? 네가 많이 힘들었나 보다. 마음 써 준다 했지만 엄마, 아버지만 하겠냐."

하면서 내 손을 꼭 잡아 주시는데 나도 뭐라고 한마디 해야겠다는

생각은 하면서도 입이 떨어지질 않네.

"혼자 그러고 있지 말고 윷놀이나 하러 나가자!"

나랑 아저씨가 같은 편, 동네에 사는 아저씨 친구 둘이 같은 편으로 먹고 돈 걸고 한판 하재. 머뭇거리고 있는데, 윷놀이를 하고 나서 동네 사람 몇이 둠벙을 파서 물고기를 잡는다는 거야. 거기도 가재. 초등학교 다닐 때 학교 연못에서 낚시를 할 정도로 물고기 잡기라면, 아니지 물 냄새만 맡아도 좋아하는 내가 그 소리를 듣고 힘이 안 솟을 수 있나. 내 기분이 확 살아났지.

얼른 일어나 부엌에 가서 아저씨랑 함께 밥상을 정리했어. 이발소에서 일할 때도 아저씨랑 나는 부엌에서 같이 밥도 챙겨 먹고 설거지도 하고 그랬어. 밥상을 정리한 뒤 아저씨가 슬그머니 내 손을 잡더니 윷놀이 판이 벌어진 마당으로 데리고 나가네. 난 한 손으로 얼른 눈가랑 얼굴을 쓱쓱 문질렀어. 혹시 눈물자욱이 남아 있으면 어째.

그날 윷놀이에서 우리 편이 이겼어. 아저씨는 내 용돈에 보태라고 내기로 건 돈은 날 주시더라. 오후에는 동네 가까이 있는 둠벙에 갔지. 나도 삽이랑 양동이를 챙겨서 뒤따라갔어. 나이 든 형님들이 얼음을 깨고 가슴까지 오는 장화를 신고 들어가 물을 퍼내고 고기를 잡는데 물고기가 몇 양동이 나오더라. 성환이나 평택은 평야 지대라 곳곳에 크고 작은 저수지가 널려 있고 논에 물 대는 수로도 많아. 그때만 해도 농약을 많이 치지 않아 논에서 붕어가 노닐었거든. 더구나 서해 바다가 가까워 바닷물이 들어오는 밀물 때에는 큰 냇물이 밀물의 영향을 받기도 했어. 바다가 가까워 그런지 뱀장어가 많이 잡혔어. 아저씨는 일부러 뱀장어를 여러 마리 챙겨 와서 집에서 온 식구가 구워 먹었지. 연탄불에 구워 양념 찍어 먹고 막걸리도 조금 얻어 마시니 아침 일 때문에 어색했던 마음이 흐물흐물 풀어지더라.

그렇게 이발소 생활의 어려운 고비를 넘기는 사이 시간은 흘렀어. 햇볕이 참 좋은 오월 어느 날, 날 데려가려고 형이 서울에서 내려왔더라. 무슨 일이 있었는지는 기억이 안 나. 다만 갑작스럽게 나보고 서울로 가자는 거야. 어렴풋한 기억에 엄마가 무슨 일이 있다고 데려오라 한 것 같기도 하고, 내가 가끔 집에 편지를 보냈는데 그 편지를 읽고 내가 힘들어 보인다며 형보고 날 꼭 데려오라 한 것 같기도 해. 이발소 일은 어쩌나. 갑자기 내가 그만두면 일할 사람이 없으니 아저씨가 너무 힘들어서 안 된다고 며칠이라도 더 있다가 가겠다고 했어. 그런데 어찌어찌해서 아저씨와 아주머니도 나를 챙겨 보내 주셨지. 난 느닷없이 두 분을 떠나 서울로 가고 말았어. 지금 생각해 보면 너무도 고맙고 따스한 마음을 가진 두 분인데 내가 참 못 할 짓을 한 거야.

그 뒤로 이발할 때마다 그때 일이 다시금 떠올라. 목에 수건을 두를 때, 머리에 물을 뿌릴 때, 머리 감을 때, 머리 말릴 때, 면도할 때, 그리고 발에 밟히는 머리카락을 보면 그때 그 감정이 솟아올라. 어린 나이에 낯선 곳에 와서 고생한다고 정성껏 차려 주던 아침 밥상은 더더욱 잊을 수 없고. 비록 느닷없는 눈물 때문에 엉망이 되었지만 그때 먹은 밥은 매서운 겨울바람을 견디게 해 주는 햇빛이 됐지. 내가 인정받고 있다는 것, 나는 귀한 사람이라는 걸 깨닫게 해 준 출발점이었고. 내 머리카락과 수염이 있는 한 두 분의 따스한 마음은 내 가슴에 남아 있을 거야. 난 그분들에게 해드린 게 아무것도 없어. 다만 그 귀한 마음을 기억하고 그리워할 뿐.

내가 다닌 학교

성환역에서 서울 가는 기차를 타고 우리 집이 있는 상도동으로 왔어. 이발소를 떠났는데도 머릿속에서는 '이발소 물통에 물 채울 땐데' '뒤뜰에 널어 둔 수건 갤 시간이다' '면도칼이랑 가위 갈아야 하는데' 하며 자꾸 일거리가 떠올라. 막상 떠난 뒤 생각해 보니 내가 하던 일이 적지 않아. 회갑 잔칫날 코를 베이면서까지 일부러 나한테 면도를 한 할아버지께 떠난다는 인사도 못 하고 온 게 마음에 걸리네. 마음 써 주던 동네 형이나 어른들 생각도 나고. 이발소로 다시 가고 싶어져. 서울에 온다고 뚜렷이 할 일이 있는 것도 아니고 더구나 여기는 내가 초등학교를 다니던 데라 동네 아이들은 다 학교에 가는데 나만 우두커니 남아 뭘 하겠어? 시골처럼 농사를 짓거나 나무하러 다니지도 못하는데…….

집이 보이네. 다 왔어. 그런데 이상한 게 분명히 우리 집인데도 들어서면서 '아! 드디어 집에 왔다!'는 생각이 나지 않아. 편안하다거나 아늑한 느낌도 들지 않아. 엄마랑 동생 둘만 있을 시골집이

생각나면서 어깨가 축 쳐지는 거야. 힘없이 형을 따라 집 앞 골목으로 들어서는 순간

"우리 아들! 아이고, 얼마나 고생 많았냐? 낯선 데 가서 사느라 애썼다. 얼굴이 헬쑥하네. 어디 아픈 데는? 아이고, 내 귀한 새끼. 장하다. 큰일 했다. 어여 들어가자."

하면서 어머니가 뛰어나오시네. 내 볼을 손으로 부비면서 온몸을 훑어보던 어머니 눈에 눈물이 그렁그렁해. 막내 동생이랑 누나도 펄쩍펄쩍 뛰며 좋아하는데 아버지는 그 뒤에서 굳은 표정으로 내 얼굴을 바라보며 서 계셨어. 별말씀 없이 서 있던 아버지는

"잘 왔다. 들어가자. 엄마가 너 좋아하는 돼지고기 찌개 했다."

엄마가 보이는 순간 축 처진 어깨에 힘이 생기고 그제서야 마음이 편안해지네. 하긴 그래. 집이 아무리 좋으면 뭐해. 내가 좋아하는 사람이 거기 없으면 궁궐 같은 집도 별 게 아니야.

그런데 시골집 농사는 어떻게 하고 온 식구가 다 올라왔는지 궁금해 물어봤지. 난 엄마 말을 곧이곧대로 믿고 진짜 농사일이 한가해서 올라온 줄 알았지. 며칠 뒤 들어 보니 그게 아니네. 시골 동네 사람들한테 빌려다 쓰고 못 갚은 돈이 있는데 빚 받으러 오면 며칠 뒤 갚겠다며 미루고 미루기를 여러 번 한 거야. 우리 집 형편을 알면서도 돈 받을 사람 처지에서는 속상하고 화날 만했어. 여러 번 독촉해도 안 갚으니까 하루는 마음먹고 우리 집에 와서 온갖 욕과 거친 말을 마구 해 댄 거지. 그러기만 한 게 아니라 그 집 아들이 와서 엄마 머리채를 휘어잡고 마당으로 질질 끌고 다니고 심지

어 때리기까지 하면서 온갖 협박을 다 했다네. 내가 이발소로 가고 두세 달 뒤 아버지도 서울로 올라가 여동생이랑 엄마만 남았는데, 동생이 학교 간 사이 엄마 혼자 있을 때 그런 험한 일을 당한 거야. 그런 다음 날 엄마는 시골집을 비워 놓은 채 서울로 올라온 거고. 시골에서 사는 게 정나미가 떨어져 다신 돌아가고 싶지 않다는 거야. 그래서 형을 시켜 날 서울로 데려오게 한 거고.

"서울서 죽이 되든 밥이 되든 해 보자. 시골 가 봐야 돈벌이를 할 수 있나, 먹을 게 있나. 서울이야 몸뚱이가 고달퍼 그렇지 움직이기만 하면 먹을 게 생기고 돈도 벌 수 있는데 왜 거기서 그 짓을 하고 살아. 너도 이제 어디 갈 생각 말고 나랑 여기서 뭐든 해 보자. 장사를 하든, 남의 집 식모살이를 하든. 죽도 제대로 못 먹고 사람대접 못 받는 거기보다야 못 하겠냐."

"그래 맞아. 엄마, 뭐든지 하면 굶진 않을 거야. 안 되면 여기 이발소 가서 일하면 되지. 서울 이발소에서 일하면 집에서 자도 되잖아. 아니면 장사를 해도 되고, 공장엘 가도 되고. 공장에서는 중고등학생이 오면 공부도 시켜 준다더라."

그렇게 자신만만하게 큰소리 치고 맞이한 다음 날 아침이야. 아침밥 먹고 나니 나만 덩그러니 남네. 누나는 학교 가고, 형은 방위병이라 군대 가고, 아버지는 새벽에 공사장으로 일하러 갔어. 누나는 공부를 잘하는 모범생이라 집안 형편이 어려운 걸 알고 담임 선생님이 이렇게 저렇게 도와줬거든. 동생도 학교에 가고 엄마는 밀린 집안일 하느라 바쁘고. 나만 할 일이 없네. 내 나이 또래 애들은 눈 씻고 봐도 안 보여.

그렇다고 집 안에 가만히 있을 내가 아니지. 돈이 있는 것도 아니고 해서 그냥 걸어서 봉천동, 신림동, 노량진에 있는 시장 구경을 다녔어. 그냥 발길이 가는 대로 골목 여기저기를 그야말로 들쑤시고 다니는 거야. 시골에서는 산이나 논밭으로 싸돌아다녔는데 서울에서는 나무 대신 집 사이를 그러고 다녔어. 그런데 시장에 가서 보니까 크고 으리으리한 가게가 있는가 하면 파 몇 단, 양파 서너 무더기 펼쳐 놓은 길거리 장사도 있네.

그렇게 여기저기 돌아다니던 어느 날이야.

"아들, 나랑 같이 비누 가지러 가자."

"무슨 비누? 어디로 가는 건데?"

"빨래 비누야. 빨래 비누를 몇 상자 떼어다가 팔려고."

"돈이 어딨어? 돈 없잖아?"

"돈은 물건 다 팔고 나중에 갖다 주면 돼."

장사 시작할 밑천이 없어도 된다는 뜻이야. 엄마 말을 듣고 손수레를 끌고 같이 그 집을 찾아갔지. 우리 집에서 얼마 안 되더라고. 가게가 아니라 그냥 가정집인데 공장에서 비누를 많이 가져다 쌓아 놓고 파는데 소매도 하지만 대부분이 도매야. 엄마가 어느 집 파출부로 일하러 갔는데 주인아주머니랑 이야기를 나누다 우리 집 사는 형편을 말한 모양이야. 장사를 해 보고 싶은데 밑천은 없고 이렇게 식모살이라도 해서 돈을 모아 장사 밑천 삼으려 한다고. 사정을 들은 주인아주머니가 얼마 전 비누 도매상을 시작한 친한 사람을 소개해 준 거래. 처음에는 밑천 없이 그냥 가져다 팔고 난 뒤 값을 치르는 식으로 장사를 해 보라는 거야. 망설일 게 뭐 있어. 이 말을 듣자마자 엄마랑 당장 길을 나선 거지.

그렇게 해서 비누 도매상에 갔는데 처음부터 두 상자를 받아 나왔어. 이걸 다 팔 수 있을까 망설이니까 팔다 정 못 팔겠으면 그냥 가지고 오래. 판 물건 값만 주면 된다는 거야. '뭐 겁날 게 있나?' 하면서도 한편으로는 '반도 못 팔고 물리는 거 아냐?' 하는 걱정이 들더라.

"넌 집 가까이에서 놀고 있어라. 내가 비누 몇 장 들고 가서 팔고 올 테니. 니가 도와줄 일이 있을지도 모르니까 어디 멀리 가지 말고."

그러겠다고 했지. 어디 갈 데가 있어야지. 학교를 안 다니면 예나 지금이나 어디 갈 데가 없어. 놀기 좋고 시간 때우기 좋은 데가 학교라는 생각이 들더라. 집에 있는 낡은 자전거를 타고 집 둘레를 빙빙 돌아다녔어. 점심때가 되어 집 마당에 자전거를 세우고 있는데 집 안에서 엄마 소리가 나. 엄마가 비누를 얼마나 팔았나 궁금한 마음에 후다닥 뛰어 들어가며

"팔았어요? 몇 장이나?"

"니 생각에 얼마나 팔았겠냐? 맞춰 봐라."

"한 열 장이나 팔았나? 개시도 못 한 거 아냐?"

그런데 엄마 말을 듣는 순간 나는 눈이 휘둥그레지고 말았어.

"아들, 얼른 점심 먹고 도매상에 가자. 비누 몇 상자 더 가져와야

겠어. 나랑 같이 배달 가야 돼.”

아니, 한 상자는커녕 개시도 못 했을 거라 짐작했는데 더 가져 오자고 하니 얼마나 놀랍고 반가워. 엄마한테 앞뒤 이야기를 들어 보니 이렇더라. 비누를 보자기에 싸 가지고 집을 나서기는 했는데 갈 데가 없더라는 거야. 그렇다고 길에 펼쳐 놓고 팔 물건도 아니라 가볍지도 않은 그걸 들고 골목으로 시장으로 다니는데 몸은 지치고 어떻게 해야 할지 길이 안 보이더래. 그러다 동네 골목길에서 칠 공주 아주머니를 만난 거야.

딸만 일곱을 낳아서 동네에서는 그냥 칠 공주네라고 부르는데 시골 내려가기 전에 엄마랑 칠 공주 아주머니랑 가깝게 지냈어. 형님, 아우 하면서 말이지. 그 집 아저씨는 공무원이었는데 인상이나 말투가 부드러워서 ‘나도 크면 저런 어른이 되어야지’ 생각하고는 했지.

비누를 팔 길이 없어 여기저기 돌아다니다 지친 엄마를 칠 공주 아주머니가 집으로 데리고 간 거야. 그동안 시골 가서 고생한 이야 기를 듣고 칠 공주 아주머니가 여기저기 전화를 한 거지. 비누라는 게 사서 둔다고 썩는 것도 아니고 가게에서 파는 것보다 싸니까, 이왕에 살 거 미리 많이 사 두라고 소개도 하고 은근히 압력도 넣고. 칠 공주 아주머니가 그 자리에서 한 상자 사고 아주머니가 전화로 소개해 준 분들이 다시 여섯 상자를 사 준 거야.

소개받은 집에 가서는 처음부터 받기로 한 값을 그대로 받으면 서 대신 덤을 많이 줬어. 어떤 때는 이야기를 하다가 안주인이 직

장 다니느라 김치나 밑반찬을 못 한다 싶으면 재료값만 받고 김칫
거리를 사다 김치를 담가 주거나 반찬을 만들어 주기도 했어. 그러
면 주인이 집에 있던 이런저런 먹을거리나 헌 옷, 운동화 같은 걸
한 보따리씩 싸 주기도 했지. 또 그 사람이 다른 사람을 소개해 주
고 그러면서 비누를 많이 팔았어. 도매상 사장님도 엄마가 물건 파
는 솜씨가 대단하다며 비누를 더 싸게 넘겨줬어. 물건은 얼마든지
대 줄 테니 걱정 말고 마음껏 해 보라네.

그런데 엄마 뒤를 따라다니면서 비누 파는 일을 거들다 보니 문
득 장사라는 게 참 웃긴다는 생각이 들더라. 재미있다는 뜻이 아니
라 장사하는 걸 농사짓는 것과 견주어 보면 너무 쉽게 돈을 번다는
거야.

내가 이 세상에 태어나 처음으로 번 돈, 그러니까 나랑 내 식구
가 먹고살아야 한다는 절실한 마음으로 번 돈은 고사리를 뜯어 판
게 처음이야. 고사리를 뜯어다 판다는 건 나물을 내 손으로 만들지
는 않더라도 산에 난 걸 힘들여 모아 고르고 다듬어서 내다 파는
거야. 농사는 씨 뿌려 키우고 거둔 거니 그거야 말로 없는 걸 새로
이 만들어 내는 거고.

그런데 비누 장사는 그게 아니야. 난 비누를 만들지 않았어. 재
료가 뭔지도 모르고 관심도 없어. 그냥 누군가가 만들어 놓은 걸
여기저기 다니면서 팔면 돼. 그러면 돈이 내 주머니에 들어오는 거
야. 도매상에서 사 오는 값보다 더 받는 건 다 내 돈이야. 이익을 남
기는 거지. 그렇게 돈 버는 모습을 보면서 생각했어. '어라, 돈 버는

거 쉽네. 그냥 물건을 가져다가 살 사람한테 주면 되는 거 아냐? 밑천도 안 들고.'

그런데 비누 장사를 한 달도 못 하고 더 이상 할 수 없는 사정이 생겼어. 시골에 내려가야 했거든. 얼마 안 되는 논이고 게다가 반은 모를 내지도 못했지만 더는 집을 비워 둘 수가 없었지. 엄마랑 나 그리고 동생은 다시 버스를 타고 공주를 거쳐 시골집으로 돌아갔어. 여하튼 한 달도 안 되는 기간 동안 엄마를 따라다니며 겪은 비누 장사 경험 때문인지 시골 생활이 예전처럼 즐겁지 않네. 여기는 내가 있을 곳이 아니라는 생각이 들기 시작했어. 엄마도 이번 가을걷이만 끝나면 모두 서울로 뜨자고 했지.

잠깐이지만 엄마가 비누를 팔며 돈 버는 걸 본 나는 농사로 돈 벌 길이 없나 궁리하기 시작해. 수박 농사를 실패한 경험이 있는지라 이번에는 키우기 쉬운 채소 농사를 짓기로 마음먹었지. 여기저기 물어보니 배추를 키워 보라네. 김장 배추를 갈기에는 빠르다며 조선 배추를 키우래. 김장할 때 쓰는 속이 꽉 찬 배추가 아니라 겉절이하는 데 많이 쓰는 가느다란 배추야. 속이 꽉 찬 배추보다 연하고 맛도 더 고소하지. 추석 보름 전쯤 팔 수 있도록 해 보라는 거야. 그때가 비싸다고.

소를 얻어다 밭을 갈아엎고 집에 있는 똥을 퍼다 뿌렸지. 얼마 안 되지만 두엄 더미에서 푹 썩은 두엄도 넣고 다시 갈아엎었어. 비료는 못 넣었어. 비료 살 돈이 있어야지. 배추도 배추지만 논에도 비료를 못 줘서 우리 집 벼는 누런 기운이 있고 키도 작아. 거름기가 부족해서 그래. 비료가 없으면 모심기 전에 밑거름으로 두엄이라도 많이 넣어야 했는데 아무것도 못 넣고 모만 심은 거야. 그냥 논만 갈고 모를 꽂아 둔 거지. 농약도 당연히 못 했지. 그래도 배추밭에는 씨뿌리기 앞서 오줌 뿌린 재를 가져다 골고루 펼쳐 밑거름으로 줬어. 그런 다음 조선 배추 씨를 뿌리고 가는 쇠스랑으로 살살 긁어 씨앗을 흙으로 덮었지.

싹이 날 때까지 새가 못 오게 하느라 밭에 붙어살았어. 그래도 어느 틈에 새가 와서 씨를 빼 먹더라. 그런데 새보다 더 무서운 게 있더라고. 단 한 번에 배추밭을 엉망으로 만든 건 다름 아닌 하룻밤 내린 비야. 그다지 심한 비도 아니었는데 밤에 몇 시간 내린 비에 밭이 여기저기 패여 나갔어. 애써 뿌려 놓은 씨는 말할 것도 없고 똥장군으로 어깨 빠지게 비지땀 흘리며 퍼다 부은 거름기마저 씻어 가고 말았네. 밤에 엄마랑 우산 쓰고 가 보니 눈앞에서 애써 만든 밭이 엉망진창 되는 걸 보고도 손쓸 길이 없더라고. 마음 같아서야 밭에 우산이라도 씌어 주고 천막이라도 쳐 주고 싶더라. 하지만 이건 희망사항일 뿐이야. 빗방울이 떨어지면서 몸을 드러낸 씨앗이랑 고랑을 타고 흘러내리는 거름기 섞인 물을 보고 있으려니 안타깝고 속이 상해 하늘이 원망스러워. 그제서야 어른들이 하던 말이 절실하게 느껴지더라. 농사는 하늘이 도와주지 않으면 안 된다는 말.

다음 날 아침 일어나 보니 언제 비가 왔냐 싶게 맑고 화창한 아침 햇살이 눈부셔. 그래도 비가 더 오지 않은 게 그나마 다행이지.

망가진 밭을 보니 속상하긴 하지만 포기할 수 없지. 어떻게 만들고 가꾼 밭인데. 밭 흙이 머금은 물 기운이 좀 빠진 다음 삽을 가져가서 군데군데 물길을 냈어. 엉망이 된 밭을 보고 동네 아저씨가 일러 준 건데 밭에 물길을 내지 않아서 그런 거라네. 밭두둑을 만들고 고랑을 파서 물이 고랑으로 흘러내려 가게 해야 하는데 내가 그걸 알았나. 장마처럼 많이 퍼부으면 이것도 힘을 못 쓰지만 그렇게 심한 비는 아니었거든. 빗물에 다 떠내려가 망한 줄 알았는데 다행히 여기저기서 배추 싹이 올라오는 거야. 그것도 꽤 많이. 이렇게 배추랑 나랑 인연을 맺기 시작했어.

벼농사 지을 때랑 다른 게 하나 있는데 그게 뭐냐 하면 자꾸 내 마음에 배추밭이 떠올라. 온통 배추밭 생각만 나는 거야. 아침마다 배추밭에 가서 구석구석 살피게 되더라. 하루가 다르게 배추가 크는 걸 보면 얼마나 기분이 좋은지 하루에도 몇 번씩 가 봤어. 논도 가끔 둘러보긴 하지만 배추한테 쓰이는 마음에는 견줄 수가 없지.

배추밭에 가서는 이파리 하나하나를 살피면서 벌레가 있나 병은 없나 살폈지. 예쁘게 나오는 고갱이에 난 솜털은 정말 예뻐서 꼭 아기 얼굴에 난 솜털을 보는 것 같았어. 솜털에 매달린 이슬은 어떻고. 그 예쁜 배추한테 웃거름을 주고 싶은데 비료가 없으니 어째. 괭이로 배추 옆을 조금씩 판 다음 집에 있는 푹 삭은 오줌이랑 두엄에서 흘러나온 거름 썩은 물을 똥장군에 담아다 날마다 줬지. 같은 배추에 날마다 준 건 아니야. 내 일솜씨가 서툴고 느려서 배추밭 전체에 다 주려면 일주일도 더 걸려. 다 주고 나면 다시 처음

부터 또 주고 그렇게 날마다 배추밭에 가서 살았어. 엄마는 옆에서 내가 하는 걸 보면서

"아버지 닮아 니 손만 거쳐 가면 동물이건 채소건 잘 크는구나. 니 손이 복손이다. 아버지도 고향 살 때는 수박 농사, 참외 농사 잘 졌는데. 지금은 저러고 살지만."

내 손이 진짜 복손이긴 한가 봐. 배추가 무럭무럭 잘도 크더라. 팔아도 될 정도로 자랐을 무렵 서울에 가야 할 일이 생겼어. 나 혼자 가야 했지. 서울 가기 전날 엄마는 집에 있는 곡식 몇 가지를 서울 식구들 먹으라고 챙겨 줬어. 나는 서울 식구들 가져다주라는 말에 화를 내며

"뭐하러 무겁게 가져가. 서울 집 식구들은 쌀밥만 먹드만. 우리는 먹을 게 없어 맨날 보리밥만 먹는데."

"그래도 난 힘없는 정부미보단 보리밥이 낫더라."

"낫기는 뭐가 나. 먹고 돌아서면 배고픈데. 보리쌀이 더 싸잖아."

난 서울에 사는 형이나 아버지가 마음에 들지 않았어. 아버지나 형은 시골에 와도 며칠 안 있다가 서울로 가곤 했지. 여기 시골서 겪는 어려움이 싫어 서울로 간다고 난 믿었거든. 그 힘든 일을 같이 하지 않는 게 너무 미웠어.

저녁 해 질 무렵 내가 농사지은 배추 가운데 제일 예쁘고 좋은 놈을 뽑아 뿌리는 칼로 잘라 냈어. 그러고는 지푸라기로 팔기 좋게 다발 지어 묶었지. 서울 식구들 먹을 건 덜 좋은 걸로 뽑았어. 보자기 몇 개를 잇대어 꿰매 크게 만들어 서울로 가져갈 배추를 묶었

지. 처음에는 엄마가 말렸어. 다른 것도 아니고 그 여리고 약한 배추를 어떻게 서울까지 가져가냐고. 가져가는 게 너무 힘들 거고 가다가 으깨져서 팔기는커녕 먹지도 못할 거라며 말리는 거야.

그러나 이 배추는 그냥 배추가 아니야. 엄마가 자루에 담아 준 곡식이랑은 달라. 내게 배추 농사는 새로운 시도였고 모험이며, 아침마다 내가 힘차게 일어날 수 있게 해 주는 즐거움과 설레임이고 기다림이며 꿈이었어. 학교 다니는 아이들처럼 나도 내일을 위한 무언가를 하고 싶었던 거야. 자루에 담긴 곡식은 엄마가 가져가라니까 가져갈 뿐이고 내 마음은 온통 배추에 가 있어. 배추를 가져가 제값 받고 팔겠다는 생각뿐이야.

서울로 떠나는 날 아침이야. 장날이 아니라 그런지 갑사에서 공주 가는 버스에 사람들이 많지 않더라. 버스 앞문으로 오르면서 배추가 문에 닿을까 봐 조심조심 올라갔지. 올라가서도 사람이 잘 다니지 않는 운전석 뒤 구석에 놓고 그 앞에 다리를 벌리고 섰어. 다른 사람이 이쪽으로 오지 못하게. 서울 가는 버스를 탈 때도 차장 형한테 부탁해서 상하지 않게 실어 달라고 했더니 평일이라 손님이 별로 없다며 사람이 앉는 자리에 얹어 주더라. 버스가 급하게 서면 굴러 떨어질까 봐 조심하면서 가다 보니 어느새 용산 시외버스 터미널에 다다랐네.

사실은 이제부터가 걱정이야. 버스에서 내려 보니 그때가 딱 퇴근 무렵이라 버스마다 사람이 많아. 다행히 출근 시간처럼 문도 못 닫을 정도는 아니지만 차장이 쉽게 태워 줄 것 같지 않아. 시골에서는 짐을 가지고 타면 들어 주기까지 하지만 서울은 다르지. 태워 주다 해도 사람이 많으니 보따리를 내려놓을 수 있을까 싶어. 그렇다고 머리에 이고 있을 수도 없잖아.

버스를 안 태워 주면 어쩌나 불안해하며 정류장에 서 있는데 사람들이 날 힐끗힐끗 쳐다보는 거야. 그리고 보니 내 모양새가 진짜 웃기더라. 남들은 다 운동화나 구두를 신고 있는데 나만 검정 고무신이야. 버짐이 핀 데다 볕에 그을려 얼굴이 검은 애가 볼품없는 색 바랜 보따리를 둘러메고 서 있으니 이상해 보일 만도 하지. 짐이 많다고 안 태워 주는 바람에 그 무거운 걸 들고 이리 뛰고 저리 뛰기를 여러 번 했어. 그리고 나니 오기가 생기더라고. 나중에는 차장이 사람 많아 안 된다고 소리 지르고 난리 치는 걸 못 들은 척하고 그냥 마구잡이로 사람들을 밀치면서 버스를 탔어.

어렵게 버스를 타고 나니 배추 보따리가 골치네. 뾰족한 수가 있나. 또 한 번 뻔뻔해지기로 했어.

"죄송해요. 조금만 비켜 주세요. 조금만요, 조금만요!"
하면서 사람들을 손으로 밀면서 짐을 의자 옆으로 밀었어. 여기까지 어떻게 가져온 배춘데 체면이고 뭐고 가릴 형편이 아니잖아. 지금까지 온 거리랑 견주면 집이 코앞이야. 여기서 배추를 망가지게 할 수 없지. 그래도 고맙더라. 사람들은 처음에는 엉겁결에 '이거 뭐야?' 하는 표정으로 날 보다가 내 표정이 너무 절박했는지 아니면 고향 생각이 나서 그랬는지 별말 없이 비켜 주는 거야.

다만 보따리를 내려놓을 자리에 서 있던 교복 입은 여학생은 좀 달랐어. 나도 남자라 이 여학생한테는 다른 사람한테 하는 것보다 더 조심스럽게 기어들어 가는 목소리로 비켜 달라고 했지. 그런데 길게 땋은 머리를 옆으로 흔들며 얼굴을 내게 돌리더니, 아주 무시하는 듯 째려보는 눈길로 날 쳐다보는 거야. '뭐 이따위가 다 있어! 지저분하게 생긴 게' 하는 표정이야. 그러고는

"아이, 짜증나."

하면서 쌀쌀맞게 비키네. 얼마나 무안한지……. 그러는 사이 버스는 한강대교를 건너가고 있는데 한강 물이 보이지 않더라. 그새 어두워진 거지. 그런데 창문에 비친 내 얼굴을 본 순간 버스 안에 있는 사람들이 왜 날 쳐다보는지 알겠더라. 머리엔 검불이 붙어 있지를 않나 머리카락도 군데군데 하늘로 솟구쳐 있고 아마 몸에서는 냄새도 났을 거야. 나는 창문에 비친 내 모습을 뚫어져라 보면서 생각했어.

'그래, 당신들 말이야 겉으로는 멋있게 차려입었지만 뭐 별거야? 다 월급쟁이 아냐? 꾀죄죄하지만 난 떳떳해. 죄를 지은 것도 아니고 게으름을 피운 것도 아니고. 겉모습이 뭐 그리 대단해. 기집애! 학생이면 다냐. 난 말이다, 비록 학교는 못 다니지만 내 나름대로 산다! 그리고 돈도 벌 거야. 니 인생이나 내 인생이나 아직은 몰라. 길고 짧은 건 대봐야지. 오냐, 나 악착같이 살 거다. 이제 난 뭐든지 닥치는 대로 할 거야!'

하면서 눈동자를 창문에 비친 내 얼굴에 고정 시킨 채 마음을 다부지게 먹었어. 짐을 져 아픈 어깨를 일부러 쫙 펴고 당당한 표정을

지었지. 노량진, 장승백이를 지나 내가 내릴 상도시장 가까이 가자 짐을 문 쪽으로 옮기는데 얼굴이 뻘게지면서 화끈거리네. 그러지 말자 속으로 되풀이해 다짐했건만.

마침내 나는 배추를 짊어지고 서울 집에 이르렀어. 힘든 배추 운반이 끝나는 순간이야. 아버지랑 누나가 반갑게 맞아 주더라. 아버지는

"배추를 뭐하려고 힘들게 가지고 왔냐? 얼마나 고생했을까. 얼른 들어가서 밥부터 먹어라. 나는 그새 배추가 뜨지 않게 펼쳐 놓을 테니까."

"안 좋은 건 우리 먹고 좋은 건 내일 팔 건데."

"판다고? 이걸 어디서 파냐?"

"시장에서요."

"내다 팔 정도라니! 녀석, 농사꾼 다 됐다."

누나가 밥상을 내주는데 보리쌀이 들어가긴 했지만 쌀밥이야. 나야 시골에서 쌀 한 톨 안 들어간 꽁보리밥이나 옥수수, 감자, 호박 이런 걸로 끼니를 때우는데 쌀 들어간 밥을 먹는 서울 식구들을 보니까 밉다는 마음이 또 올라오네. 엄마랑 동생 생각이 나지만 어째, 멀리 떨어져 있으니……. 서울 식구들은 쌀밥 먹으면서 시골에 사는 우리들 생각은 하기는 하나 싶더라. 서울까지 배추랑 곡식을 가져오느라 지쳐서 그런지 입맛이 깔깔해. 밥 생각이 별로더만 막상 밥이 들어가니 입맛이 돌더라. 정신없이 먹어 치우고 조금 쉰다는 게 그만 잠들고 말았어. 다음 날 누나가 학교 가는 소리에 일어

나 부스스한 얼굴로 아버지와 아침을 같이 먹으며

"배추 어때요? 많이 상했나요?"

"뭉그러져서 먹기도 어려우려니 했는데 멀쩡해. 그런데 벌레 좀 잡지, 사람들이 살까 싶다. 이파리에 벌레 구멍이 많아서."

"농약 안 줘서 그래요. 농약 살 돈도 없고."

"하긴, 몰라 그렇지 벌레 먹은 게 진짜지. 내가 농사지을 때만 해도 농약이라는 게 있나, 농약 없이 키웠는데. 지금이야 농약 없으면 농사 못 지을 것처럼 방송해 대고 난리지만."

"엄마는 농약 안 친 거라 값을 더 받으라고 그러던데."

"가게에서 파는 것처럼 좋아 보이지도 않는데 잘 팔릴라나."

아침밥 먹고 배추를 보러 가니, 어제저녁에 아버지가 한옆에 신문을 깔고 배추 다발을 풀러 펼쳐 뒀더라. 묶어 두면 이파리가 누렇게 뜬다고. 그래서 그런지 이슬 맞은 이파리가 싱싱하더라.

"다시 묶어 주마. 난 어제 하던 일 하러 가야 하는데 어쩌나, 저녁 때까지 가면 시들 텐데."

"시장 둘러보고 팔아 볼게요."

아버지가 배추 다발 묶는 걸 옆에서 보니 배추 다발이 예술이더라. 내가 묶은 거랑 견줄 수가 없어. 깔끔하고 보기만 해도 사고 싶은 마음이 솟게 생겼어. 옆에서 보면서 그대로 따라 해도 내가 한 건 예쁘지 않아. 하긴, 내가 뭘 몰라 그렇지 이제 겨우 농사일 배우는 나랑 아버지 손놀림을 어떻게 대. 그런 마음을 먹은 내가 어리석은 거지. 식구들이 다 나가고 나 혼자 있는 게 마음에 걸리는지 머뭇거리던 아버지는 남의 집 온돌 놓는 일이라 더 늦출 수 없다며 연장을 챙겨 자전거에 싣고 나갔어. 이제 또다시 나만 혼자 남은 거야.

아직 학교에 들어가지 않은 어린애들 소리만 간간이 들릴 뿐 동네가 조용해. 저녁나절이면 동네 아이들 노는 소리에 시끌벅적한 우리 집 앞 공터에는 동네 할아버지 몇 분이 앉아 이야기할 뿐 내 또래는 보이질 않아. 밖에 나가기가 어색하지만 그래도 어째, 시간이 더 지나면 배추는 시들 거고.

어디서 얼마를 받고 팔아야 할지부터 결정을 해야지. 우선 시장을 둘러보는 게 가장 낫겠더라. 가격도 알아보고 배추 다발 크기도 살펴봐야 값을 결정할 거 아냐. 이런저런 궁리를 하다 보니 동생이랑 고사리 뜯어 팔던 게 기억나. '까짓것, 고사리도 팔았는데 이걸 못 팔어!' 하면서 벌떡 일어나 집을 나섰어. 자전거는 아버지가 일하러 가면서 가져갔으니 별수 있나 걸어 다녀야지.

열한 시 무렵에 시장에 가 보니 도매시장에서 떼 온 물건을 펼치느라 다들 바쁘더라. 아직 문을 안 연 가게도 있지만. 장보기에는 이른 때라 그런지 장을 보러 온 사람은 드물어. 아무리 둘러봐도 내 나이 또래 아이가 물건을 파는 집은 없어. 더 걱정인 건 어디 비집고 앉을 만한 자리도 마땅치 않아. 시장 끄트머리 한구석에 자리 잡으면 몰라도 다 자기 돈 들여 가게를 냈는데 내가 그 옆에 가서 물건을 팔면 누가 좋아하겠어? 나라도 싫지. 그래서 시장 끄트머리에 가 보니 가게는 없고 살림집이 죽 이어져 있는데, 사람 드나드는 문을 빼고는 보자기나 함지박에 물건을 펼쳐 놓고 다들 한자리씩 터를 잡고 있네. 시장에서 배추를 펼쳐 놓고 팔 엄두가 통 나질 않더라고.

몇 번 왔다 갔다 하면서 시장을 둘러보는데 사람들 눈치가 보이는 거야. '학교 다닐 애가 이 시간에 뭐 하는 거야? 불량한 놈 아냐?' 하고 날 쳐다보는 것 같기도 하고. 이런 마음이 들자 더 이상 시장에 못 있겠더라. 서둘러 집으로 갔지. 오는 길에 채소 파는 가게를 둘러보니 내가 가져온 크기만 한 배추를 파네. 가게에 들어가서 값을 물어봤지. 값을 알아야 그걸 기준으로 해서 나도 값을 매기지. 배추가 깨끗하고 예쁜데 자세히 보니 배추 단이 얄팍하니 보기만 좋지 내 것보다 실하지 못해. 게다가 내 건 농약도 비료도 안 준 거잖아.

값도 값이지만 어디서 팔지 모르겠네. 시장에 가져갈 용기는 없고. 오늘 안 팔고 하룻밤 더 묵혔다가는 잎이 뜰 텐데 걱정이 앞서 몸이 달아올라. 집에 가서 찬밥을 물에 말아 대충 먹고 다시 동네를 둘러보는데 집에서 한 삼십 미터 떨어진 곳에 있는 삼거리가 눈에 들어와. 산동네에 사는 사람들이나 산 아래 좀 넉넉한 동네 사람들이나 모두 집에 가려면 그 삼거리를 거쳐야겠더라고. 거기서 아이들이랑 밤늦도록 놀았는데, 친구들하고 밤새 놀던 데가 이젠 놀이터가 아닌 돈 버는 곳으로 바뀐 거야. 거기에는 가게가 없고 사람은 꽤 다니니 괜찮겠다 싶더라. 내가 자리 잡으려는 곳 바로 왼쪽이 국수집이기는 하지만 내가 팔 배추랑은 아무런 상관이 없어. 그 자리에서 배추를 팔기로 마음먹고 집으로 갔어.

배추 보따리를 어깨에 둘러메고 와 조금 전 봐 둔 데다 자리를 잡았어. 배추를 국수집 옆 그늘에 쌓아 두고 몇 단만 보자기 위에 올려놓고 기다렸어. 가끔 지나는 사람이 파는 거냐고 물어보기만 하지 사지를 않네. 장사하기엔 어려 보여서 그런지 자꾸 물건 한 번 내 얼굴 한 번 보는 거야.

그렇게 한 시간 이상 서 있는데 아무도 안 사 가. 혼자라 쑥스럽고 또 어려서부터 살던 데라 어색해. 누가 날 알아보는 것 같고. 그래도 어째, 오늘 안 팔면 이 많은 배추를 우리 식구가 다 먹을 수도 없는 노릇인데. 게다가 이 배추를 내가 어떻게 키운 건데 그냥 먹고 말어. 버스에서 갖은 고생을 하면서 가져온 배추 아냐. 배추를 키울 때부터 팔아서 돈을 벌겠다는 마음으로 난생처음 시작한 농사일인데 여기서 포기하고 말기엔 너무 아까워. 똥, 오줌, 거름 퍼다 주고, 비가 많이 와서 밭이 엉망이 되는 고비를 넘기며 키운 배추가 아니냐. 어떻게 해서든지 팔아야겠다는 생각이 드네.

"배추 사세요. 배추 사세요. 아줌마 배추 사세요."

가까이 와야 들릴 정도로 작은 목소리로 떠들고 있는데 한 아주머니가 오더니 한 단에 얼마냐고 물어보네. 배짱 두둑하게 불렀지. 아까 시장 다녀오다 들른 가게에서 팔던 배추 값의 배를 불렀어. 거기가 천 원이면 난 이천 원을 부른 거야.

"벌레도 먹고 시들어 보이는데 왜 이렇게 비싸냐? 웬만하면 팔아 주려 했는데 너무 비싸네."

하면서 그냥 가시네. 그렇게 몇 번 사람들이 물어만 보고 비싸다고 그냥 가. 그렇다고 값을 내리지는 않았어. 계속 그 값을 고집하는데 한 아주머니가

"왜 이렇게 비싸니?"

"아줌마, 저 충남 공주에서 왔는데요 이 배추 제가 키웠어요. 비료랑 농약 하나도 안 줬어요. 대신 푹 썩은 오줌이랑 똥으로 키워서 맛있어요. 시골집에서 겉절이 해 먹었는데 진짜 고소해요. 사 가 보세요. 거짓말 아니에요."

"그래? 그러면 믿고 한 단만 사 가마."

이런 식으로 몇 단 팔았어. 잠깐 그러고 두세 시간 지나도록 물어보는 사람 하나 없네. 지나가는 사람도 드물어지고. 그러다 보니 햇빛에 이파리가 시들어 보이는 거야. 아까 시장에서 본 게 생각나. 야채를 물에 적신 보자기나 천으로 덮어 놓더라고. 얼른 집에 가서 물 적신 보자기를 가져와 덮었지. 벽에 기대고 앉아 있는데 아까 나한테 배추를 사 간 아주머니가 다시 왔어.

"세 단 더 다오. 집에서 풀어 보니까 양도 많고 네 말대로 맛있더라. 동네 사람들이랑 점심을 같이 먹었는데 꼭 시골집에서 먹던 배추 맛이야. 조금 있으면 아줌마 몇이 배추 사러 올 거다. 너 나한테 싸게 줘야 해. 나 때문에 많이 파니까."

아닌 게 아니라 조금 있으니 아주머니 세 분이 장바구니를 들고 오네. 어떤 아주머니는 배추 잎 하나를 분질러 그냥 날로 먹어 보더니 너무 고소하고 맛있다는 거야. 이런 배추 구하기 쉽지 않다

며 아예 김치를 담그겠대. 그 자리에서 다 팔았어. 얼마에 팔았냐고? 아까 팔던 값 그대로 받았지. 그러니까 다른 가게에서 파는 거에 두 배. 서울까지 가져오느라 부닥쳐 시들고 상한 건 돈 덜 받고 다 드렸어. 집에서 먹으려 남겨 둔 것도 가져다 덤으로 줬어. 배추만 판 게 아니야. 자루에 담아 가지고 간 팥, 콩, 참깨 이런 것도 같이 팔았어.

사람들이 내가 키운 배추를 쳐다보고 만지면서 돈, 그것도 다른 사람 것보다 배를 주고 사 간다는 게 정말 신 나더라. 이 배추가 보통 배추냐. 밭도 내가 직접 갈고, 씨앗도 동네 어른들한테 물어물어 가며 구해다 심었지. 게다가 온 정성을 들여 키운 배추라 더 뿌듯했어.

팔던 자리를 빗자루로 깨끗이 쓸어 정리한 뒤 집으로 갔어. 방안에 들어가 누워 천장을 보는데 자꾸만 입이 벌어지고 웃음이 나오네. 어른이 다 된 기분이야. 엄마가 비누 파는 걸 옆에서 볼 때랑은 또 달라. 나 혼자 힘으로 키우고 옮기고 팔기까지 해서 그런가 봐. 저녁에 식구들이 와서는 그걸 다 팔았냐며 놀라네. 돈은 얼마나 벌었는지, 어디서 팔았는지, 또 값은 어떻게 매겼는지 한참 물어보더라.

그날 저녁은 서울 집에서 자고 다음 날 아침 다시 시골집으로 되돌아갔지. 그렇게 마련한 돈으로 차비도 하고 공주 시내 정육점에 들러 찌개 해 먹을 돼지고기랑 동생 줄 과자도 샀어. 과자랑 돼지고기를 들고 집 앞 고개를 넘어서는 내 두 다리에 이제 힘이 넘쳐.

어깨를 당당하게 펴고 팔도 일부러 휘휘 저으며 고개를 넘어 집으로 들어섰어. 고갯마루 넘어서다가 집만 보이면 큰 소리로 엄마를 부르던 나는 그날만은 어른들이 하듯 마당에 들어선 뒤에야 엄마와 동생을 찾았어.

학교에 다녔다면 중학교 3학년인 그해 내가 다닌 학교는 성환 이발소, 배추밭 그리고 시장이었어. 이발소 아주머니와 아저씨, 날 위해 쑥쑥 커 준 고마운 배추, 그리고 날 믿고 벌레 먹은 배추를 사 간 분들이 모두 내 담임 선생님이었고.

토끼야, 난 서울 간다. 넌 산으로 가

"짝짓기 해도 될까?"

"아직은 아냐. 몸만 크지 어려 보여."

"내 눈엔 다 큰 거 같은데."

"그래, 니가 정 그렇게 궁금하면 데리고 동네로 내려가라. 가서 오 씨 할아버지한테 붙여 달라고 해 봐."

"응, 알았어."

망설일 게 뭐 있어. 이게 웬일이냐 하면서 엄마 마음이 바뀌기 전에 얼른 토끼를 망태기에 담아 마당을 나섰어.

"그렇게 데리고 가면 놀래서 제대로 짝짓기 하겠냐? 넓은 데 담아서 지게에 지고 가."

하는 엄마 말에 사과 궤짝으로 만든 토끼장을 꺼내 토끼를 넣고 지게에 얹어 짊어지고 내려갔지. 조금 있으면 아침 먹고 일 나갈 때라 잰걸음으로 걸었어. 토끼가 놀랄까 봐 뛰지는 못했지. 부지런히 내려가다 동네 어른을 만났어.

"최 주사 아들 아니냐? 아침부터 뭘 짊어지고 그렇게 서둘러 가냐?"

"토끼 짝 지으려고요. 새끼 가질 때가 됐대요."

"어디 보자. 지게 좀 숙여 봐라."

내가 지게를 내려서 보여 드리니까

"언제 사 온 거냐? 아직 어려 보이는데."

"엄마가 클 만큼 컸다고 짝짓기 해 보라는데요."

내 말에 아니다 싶은 표정을 지으며 가던 길을 가시는 거야. 마음 한구석은 찜찜하지만 이왕에 온 거 망설일 거 있나, 얼른 오 씨 할아버지 댁 마당으로 들어섰지.

"아침에 니가 여기 웬일이여? 지게는 또 뭐고?"

"할아버지, 안녕하세요? 저기, 토끼 짝 지으러 왔어요."

"그래? 어디 보자. 아직 어리다. 몇 달 더 키워서 와."

한 번 쓱 보고는 망설임도 없이 아직 어리다네.

"니가 얼마나 보채면 보냈겠냐? 애가 애 낳는 거 봤어? 때맞춰 왔다. 밥 안 먹었지? 아침이나 먹고 가라. 우리도 지금 막 먹고 숟가락 놓는 중이다. 아직 밥상도 그대로 있어."

"……."

"지게는 거기 놔두고 어여 마루로 올라와. 어려워 말고."

짝짓기 하려면 몇 달 더 키워야 한다는 말에 속이야 상하지만 할아버지가 안 된다는데 어째. 시무룩하면서도 흰 쌀밥 먹을 생각에 뭉그적뭉그적 못 이기는 체하며 올라섰지. 나 같은 어린애가 먹는

데도 할머니는 반찬을 새 종재기에 내오는 건 말할 것도 없고 작고 동그란 상을 꺼내 아예 상을 새로 보시네.

"뭐하냐, 얼른 뜨지 않고. 여기 이거 먹어 봐라."

하면서 숯불에 구운 자반고등어를 맨손으로 발라 숟가락에 얹어 주시는데 맛이 기가 막히네.

아침에 토끼 짝짓기 한다고 동네로 내려와서 밥만 배불리 먹고 집에 왔어.

"짝짓기 해 주더냐? 니 얼굴이 싱글벙글한 게."

"아니, 못 했어요."

"그런데 왜 이렇게 오래 걸렸어? 들어가자. 니가 안 와 밥상도 그대로다."

"밥 먹었는데. 할머니가 밥 주셔서 잔뜩 먹고 왔어요. 고등어랑."

"그래서 니 얼굴이 밝구나. 토끼는 그냥 데리고 오면서."

토끼를 토끼장에 들여보냈어. 토끼가 좋아하는 풀을 구해다 부지런히 줬지. '잘 먹이면 조금이라도 빨리 새끼를 갖겠지' 하는 생각에 정성을 들였어. 먹이를 주면서도 혼잣말로 말을 걸었어.

"토끼야, 배고프지?"

"어째 니가 좋아하는 씀바귀를 줘도 냄새만 맡고 입을 안 대냐."

"저리 안 가! 자꾸 덤비지 마! 니 발톱이 얼마나 아픈지 아냐? 알았다. 알았어. 얼른 먹을 거 줄게."

"잘 잤어? 하늘 보니 비 올 거 같다. 비에 젖기 전에 풀 좀 뜯어다 둬야겠다."

"나 일하러 간다. 혼자 집 잘 봐. 어디 가지 말고."

생각해 봐. 엄마랑 동생 말고 누가 있어야지. 작은누나가 있었지만 서울로 공부하러 간 뒤로 나, 동생, 엄마 이렇게 셋인데 동생도 학교 가고 나면 나랑 엄마만 남아. 누구랑 말을 할 새가 있어야지. 누구 말대로 입에서 곰팡이가 필 정도야. 그러다 보니 혼자 중얼거리는 게 몸에 배서 자연스러워.

하루는 혼자 지게를 지고 나무하러 가면서

"나 나무하러 간다. 기분이 별로야. 어제 아버지가 서울서 오셨거든. 그런데 엄마보고 돈을 해 달래. 집에 지금 돈이 있냐? 얼마 전에 추수한 보리쌀 몇 가마가 전분데. 그거 내다 팔면 뭐 먹고 가을까지 기다려. 정말이지 아버지가 너무한 거 아냐? 에이."

하면서 죄 없는 나무나 지게 작대기로 퍽퍽 치며 집을 나섰지. 그때가 하필이면 동네 아이들이 학교 가는 시간이야. 학교 가는 아이들이 집 앞 고개를 넘어가며 나를 힐끗힐끗 쳐다보네. 고갯마루까지 가서 나무를 할 생각이었지만 동네 아이들이랑 가는 게 싫어 길 아래 냇가로 내려갔어. 골짜기 냇가로 내려가 냇물에 돌을 집어 던지면서

"드럽다. 지들이 잘나면 얼마나 잘났다고. 어떤 놈은 가기 싫어 학교 안 가냐! 새끼들, 가서 공부는 안 하고 자빠져 놀기만 하고 밥만 먹고 오는 놈들이."

다들 고개 넘어 학교 가는 아침 시간에 혼자 길옆 냇가에 들어가 죄 없는 냇물에 물탕이나 튀기는 그 기분……. 길옆 산자락을 따라

흐르는 냇가는 아침 시간엔 그늘져 어둡고 음산하기까지 해. 아이들이 넘어가는 곳은 해가 비치는 양지고, 내가 있는 곳은 아직 어둡고 추운 골짜기야. 고갯길은 넓은 세상을 향해 열린 꿈을 찾아가는 길이고, 내가 있는 이 골짜기 냇가는 혼자 떨어진 외로운 섬이야. 그것도 무인도. 거기는 엄마 아버지도 형제들도 어쩌지 못하는 곳이야. 나를 가두어 두는 곳이지. 감옥이 따로 있나. 다른 사람과 만나지 못하고 세상과 끊어져 있으면 감옥이지. 부모님은 한 발자국 옆에 서서 안타까운 마음으로 쳐다볼 뿐이고.

부모 형제도 해 뜨는 아침 시간에 길옆 어두운 골짜기에서 물속 물고기 움직임을 보고 있는 내 아픔을 헤아릴 수는 없는 거야. 다들 모여 밝은 길로 우르르 나가는데 나만 홀로 내동댕이쳐진 그 외로움 때문에 내 어린 가슴은 아침마다 차가운 칼바람이 매섭게 지나가곤 했어.

그래도 어째. 그 골짜기에 혼자 처박혀 있을 수는 없잖아. 당장 나무도 해야 하고 풀도 베야 하고 서툴지만 농사도 지어야 해. 나를 믿고 기다리는 사람들에게 내 의무를 다해야 했어. 내가 움직여야 먹고살 수 있다는 그 무게가 자꾸 일터로 일터로 나를 밀어냈어. 일하는 내 가슴 한쪽 구석에는 늘 혼자 삭혀야 하는 아픔이 흐르고…….

그러니 토끼를 바라보는 내 마음이 어떠했을까? 내 또래 아이들이 부모님한테 용돈 받아 학교 근처 가게에 들려 불량식품을 사 먹을 때 나는 토끼 먹을 풀을 뜯어 토끼장으로 달려갔지. 아이들이 뭘 사 먹으면서 서로의 입에 들어가는 걸 뺏어 먹을 때 나는 토끼 먹이를 가지고 줄 듯 말 듯 장난을 치고. 친구랑 장난치는 걸 즐기는 대신 토끼가 내게 달려들어 먹을 걸 달라고 하는 모습에서 기쁨을 느꼈어. 토끼가 아파하면 나는 일하러 갔다가도 집에 들러 토끼가 괜찮은지 살피며 그렇게 또 몇 달이 지났어.

"아들, 토끼 데리고 할아버지 댁에 가 봐라. 어지간하면 짝지어도 되겠어."

"진짜로? 이제 새끼 가질 수 있을까? 내일 아침에 갈게요."

"아침에 가지 말고 저녁에 가 봐라. 할아버지 일 마치고 들어올 때 가서 부탁드려."

그날 저녁 당장 내려갔지. 이번에는 할아버지가 내 토끼를 보더니 잘하면 되겠다는 표정이야. 그런데 수놈이 우리 토끼 뒤에 가서 코만 벌름거리네. 얼른 달려들어 짝지을 생각을 해야지. 우리 토끼도 수놈이 가까이 가면 이리 피하고 저리 피하고…… 나는 몸이 달아 토끼장 앞에 서 있는데

"야, 이놈아! 그 앞에 그러고 있으면 토끼가 긴장해서 짝짓겠어? 저리 물러서! 저기 마루 위에 앉아서 봐. 내 생각엔 아직도 어린가 싶다. 조금 더 기다려 보고 안 하면 한 달만 더 키워서 와."

끝내 두 놈은 결혼을 안 해. 짝짓기를 해야 새끼를 낳지. 그래도 이제 한 달만 기다리면 될 거라는 말에 기분이 나쁘지는 않더라.

"잘 먹여서 올게요."

"어지간히 먹여라. 너무 살쪄도 새끼가 안 들어서는 수가 있어.

잡아먹을 것도 아닌데 살이 너무 쪘다. 조금 덜 먹여. 밥이나 사람 먹는 음식 같은 건 주지 말고."

뜨끔하더라. 엄마 몰래 건빵도 주고 가끔은 밥도 가져다주곤 했거든. 몸에 안 좋으면 안 먹어야 할 텐데 잘 먹으니까 잘 먹는 모습을 보려고, 또 얼른 먹고 크라고 몰래 가져다줬지. 그날부터 토끼한테 주는 풀 양을 조금씩 줄였어. 대신 토끼가 좋아하는 것만 골라 줬지.

어느새 한 달이 지났어. 이번에는 토끼장에 넣으니까 어라, 수놈이 암놈 뒤로 가서 코를 벌름거리며 냄새를 몇 번 맡는 듯하더니 금방 등 뒤로 올라타네. 그런데 수놈이 암놈 위에 올라탔는가 싶더니 금방 떨어지는 거야. 그래서 난 짝짓기를 한 건지 몰랐어. 기다리고 있는 나를 보고 할아버지가

"됐다. 오늘은 성공이다. 한 달 조금 더 기다리면 예쁜 새끼를 볼거다."

"언제요? 짝짓는 거 못 봤는데요?"

"이놈아, 벌써 끝났어. 아까 수놈이 암놈 올라탔잖아? 그게 짝지은 거야. 사람으로 말하면 결혼한 거지. 니네 토끼한테는 첫날밤이여."

"이상하다. 그렇게 빨리 끝나나?"

"내가 한두 해 키우냐? 토끼 키운 게 벌써 몇 해쨌는데. 데리고 가거라. 제대로 잘됐어. 걱정 말고 가라. 이제부터는 먹이도 잘 줘야 해. 사람이나 짐승이나 애가 배 속에 있을 땐 놀라게 하면 안

된다. 어머니께 여쭤서 해. 잘 아실 거야."

짝짓기 하러 내려갈 때와 달리 집으로 돌아올 때는 살살 걸었지. 토끼 애기 씨 떨어질까 봐. 집에 와서도 되도록 좋은 먹이를 주려고 마음을 썼어. 동생한테도 토끼를 놀라게 하지 말라고 일러뒀지.

그렇게 애지중지 키우면서 시간은 흘렀고 아닌 게 아니라 신기하게도 토끼 배가 불러오는 거야. 할아버지 말을 믿기는 믿으면서도 마음 한구석에 '그렇게 쉽게 새끼가 들어설 리가……' 하는 미심쩍은 마음이 있었거든. 그런데 불러오는 토끼 배를 보니 의심이 확 풀려. 새끼 가진 걸 눈으로 본 뒤부터 뻔질나게 먹을 걸 구해다 줬어. 여물지 않은 콩꼬투리도 엄마 눈을 피해 가며 구해다 주고 고구마나 당근 같은 것도 줬지. 나만 그런 게 아니라 동생도 부지런히 구해다 먹이는데 '혹시 이거 먹으면 어떻게 되는 거 아닌가?' 싶은 건 아예 주지를 않았어. 평소 먹여 본 것 가운데 영양가 많은 걸 주려고 마음 썼지.

"이제 곧 새끼 낳을 때가 된 것 같다. 볏짚 훑어 내서 고운 것만 토끼집에 깔아 줘라. 새끼 낳고 나서 사람이 가까이 가거나 만지면 다 물어 죽이니까 미리 해라."

잠자다가도 깨면 손전등 들고 가서 토끼를 봤어. 안 보는 새 새끼를 낳을까 봐 나랑 동생은 몸이 달았어. 그렇게 손전등을 비춰 보는 걸 알고 엄마가 깜짝 놀라는 거야. 밤에 불쑥불쑥 불을 비추어 보고 사람이 가까이 가면 토끼가 불안해한다네. 새끼 낳을 때가 되면 짐승들이 예민해서 사나워지는데, 평소 주인 말이라면 잘 따르고 순하던 개도 주인을 물기까지 한다는 거야. 개처럼 짖거나 사납게 물지 않아 그렇지 사실은 토끼가 개보다 신경이 더 날카롭다네. 잘못하면 새끼를 낳아도 물어 죽이거나 아니면 죽은 걸 낳을 수도 있다는 거야. 그 뒤로는 먹이 줄 때를 빼고 토끼장 옆에 가지 않았어. 곧 낳을 것 같은데 엄마가 말한 대로 일이 생기면 어째.

그런데 하루는 아침에 일어나서 가 보니 어라, 뭔가 뻘건 게 토끼장 왼쪽 구석에 있는 거야. 세상에! 밤사이에 새끼를 낳았네.

"엄마! 나왔다. 나왔어."

"뭔 소리냐? 아침부터 웬 난리여."

"새끼 낳았다니까. 와! 털이 없어. 핏덩어리야. 빨개."

"오빠, 어디. 진짜! 저러다 죽는 거 아냐? 엄마 젖 먹는 거 봐. 징그러워. 뭐 저래, 하나도 안 예뻐. 징그럽잖아!"

"야 임마, 조용히 해. 쉿! 새끼 물어 죽일라. 그리고 헝겊으로 토끼장 앞을 가리자."

나랑 동생은 새로운 생명을 처음 본 기쁨과 신비로움에 흥분하면서 온 마음이 토끼한테 갔어. 개도 키워 보고 돼지도 키워 봤지만 우리 집에서 새끼를 낳은 건 처음이야. 밤사이 어미 토끼가 낳은 새끼를 보는데 그 생김새와 크기가 바로 새끼 쥐랑 비슷해. 쥐만큼이나 많이 낳았어. 예닐곱 마리는 되어 보이는데 서로 한군데 모여 꼼지락거려.

'새끼를 너무 많이 낳아서 털이 안 난 건가' 싶기도 하고 '저런 핏덩어리가 언제 커서 돌아다니지' 하는 걱정도 되고. 엄마가 가까이 가지 말라고 잔소리하는데도 보고 싶어 참을 수가 있어야지. 그리고 '설마, 어미가 새끼를 잡아먹겠어?' 하는 생각에 엄마 몰래 자꾸 토끼장 앞을 가린 천을 들추고 쳐다봤어.

그런데 말이야. 끝내 엄마가 걱정하던 일이 벌어지고 말았네. 새끼 낳고 이틀이나 지났을까 아침에 일어나 보니 새끼가 줄어든 것 같더니, 몇 마리는 어미가 먹어 버리고 나머지는 모두 죽고 말았어. 나랑 동생이 너무 자주 들여다보고 밤에 손전등을 비추고 한 게 화근이야. 토끼 위한답시고 토끼장을 사람이 지나다니는 방문 앞 봉당에 뒀으니 그것도 죽게 만든 큰 까닭이라는 생각이 드네. 얼마나 속이 상하던지……. 어미랑 새끼한테 미안하기도 하고 어미가 밉기도 해서 새끼가 죽은 뒤 나랑 동생은 기운이 쪽 빠져 먹을 것도 제대로 안 챙기는데 엄마가 오히려 좋은 먹이를 가져다줘. 사람이나 짐승이나 애 낳고 나면 잘 먹어야 건강하다며 사람이 먹는 귀한 채소도 주네.

첫 번째 새끼를 모두 잃은 뒤 두 달 정도 지나 다시 짝짓기를 해 왔지. 한 달 조금 더 지나 두 번째 새끼를 얻었어. 이번에는 좁은 토끼장에 가두지 않고 빈 외양간에 살게 했어. 대신 파이프처럼 속이 빈 나무토막을 가져다 놓기도 하고 큰 돌 몇 개를 한곳에 뭉쳐 놓기도 해서 토끼가 숨을 만한 곳을 만들어 주었지. 흙을 퍼다가 작은 동산도 만들어 줬어. 그랬더니 거기다 굴을 파고 드나들더라. 새끼를 낳은 건 알겠는데 첫배처럼 핏덩이를 보지는 못했어. 흙더미 사이로 뚫은 굴에 낳았는지 아니면 돌 틈새에 낳았는지 못 봐서 모르지만 어느 날 털이 난 새끼들이 돌아다니네.

우리도 모르는 새 새끼들을 건강하게 키운 거야. 몇 마리나 낳았는지, 모두 건강한지 궁금했어. 하지만 첫배에 낳은 새끼들을 모두 실패한 뒤로 아예 토끼장 안에 들어가지 않았어. 새끼 낳을 무렵에는 먹이만 주고 얼른 비켰지. 그래서 그런지 다섯 마리나 되는 새끼를 건강하게 키워 냈어. 새끼들도 풀을 먹기 시작하고 며칠 지난 뒤에야 마침내 엄마 허락을 받고 나랑 동생은 새끼를 만져 볼 수 있었지. 얼굴에다 보드라운 털을 문지르기도 하고 방에 데리고 들어가고 그랬어. 늘 내 옆에 두고 잠도 같이 자고 싶지만 잠깐만 보고 다시 들여놓았어. 이렇게 해도 어미는 새끼한테 해코지하지 않더라.

그렇게 어미 토끼는 새끼를 여러 번 낳았고 나중에는 새끼가 어미가 될 만큼 컸을 때야.

"아들, 이제 서울 가자."

"여기를 떠나는 거야? 아주?"

"당장 살림살이까지 가져갈 수는 없고 몸만 가자. 나는 정리할 게 있으니까 동생이랑 먼저 가거라."

"엄마 혼자 이 외딴집에 어떻게 살아. 빚쟁이들이 또 들이닥치면 어쩌려고. 엄마, 같이 가자."

"아냐, 할 일이 있어. 그러니 내 걱정 말고 며칠 뒤에 떠나거라."

"곳간에 남아 있는 곡식은 내다 팔자. 서울 갈 때 가져갈 만큼만 남기고 이번 공주 장날에 다 내다 돈으로 바꾸는 거다."

엄마가 아주 안 오는 것도 아니고 집만 정리하고 오신다는데 어쩌겠어. 가야지. 엄마랑 나는 집에 있는 곡식을 마당에 내다 놓고 키질도 하고 바람에 검불 같은 걸 골라내면서 손질하기 시작했어. 손질한 곡식을 자루에 담아 공주 가는 마차에 싣고 나가 돈으로 바꿨지. 힘들게 지냈지만 막상 떠나려 마음먹은 뒤로는 우울하더라.

정리해야 할 살림살이라고는 장롱도 없고 낡은 옷가지랑 그릇뿐이야. 가장 큰 살림살이라고 해 봐야 장독대에 있는 간장, 고추장, 된장 항아리였어. 다행인지 아닌지 모르지만, 워낙 없는 살림이라 항아리에 남아 있는 것도 얼마 없었지. 엄마는 남아 있는 간장, 된장, 고추장을 거의 다 퍼다 뒷산 넘어 혼자 사시는 만신 아주머니한테 가져다 드렸어.

장독대를 정리하는 엄마를 보는데 퍼뜩 토끼 생각이 나네. 그동안 토끼는 식구가 늘어 서른 마리가 넘어. 외양간 안에서 여기저기 숨어 사는 토끼가 몇 마리인지 정확히 알 수가 있나. 어림잡아 서른 마리는 되고도 남아.

"엄마, 토끼는 어쩌지?"

"아들, 니 생각대로 해라. 어떻게 할래?"

내다 팔면 얼마 안 되지만 여하튼 적은 돈으로라도 바꿀 수야 있지. 돈이 궁하지만 난 토끼를 돈과 바꾸고 싶지 않았어. 외로이 지내는 내게 친구가 되어 준 토끼를 그렇게 매정하게 보내고 싶지 않았어. 먹을 게 귀한 우리 집이지만 단 한 마리도 잡아먹지 않고 지금까지 키웠는데 이제 와서 그러고 싶지 않더라.

"놔줄래. 문 열어 주고 가고 싶은 데로 가라고 하지 뭐."

"족제비나 살쾡이 같은 놈들한테 잡아먹힐 텐데."

"그래도 놔주자. 며칠 내놨다 들여놨다 하면서 운동시키면 좀 빨라지겠지."

"그래, 니가 원하면 그렇게 해. 잘 살면 좋고."

난 토끼장 앞으로 가서 문을 열고 안으로 들어갔지.

"얘들아! 나 이제 여기 떠나. 서울 갈 거다. 너희들도 가. 어디든지 가고 싶은 데 가서 마음껏 살아. 사방이 산이니까 먹을 건 많을 거다. 나가! 나가자."

나는 문만 열어 주면 토끼들이 신 나서 나갈 줄 알았지. 후다닥 뛰어나갈 거라고 생각했어. 그런데 어떻게 된 게 문을 열어 놓아도 통 나갈 생각을 안 하네. 멈칫멈칫 문 쪽으로 가기는 하는데 낯선 세상에 나가는 아이처럼 조심조심 나서는 거야. 두리번거리면서 코를 벌름벌름하고 조금씩 마당으로 나서더니 뒤뜰로도 가고 울타리로도 가기는 가. 그런데 이놈들 봐라. 집을 안 벗어나. 집 둘레만 이리저리 다니면서 풀을 뜯어 먹어. 뒷간 앞에는 칡넝쿨이 엄청 많은데 거기에 여러 마리가 가서 칡넝쿨이랑 잎을 신 나게 먹더라. 사실 거기는 풀도 우거지고 산딸기랑 철쭉 같은 가시나무가 많아서 사람이 가까이 갈 수 없어. 가끔 뱀이나 족제비, 너구리 같은 놈이 숨어 있는 곳인데 이놈들이 겁도 없이 거기서 신 났다고 먹이를 먹으며 놀더라고. 저놈들이 험한 산짐승들 속에서 어찌 사는지 걱정되더라.

얼른 운동을 해야 산짐승한테 안 잡혀 먹힐 텐데 저렇게 느려서 어디 살아남을까 싶네. 많이 움직이라고 싸리 빗자루를 들고 토끼를 이리저리 몰았지. 그렇게 하니까 좀 움직이더라. 낮에 어디 나갈 때도 마음대로 가라고 문을 열어 놨어. 그런데 내가 나타나면 다시 모이는 거야. 그러니 어째, 산짐승 먹잇감 될까 봐 밤엔 다시 토끼장 문을 잠갔지. 아침이면 다시 밖으로 내놓고 하면서 여러 날 그렇게 적응 훈련을 시켰어.

마침내 서울로 떠나는 날이야. 방문 창호지에 비치는 아침 햇살을 보는데 기분이 좋더라. 여기를 떠나면 이제 새로운 세상이 열릴 거 아냐? 서울 가면 할 일이 많을 것 같아. 마음 설레고 희망이 보이는 거야. 정든 집을 떠나는 게 아쉽지 않은 건 아니지만……. 엄마가 아침밥 차리는 동안 토끼한테 갔지.

"나와. 이제 가. 나 앞으로는 너희들 못 봐. 그동안 고마웠다. 가서 건강하게 살아. 나 서울 간다, 아주. 서울 가면 돈도 많이 벌고 잘 살 거다. 뭐든지 할 거야. 닥치는 대로 일해서 학교 가야지. 다시 교복 입고 애들하고 놀고 그럴 거야. 가. 가서 너희도 산속에서 신 나게 살아라. 답답하잖아. 이제는 우리 집에 오지 마. 넓은 데 가서 마음껏 돌아다녀."

혼자 쓸데없이 중얼거리는데 목이 메네. 나는 아기 토끼를 안아들고 내 얼굴에 부비며 그만 울고 말았어. 토끼나 나나 앞날이 두렵고 무섭기는 마찬가지라는 생각이 들었어. 울먹이며 토끼를 밖으로 내몰고 토끼장 문을 열어 놨어. 밤에 다시 올 놈들은 편하게 드나들라고. 토끼장에 갇혀 답답하게 살지 말고 넓은 산에서 마음껏 다니며 살기를 바라면서 토끼를 풀어 줬어. 이제 제법 마당을 벗어나 뒷산까지도 금방 뛰어오르는 녀석들을 보면서 나는 마침내 서울로 올라갔어.

공주를 떠나 서울에 올라온 뒤 토끼들이 자꾸 마음에 떠올랐어. 목숨 부지하며 잘 살고 있는지, 내가 바라던 대로 몇 마리라도 산 생활에 적응해 자유롭게 살고 있는지. 나야 알 길이 없지만 그러길 바랄 뿐이야. 산으로 들로 자유롭게 돌아다니며 새끼도 낳고 살라고 토끼장 문을 열어 주고 서울로 왔잖아? 그런데 문득 이런 생각이 드네. '나는 마음껏 자유롭게 살고 있나?' 하는 생각 말이야. 가난과 배고픔 그리고 힘든 농사일에서 벗어나 도시로 나와 지금까지 살아온 나는 진정 자유롭게 살아왔는지 되돌아보게 돼.

너는 학교로, 나는 일터로

"아버지! 시멘트 몇 포 실어요?"

"놔둬라. 니가 하긴 무거워. 흙손이랑 다른 연장이나 챙겨."

"쌀도 몇 말을 지는데 이까짓 걸 못 해요."

"글쎄, 놔두라니까. 쌀하고 달라. 놔두고 손수레나 집 앞에 대 놔. 가벼운 연장 챙기고. 옷도 그게 뭐냐. 막 입을 걸로 갈아입고 내가 시키는 것만 해. 괜히 다치지 말고."

아버지랑 둘이 집수리하러 가는 길이야. 방바닥을 다 뜯고 온돌을 새로 놓는 일이 들어왔어. 아무리 연탄을 때도 방바닥은 싸늘하고 자꾸 연탄가스가 새 들어온다네.

아버지 온돌 놓는 솜씨가 대단하단 이야기는 가끔 들었지. 그런데 내가 아버지를 따라나선 데는 까닭이 있어. 어제 저녁을 먹는데 아버지가 하는 말씀이 공사하러 새벽에 나가야 한다는 거야. 그러니 아침 걱정 말고 우리끼리 먹으라네. 엄마는 시골에서 아직 안 올라왔고 고등학생인 누나가 새벽밥한다는 게 보통 일이야? 그러니 신경 쓰지 말라는 말이지. 저녁을 다 먹으면 공사장 허드렛일할 사람 구하러 나가신다나. 이 말을 듣고 아버지한테 돈 달라 안 할 테니 내가 그 일 하면 안 되냐고 물었지. 사람을 쓰면 품값 들어갈 텐데 그러지 말고 그 돈은 살림에 보태자고. 힘든 일인데 그래도 하겠냐 하기에

"농사일도 하는데 그까짓 거 못 해요."
하며 내가 하겠다며 나선 거야.

아버지는 시멘트며 온갖 연장을 실은 손수레를 앞에서 끌고 나는 뒤따라갔어. 언덕을 오르락내리락 몇 번 하며 마침내 공사할 집에 다 왔어. 아버지는 대문 사이에 손을 넣어 문을 열더라. 지금은 빈집이라네. 중요한 것만 다른 데로 옮기고 방에 있는 살림을 다 빼서 마당에 쌓아 뒀대. 집 안에 들어가 휘 둘러보는데 방이 세 개나 되더라. 두 방 사이에 부엌이 있는데 자그맣더라고. 거실까지 있어. 방 세 개를 다 뜯어내고 온돌을 다시 놓는 거야.

"오늘은 방바닥을 뜯어내자. 오늘 끝나려나 모르겠지만 하는 데까지 해 보자. 큰 망치랑 지렛대 가져와라. 장갑부터 끼고."

연장을 챙겨 가장 큰방으로 들어갔지만 뭐부터 해야 할지 전혀 모르겠더라고. 나야 일하겠다는 의욕만 앞섰지 뭘 어떻게 해야 하는지 알 수가 있나. 그냥 옆에 서 있다가 아버지가 뭘 어떻게 하라고 시키면 그제서야 움직이니 아버지 처지에서는 다른 사람 데려다 일 시키는 게 속 편했을 거야. 마음만은 정말로 일을 잘하고 싶었어. 몰라서 못 할 뿐.

방바닥 뜯어내는 걸 옆에서 보니까 큰 망치로 바닥을 퍽퍽 치는 게 꽤 재미있어 보이더라고. 어려운 것도 아니고.

"제가 할 테니 아버진 다른 거 하세요."

"힘들 텐데……. 그래, 한번 해 봐라. 구들 깨지 않게 봐 가며 해. 깨지거나 금 가면 돈 주고 사 와야 한다. 여하튼 구들장 위에 있는 건 싹 걷어 내. 모래랑 필요한 거 실어 올 테니 바닥에서 나온 건 마당 한옆에다 모아 놔라."

일하러 와서 뭘 해야 할지 몰라 우두커니 서 있다 할 일이 생기니 신 나더라고. 방바닥을 망치로 쳐 뜯어내기 시작했어. 그렇게 빈집에서 혼자 한참 일에 폭 빠지다 보니 슬슬 자신감이 붙더라고. 그래서 나 스스로 목표를 세웠지.

'점심 먹기 전에 큰방 다 뜯어내기.'

회사나 학교처럼 점심 먹는 시간이 따로 있는 게 아니고 주인아주머니가 밥 먹으러 오라고 하면 그때가 점심시간이야. 그때까지 마무리하기로 마음을 먹었어. 방바닥은 다 뜯어 놓았으니 마당으로 옮기는 일만 남았어. 그런데 요게 시간이 많이 걸리겠더라고. 함지에다 들고 다니려니 힘은 힘대로 들고 얼마 옮기지도 못하네. 지게가 있으면 쓸 만하겠다는 생각을 하다가 아침에 아버지가 수레에 싣던 질통이 떠올라. 나무판자로 만든 사각형에다가 지게처럼 어깨에 짊어질 수 있도록 끈을 매달고 밑바닥을 열면 속에 있는 게 쏟아지게 만든 거야. 흙이나 모래를 담아 원하는 곳까지 지고 가서 밑바닥을 열어 쏟아붓는 거지. 지게 사촌쯤 된다고나 할까.

질통을 가져다 바닥에 놓고 구들장 위에서 걸어 낸 시멘트 조각을 옮겨 채웠지. 그런 다음 짊어지고 일어서려는데 어라, 꼼짝달싹안 해. 마치 바닥에 붙은 것처럼 꼼짝 안 해. 다시 멜빵을 벗고 일어나 가만히 생각해 보니 실수를 해도 크게 했네. 질통을 내 허리 정도 높이 받침대 위에 놓고 나서 채워야 하는데 바닥에 놓고 했으니 일어설 수가 있나. 그제서야 수레에 얹혀 있던 책상 모양의 받침대가 생각나더라고. 애써 질통에 담은 걸 옆으로 쓰러뜨려 쏟아 버리고 받침대를 가져다 방 가운데에 고정 시키고 다시 질통에 담았어. 일의 방향이 잡히자 점심시간 전에 끝내려고 쉬지 않고 땀을 뻘뻘 흘리면서 열심히 했어. 가득 담긴 질통을 지고 갈 때는 걷고 빈 질통을 지고 올 때는 뛰고. 재미있더라. 힘들기는 하지만 '정해진 시간에 끝내야지' 하고 마음먹으니 힘도 덜 들고.

어라, 온돌만 빼놓고 방바닥을 싹 뜯어냈는데 아버지가 아직 안 오시네. 밥 먹으라는 소리도 없고. 안 하던 일을 해 그런가 지치네. 마당 그늘에 앉아 잠깐 쉬다 보니 또 욕심이 나는 거야. 작은방 바닥을 점심 전에 끝내 보자는 생각이 들더라고. 시계가 없어 하늘에 떠 있는 해를 보니 점심때가 되려면 좀 더 있어야 할 것 같고. 그래서 얼른 일어나 장갑을 끼고 손바닥에 침을 퉤퉤 뱉고 손뼉을 한 번 힘껏 쳤어.

"한판 또 해 보자!"

망치랑 지렛대를 챙겨 들고 작은방으로 들어가 벽 쪽 가장자리부터 깨 들어가기 시작했어. 가운데를 치려니 구들장 깰까 봐 겁이

나 힘을 쓸 수가 있어야지. 가장자리에서 가운데로 들어가면서 온돌이 깨지지 않게 자근자근 망치질을 했어. 나중에는 하도 망치질을 하니까 손목이 아프더라니까. 그래도 정해진 시간까지 하려고 왼손 오른손 번갈아 가며 부지런히 망치질을 했어. 큰방을 할 때보니까 덩어리가 크면 질통에 넣기 뭐해. 이번에는 질통에 들어가기 적당한 크기로 쪼갰지. 쪼갠 다음에는 뜯어낸 조각을 몇 군데에 모아 놨어. 그렇게 모아 놓은 무더기 옆에다 받침대를 놓고 질통에다 담으니 일이 빠르더라.

방바닥에서 뜯어낸 걸 반 정도 옮겼을까 아버지 소리가 나.

"배고플 텐데 빵이나 먹고 해라."

"모래 사 왔어요?"

"모래는 저녁나절에 차로 올 거다."

"아버지! 큰방 다 했어요."

"그래? 그 많은 걸 다했냐?"

"작은방도 다해 가요."

"허이고, 너 제법이다. 온돌 깨진 건 없어?"

"저절로 깨진 게 몇 개 있어요."

"불을 때면 몇 개는 깨진다. 나중에 이리저리 맞추면 돼. 부족한 건 사다 해야지. 다른 집에서 쓰던 게 몇 개 집에 있어. 빵부터 먹어라."

"조금만 하면 작은방 다 되는데."

하면서 나는 장갑만 벗고 검댕이 묻어 시커먼 얼굴을 씻지도 않고

빵을 먹기 시작했어. 양 볼때기가 터지게 우겨 넣고 다시 일을 시작했지. 아버지는 큰방 구들을 들어 마당에 내놓았어. 작은방이 얼추 끝나 갈 무렵 아주머니 한 분이 대문으로 들어서더라.

"아저씨! 점심 드시고 하세요."

"예, 그러지요. 아들, 점심 먹고 하자."

"네, 요거 한 통만 내다 붓고요."

"아니, 아드님이에요?"

"네."

"학교 다닐 나이인데. 학교는……."

"다니면 중학생이지요. 학교를 다녀야 할 텐데."

"아저씨 닮아 그런가 덩치가 크네요. 운동해도 쓰겠다."

나야 학교 못 다니고 있다는 이야기를 하도 여러 번 들어 그다지 어색하지 않건만 아버지는 내 얘기만 나오면 얼굴빛이 안 좋아.

마음먹은 일을 마무리하고 밥을 먹게 돼 기분이 좋더라. 처음에 목표로 잡은 큰방은 진작 끝내고 작은방까지 마무리했으니 어깨에 힘이 들어가. 질통을 마당 한옆에 내려놓고 아버지를 따라나섰지. 집주인은 같은 동네 친척 집에서 집수리가 끝날 때까지 같이 산다네.

아주머니를 따라 들어가 보니 그 집은 더 좋아. 지은 지 얼마 안된 양옥집인데다가 거실에는 소파까지 있어. 텔레비전까지 떡하니 자리 잡고 있는 거실 한쪽 옆엔 장식장이 있는데 처음 보는 예쁜 그릇을 멋있게 진열해 놓았어. 먼지투성이인 몸으로는 어디 앉기도 그렇고 서 있기도 그래. 몸에서 지저분한 게 떨어질까 봐 자꾸 움츠러드네.

"여기가 화장실이에요. 닦고 나오셔서 점심 드세요."

와! 거실 바로 옆에 화장실까지 있어. 지금이야 집 안에 화장실이 있어 거기서 씻는 게 당연하지만 그땐 그런 집이 드물었지. 더구나 우리 집이야 화장실도 공중화장실을 썼고 마당을 부엌 삼아 살았으니 놀랄 만도 하지.

화장실에 못 들어가고 쭈뼛거리고 있으니까 아버지가

"나랑 같이 들어가자. 그냥은 못 먹겠다. 방바닥을 뜯어 그런지 머리가 온통 먼지투성이야. 대야에 물 떠 줄 테니 머리 감어."

아버지가 떠 준 물에 머리를 감고 세수까지 하고 거실로 나만 먼저 나왔어. 머리를 말리고 있는데 초인종 소리가 나. 누군가 하고 내다보니 주인집 아들 같아 보이는 남학생이 들어오더라.

"엄마, 오늘 학교에 일이 있다고 일찍 끝났어."

"그래? 들어가자. 그렇지 않아도 막 밥 먹으려는 참이야."

그런데 현관을 들어서는 교복 입은 남자아이 얼굴이 낯이 익어. 눈이 마주치는 순간 난 그 애가 누구인지 금방 알았어. 나랑 4학년 때 같은 반이던 아이야. 그 녀석은 4학년 1학기 초, 그러니까 삼사월쯤 대전에서 전학을 왔어. 사람을 잘 사귀는 성격이 아니라 며칠이 지나도 혼자 지내더라고. 난 그 아이가 마음에 끌렸고 몇 번 이야기 나누다 가까워졌지. 어느 날인가 자기 집에 가서 점심을 먹자는 거야. 그렇게 해서 걔네 집에 놀러 가게 되었는데 지금 수리하고 있는 집은 그때 그 집이 아니야. 그 집이면 내가 알지.

그때 그 녀석네 놀러 가서 이런 일이 있었어. 마침 간 때가 점심 무렵이라 걔네 엄마는 부엌에서 점심을 차리고 그 아이랑 나는 거실에서 놀았어. 거실에서 놀다 보니까 권투 글러브가 눈에 띄더라. 그걸 끼고 권투를 했지. 장난 삼아 살살 권투 시합을 한 거야. 그 정도 하고 놀았으면 좋았을걸 툭툭 치며 놀다 나도 모르게 흥분해서 그만, 내가 그 아이 얼굴에 강편치를 날렸어. 그 아이는 순간 휘청하더니 그냥 뒤로 나자빠지더라고. 아이고, 나 그날 식은땀 뺐다. 걔네 엄마가 눈치 못 채게 몰래 찬물 떠다 먹이고 몸을 주무르니 다행히 금방 깨어나더라. 이런 일이 있었으니 우리 둘이 단번에 서로 알아보는 게 당연하지.

4학년 내내 친하지는 못했어. 잠깐 같이 놀다가 자연스럽게 멀어졌는데, 그 아이 집이 우리 집에서 2킬로미터 정도 떨어져 거리가 좀 멀기는 했어. 그런데 꼭 거리가 멀어서만은 아닌 것 같아. 우리 집은 가난한 아이들이 모여 사는 무허가 판자촌 동네고 그 아이는 집에 번듯한 거실까지 있는 잘사는 동네였거든. 또 한 가지, 그 아이는 보이스카우트 활동을 했어. 난 보이스카우트 옷을 입고 다니는 애들이랑 잘 어울리지 못했어. 그 아이들은 얼굴 빛깔도 우리랑 달라. 얼굴도 뽀얗고 대개 공부도 잘했지. 운동장에서 무슨 행사를 하면 나랑 친한 애들은 한쪽 구석에서 놀면서 부러운 마음으로 곁눈질하고 기웃거리곤 했어. 이다음에 자식을 낳으면 꼭 스카우트 활동을 시키리라 다짐하기도 했고. 운동장에서 행사를 끝내고 나서 간식 먹는 걸 먼발치에서 보며 침만 꼴깍꼴깍 삼켰어. 나랑은 무언가가 다르다는 느낌을 가지고 지내니 멀어지는 게 당연하지 않겠어.

나보다 그 아이가 먼저 말을 걸더라.

"어, 너 나랑 같은 반이었지?"

"응, 4학년 때."

"너 우리 집에서 권투도 했었지?"

"맞어."

"아니 그러면 니가 우리 아들 전학 오고 처음 놀러 왔던 그 애냐? 몰라보겠다. 아줌마는 생각도 못 했어."

"엄마, 맞아요. 그때 얘랑 권투도 하고 놀았어. 그런데 너 우리 집엔 어떻게 왔어?"

"나? 아버지 일 따라왔어."

"그러면 학교는?"

"안 다녀. 중학교 못 갔어."

그놈 참, 눈치 어지간히 없더라. 나는 어색해서 어쩔 줄 몰라 겨우겨우 대답하고 있건만 자꾸 물어봐. 어색한 내 표정을 읽었는지 아주머니는 아들을 데리고 방으로 들어갔어. 조금 뒤 안방 가운데다가 밥상을 차렸는데 반찬이 참 걸더라.

"아들도 오라 하지요? 학교 다녀와 배고플 텐데. 우리 아들이랑 같은 반이었나 보드만."

"닦고 나중에 먹는대요. 드세요. 찬도 없는데."

"없는 게 뭡니까, 그냥 찌개 한 가지면 먹는데."

난 솔직히 그 아이가 올까 봐 조마조마했어. 하필이면 이렇게 만날 게 뭐냐. 지나가다가 만나면 알은 척만 하고 헤어지면 그만이지만 이게 뭐야. 그놈은 집주인 아들이고 나는 일해 주는 사람 아들이고. 더군다나 학교도 못 다니고…….

그러나저러나 아침부터 쉬지 않고 일을 해 그런지 밥 한 그릇을 다 먹고 아줌마보고 또 달래서 먹었어.

"아들, 너 먼저 현장에 가거라. 가서 작은방 남은 거 마저 뜯어. 아침나절에 하듯 그렇게 하면 돼."

"같이 안 가요?"

"철물점 가서 자재 몇 가지 사 갖고 가마."

나는 밥숟가락을 놓자마자 일어나 현장으로 갔어. 남은 방은 작아 그런지 바닥 걷어 내는 일이 금방 끝나더라. 얼추 끝나 갈 무렵 아버지가 들어오는데 손에 봉지가 들려 있어. 과자는 내게 주더니 소주 한 병을 꺼내 맥주 컵 가득 소주를 따라 그걸 한 번에 마치 물 마시듯 벌컥벌컥 다 드시네.

"아버지! 그걸 한 번에……. 취하면 어떻게 해요?"

"괜찮다. 이런 일은 술 한 잔 해야 힘든지 모르고 한다. 걱정 마."

"이제 나랑 구들장 들어내자. 들어오는 현관 왼쪽에 가지런히 벽에 기대 놔."

어두워질 때까지 부지런히 구들장을 들어냈어. 웬만한 건 아버지랑 둘이 맞잡고 들어내는데 너무 무거운 건 밧줄로 얽어서 어깨에 메고 옮겼어. 무거운 돌을 들어내니까 나중에는 허리가 아프고 팔도 후들후들 떨려. 이제 그만하자는 말이 목구멍까지 나오건만 오늘 구들을 다 내다 놔야 내일부터 바닥 흙을 파내고 불길을 만든다네. 아궁이 연탄불 열기가 지나가는 길을 잘 만들어야 방이 골고루 따뜻해지거든.

"힘들지?"

"할 만해요. 팔이 좀 아퍼 그렇지."

"그래, 조금만 더 하면 끝난다. 내일 할까? 힘들어 보여. 힘들 때 하면 다쳐."

"그냥 할래요."

겨우겨우 마무리하고 문단속을 했어. 혹시 비 오면 안 된다고 시멘트랑 연장은 안에 들여다 놓고 모래는 천막으로 덮었지. 어둠이 내린 길을 따라 수레를 끌며 집으로 걸어가던 아버지가

"내일은 집에 있거라. 일이 너무 힘들다."

"참을 만해요. 그냥 할게요. 일하는 데 방해가 돼요?"

"아니다. 너무 힘드니까 그래서……."

"힘든 거라면 걱정 마요. 할 만해요."

집에 가는 길에 아버지는 나를 데리고 정육점에 들르더니 돼지뼈를 잔뜩 샀어. 집에 가 보니 누나가 저녁밥을 차려 놨더라. 비록 김치에 두부 부침만 덜렁 놓여 있지만 일하고 오는 아버지랑 동생 먹으라고 차려 놓은 밥상이 참 고마웠어.

누나는 고등학교에 다니고 있었는데 날마다 나보고 하는 말이

집안 형편이 어려우니 공부를 해야 한다는 거야. 공부만이 살길이니 공부하라나. 누나는 그야말로 죽을힘을 다해 공부하더라. 나는 그 말, '공부만이 살 길이다'는 말뜻을 전혀 알아듣지 못했어. 알아듣는 게 뭐야. 속으로 비아냥거렸지. '공부가 밥을 줘, 돈을 줘. 지금 당장 배가 고픈데 아무짝에 쓸모없는 공부가 무슨 소용이야' 하면서.

저녁을 먹자마자 나는 방 한쪽 구석에 쓰러져 잠에 빠졌어. 세상모르고 자고 있는데 밖에서 뭔 소리가 나. 어렴풋이 깨어나 보니 맛있는 냄새가 나네. '뭔 냄새야?' 하며 오줌을 누려고 일어나는데 아궁이 앞에서 무언가 끓이고 있는 아버지가 보여.

"뭐 해요? 이게 무슨 냄새지?"

"어째 벌써 일어났냐? 돼지 뼈 고는 거다. 이왕 일어난 거 저기 소쿠리에 우거지 건져 놓은 거 있지? 그거 가져오너라. 도마랑 칼도 가져와라."

이불 속에서 기어 나오는데 아이고, 온몸이 마치 무언가로 흠씬 두들겨 맞은 것처럼 아퍼. 정말 일어나기 싫은 걸 억지로 일어나 움직이기 시작했지. '어른이 되면 이렇게 몸이 아파도 졸려도 일어나야 하나?' 하는 생각이 들며 어른이 된다는 게 두렵고 자신 없더라. 난 아버지처럼 저렇게 못 할 것 같아.

아버지는 어제 저녁밥 먹고 다시 시장에 나가 배추 우거지를 주워 왔는지 사 왔는지, 잔뜩 가져다 삶고 물에 담갔다가 소쿠리에 건져 놓은 거야. 우거지를 도마에 놓고 듬성듬성 썰어 돼지 뼈 국물에 넣은 다음 고춧가루, 소금, 파로 간을 맞추고 또 푹 끓이더라고. 큰 대접에 한가득 퍼서 밥이랑 같이 먹었는데 지금 생각하니 그게 바로 감자탕이야.

누나랑 동생은 아직 깊은 잠에 빠져 있는 새벽녘, 아버지와 나는 아침상을 정리해 마당에 있는 설거지 통에 담가 놓고 작업복으로 갈아입었어. 집 뒤 산자락 아래에 마치 버린 것처럼 놓여 있던 넓적한 돌이 있었는데 그게 구들장이더라고. 막상 사려면 돈을 꽤 줘야 한다네. 다른 집 공사할 때 나온 걸 가져다 둔 건데 이번에 쓰게 된 거야. 그냥 놔두면 굴러다니는 돌이지만 기술자가 가져다 쓰면 구들장이 되는 거지. 그걸 들어다 수레에 싣고 아버지랑 나는 어둠이 걷히고 있는 초겨울 새벽길을 나섰어. 손수레 바퀴 구르는 소리가 유난히 크게 들리는데 어제 일하러 갈 때와는 달리 마음도 몸도 무지근하네.

"관의야, 오늘 점심은 집에 와서 먹자. 주인 양반 집이나 우리 집이나 거리가 비슷하니까."

"좋지요. 집에서 쉬고 가고."

어둠이 걷힌 이른 아침 골목길에 사람들이 제법 보이기 시작하네. 신문이나 우유를 배달하는 이, 연장을 수레에 싣고 잰걸음으로 걷는 이, 빨간 함지박을 들고 수산 시장이나 청과물 시장에 물건 떼러 가는 아줌마도 보여. '시골이라면 논밭으로 새벽일 나갈 때인데 저 사람들도 나처럼 고향을 떠나 왔구나' 하는 생각이 들면서 시골집이 그리워지더라.

"아버지! 오늘은 뭐 해요?"

"구들장 남은 것 마저 들어내야지. 그런 다음 고래를 만들면 시간 다 갈 거다."

"고래 만드는 건 기술자나 하는 건데 그럼 난 뭐 해요?"

"방고래를 만들 때 빨간 벽돌로 두둑을 만들 거다. 빨간 벽돌 나르고 시멘트 반죽하고 할 일 많으니 걱정 마."

"온돌 놓는 기술 배우면 돈 잘 벌어요?"

"돈이야 벌지. 그런데 너무 힘들어."

이야기하다 보니 공사장에 이르렀어. 손수레에 싣고 온 구들장을 마당 한쪽에 들여다 놓고 집 안에 들어가 창문을 죄다 열었어. 불기운이 지나다니는 길을 뜯어내고 다듬는 일을 하려니 얼마나 먼지가 많겠어. 몇십 년 된 바싹 마른 먼지가 쌓여 있는 걸 걷어 내고 새로 고래를 만들 거니까. 요즘 같으면 방독면 쓰고 할 거야.

먼저 어제 들어내다 만 구들장을 마저 마당에 내놓고 구들장을 들어낸 자리에 물을 뿌리기 시작했어.

"물을 흠씬 뿌려라. 한 번 대충 뿌리고 나서 두 번 정도 더 뿌려. 하도 마른 땅이라 물이 잘 안 스며들 거야. 몇 번 뿌려야 먼지가 덜 난다."

"젖으면 나중에 불 땔 때 축축해서 안 좋을 텐데."

"공사하는 동안 다 말러. 그리고 안 말라도 불 때면 금방 다 마른다. 걱정 없다."

물을 흠씬 뿌렸건만 삽으로 막상 걷어 내려니 먼지가 대단해. 불기운이 지나가는 길인 고래와 고래 사이를 막아 주는 두둑이 푸석푸석하니 약하더라고.

"바닥이 낮은 편이니까 먼지나 돌만 걷어 내. 그런 다음 두둑을 헐어 바닥에 펼쳐라."

"평평하게 펴요?"

"아냐, 언덕지게 해라. 아궁이 쪽이나 윗목이나 높이가 같아 평평하니 방이 차지. 아랫목은 장판이 타고 다른 덴 썰렁하고."

"그러면 어떻게 해요?"

"연탄불이 방으로 들어가는 데는 언덕지게 만들어. 불이 넘어가는 언덕이라서 '부넘이'야. 부넘이 뒤쪽은 바닥에서 가장 낮게 하고 거기서부터 서서히 윗목을 향해 높아지게 해야지. 비스듬하게 경사를 줘. 어째 그러냐 하면, 뜨거운 공기는 어디로 가냐?"

"위로 가지요."

"그래, 바로 그거야. 뜨거운 공기는 위로 올라가거든."

"고래를 여러 개 만드는데 그 가운데 아궁이랑 마주 보고 있는 고래에는 돌이나 벽돌을 알맞게 쌓아 공기 흐름을 막아야 해. 왜 그런지 들어 봐라. 그냥 놔두면 어쩔까? 아궁이에서 들어오는 불이 양 옆 고래로 퍼질 생각은 않고 다짜고짜 가운데 고래로만 들어가면 아랫목만 뜨거워. 사실은 아랫목도 그다지 뜨겁지 않아. 불기운이 곧바로 가운데 고래를 따라 굴뚝 쪽으로 쭉 빨려 가니 구들장을 덥힐 시간이 있나. 온돌 놓을 때 가장 중요한 게 바로 불기운은 되도록 오래 머물면서 골고루 퍼지게 하고, 연기는 잘 빠지게 만드는 거야. 온돌 놓는 일 아무나 하는 거 아니다. 지금 이야 온돌 기술자를 우습게 알지 옛날에는 아니었어. 구들 잘 놓 는다고 소문나면 대접 받았다."

난 아버지 이야기를 들으면서도 손은 쉬지 않고 놀렸어. 아버지 는 윗목 쪽이랑 아랫목 쪽 벽에다 못을 박고 실을 묶었어. 윗목은 높게 아랫목은 낮게. 실을 기준으로 흙을 골고루 편 다음 바닥을 다진 뒤 바닥에 굵은 자갈을 깔았어. 자갈 위에 빨간 벽돌을 두둑 만들 자리에 한 칸씩 쭉 폈어.

방 세 칸에 두둑 놓을 자리를 벽돌로 표시하는 걸 마무리할 무렵 누가 들어오는 인기척이 나. 주인아주머니야.

"고생 많으시네요. 아버지와 아들이 함께 일하는 모습이 보기 좋 아요. 이 나이 애들은 부모 말도 어지간히 안 듣는데 이 힘든 일 을 참고 하니 아드님은 참 착하네요. 우리 집 애는 언제나 철이 들려는지……. 장갑 벗고 이리 오세요. 새참 드시라고 라면 끓여 왔어요. 너도 이리 오너라."

새벽부터 쉬지 않고 일해 그런가 라면 냄새가 너무 좋더라. 내 속마음을 아는지 아버지도 말 떨어지기 무섭게 새참 펼쳐 놓은 데 로 나오시더라고.

"좀 있다 집에 가서 점심 먹으면 되는데 뭘 이렇게……."

"일하시는 동안 집에서 점심 대접하려 했건만 댁에 가 드신다면 서요? 제가 대접하고 싶은데 꼭 그러시겠다니 새참이라도 해 드 려야지요. 그리고 아저씨도 아저씨지만 아드님이 얼마나 배고프겠어요. 저 덩치에 밥 먹고 돌아서면 배고플 텐데. 불으라 어여 먹어. 여기 사이다하고 과자 있으니까 일하다 출출하면 먹고."

"과자까지. 고마워 어쩌나 이거 참."

"어제저녁에 아저씨 가고 우리 아들한테 뭐라 했어요. 쟤 보라고. 학교 대신 아버지 따라다니며 일하는 거 봐라. 공부가 힘들다, 힘들다 해도 일하는 것보다야 힘들겠냐고."

"말하면 뭐해요. 이놈 생각만 하면 가슴이 미어져 미치겠어요. 어쩔 수는 없고."

하면서 아버지는 아주머니가 따라 주는 막걸리를 단숨에 벌컥벌컥 마시고 입을 손으로 쓱 훔치시네. 나야 이 자리가 어색하고 불편해도 어째. 못 들은 척 그냥 라면을 부지런히 먹었어. 그 뒤로도 아주머니는 아침과 점심 사이, 점심과 저녁 사이 이렇게 두 번 새참을 내다 주시더라. 그럴 때마다 막걸리와 음료수, 과일이나 과자를 잊지 않고 꼭 챙겨 주셨어. 나랑 같은 반이던 그 아이는 한 번도 일하는 자리에 나오지 않았고.

그렇게 아주머니가 끓여다 준 라면을 배불리 먹고 좀 쉬었다가 두둑 쌓는 일을 시작했어. 빨간 벽돌로 표시해 둔 두둑 자리에 시멘트 반죽을 넣고 그 위에 벽돌을 쌓았어. 오른손으로는 둥근 흙손을 들고 시멘트 반죽을 벽돌에 얹거나 벽돌이 옆으로 삐져나오면 톡톡 쳐 밀어. 왼손으로는 벽돌을 들어 올리고. 그러니까 시멘트 반죽은 오른쪽에, 벽돌은 왼쪽에 가져다 놓았지. 아버지 일하는 속도에 맞춰 벽돌과 시멘트 반죽을 뒤대느라 불나게 움직였어.

"우리 아들 잘한다. 손발 척척 맞네. 그냥 일꾼이 아니라 상일꾼이다. 어쩌면 입안에 혀처럼 눈치껏 하냐. 너 같은 일꾼은 서로 데려가겠다고 난리 나겠어. 사람은 많아도 데려다 일 시키려면 마음에 드는 사람이 귀한 게 세상 이치다."

그날은 방바닥을 걷어 낸 다음 바닥을 고르고 두둑을 쌓아서 불이 드나드는 고래까지 만들고 집에 갔지. 그날도 저녁을 먹자마자 잠에 떨어졌어.

그런데 다음 날 눈을 뜨니, 어라 밖이 훤해. 아버지는 벌써 일하러 나가셨어. 깨웠는데 내가 못 일어난 건지, 아니면 일부러 안 깨운 건지……. 여하튼 어제 끓여 놓은 국에 밥을 대충 말아 먹고 서둘러 공사장에 갔지. 일하는 집 가까이 가니 돌 깨는 소리가 나. 마당에 내다 놓은 구들장을 다듬고 계시네.

"왜 혼자 갔어요? 같이 가지."

"두둑이 굳어야 구들장을 놓지. 오늘은 구들만 다듬어 놓고 내일 구들 맞추려고. 니가 하도 곤히 자기에 놔뒀다. 더 자지 뭐 하러 오냐. 녀석, 몸이 아픈지 밤새 끙끙거리더라."

"제가요? 정이랑 망치 줘요. 저도 할게요."

"결을 보고 때려야지 잘못하면 금 간다. 다 할 필요는 없고 내가 골라 주는 것만 다듬어."

하면서 아버지는 두꺼운 구들장 가운데 몇 개를 마당에 펼쳐 놓더니만 어디를 쳐서 다듬으라고 일러 주시더라. 어제 한 일에 견주면 쉽기는 한데 자꾸 돌 조각이 튀어 눈에 들어가니까 어려워.

"너무 두꺼워도 못 쓴다. 아랫목에는 두꺼운 걸 놓고 윗목에는 얇은 걸 놔야 해. 아무리 구들을 잘 놔도 아랫목에 불기운이 훨씬 더 많이 가지. 그러니까 아랫목은 두꺼워야 따뜻한 기운이 오래 가. 윗목은 불기운이 조금 가니 얼른 덥혀지게 얇은 걸 놓고. 그렇다고 사람이 많이 다니는 가운데에 얇은 걸 깔면 깨져."

오전 내내 구들장을 다듬고 오후에는 도톰한 놈이랑 얄팍한 놈을 갈라 놓는 일을 했어.

"내일은 방 세 군데 모두 구들장 놓고 방바닥에 시멘트까지 바르자. 내일은 기술자 한 명 더 불러야겠어. 그래야 얼른 끝나지."

"하루나 이틀 늦더라도 그냥 우리끼리 하면 안 돼요? 남 쓰면 품값 줘야 하잖아요."

"일거리도 귀한데 나도 그러고 싶지. 하지만 하루라도 빨리 끝내야 주인 양반이 들어와 살지. 비라도 많이 오면 마당에 쌓아 둔 살림 어쩔 거냐? 내일은 기술자 하나 부르자. 대신 니가 두 사람 뒷바라지를 해내야 한다."

듣고 보니 이 말도 맞겠더라고. 그래도 기술자 한 사람 품값이 쌀 한 말 값 정도였어. 그러니 하루만 더 둘이서 고생하면 쌀이 한 말인데 얼마나 아깝겠어.

"관의야, 사람이 없이 살아도 지켜야 할 게 있다. 그리고 돈은 쓸 때 써야 벌리는 거야. 처음에야 나만 부지런히 움직이면 돈이 벌리지. 그런데 살다 보면 돈은 다른 사람이 벌어 주는 거다. 사람 마음 사고 믿음 주는 게 가장 어려워."

이날은 해가 지기 전에 집에 가서 초저녁부터 늘어지게 잤어. 다음 날 아침, 아버지랑 나는 아침밥도 안 먹고 곧바로 공사장으로 갔지. 구들을 놓고 방바닥에 시멘트 바르는 일까지 하루에 다 마무리해야 하기 때문에 서둘렀어. 컴컴할 때 갔는데 세상에, 아버지가 부른 기술자 아저씨는 벌써 와서 오늘 쓸 모래를 체에다 쳐서 한쪽에 모아 놨네.

"그래, 내가 이 맛에 김 씨를 부른다니까. 남들 같아 봐, 아직 오지도 않았지. 아침밥 먹기 전에 방 하나라도 구들을 맞춥시다. 그런 다음에 요 아래 시장에 가서 순댓국 한 그릇 먹고 오자고. 아들, 너는 부엌에 가서 부엌 바닥 다 깨라. 부뚜막까지. 주인 양반이 부엌 공사는 나중에 한다더니 이왕 하는 거 다 한다네. 깰 때 부엌 바닥 가운데에 있는 하수구 구멍은 신문 뭉쳐서 꼭 틀어막아라. 하수구 막히면 일 커진다."

아버지랑 기술자 아저씨는 방에 구들을 맞추고 나는 부엌 바닥을 걷어 내고 우리 세 사람은 부지런히 움직였어. 이번에도 난 목표를 세웠지. '아침밥 먹기 전에 바닥을 깨고 걷어 낸다! 쉬지 말고 움직여라!' 바닥을 깰 때도 '어디를 쳐야 한 방에 금이 쫙 갈까?' 하고 눈동자를 이리저리 굴리며 망치질을 했어. 질통으로 져 나르면서도 짐을 지고 갈 때는 천천히, 빈 통을 지고 올 때는 뛰어다녔어. 나랑 같이 학교 다니던 아이는 중학생, 나는 공사장 일꾼. '그래, 너는 공부 하냐? 나는 일한다. 대신 누구보다도 빨리 제대로 배울 거다. 일 잘하면 누군가 날 데려다 쓸 거 아냐. 그래야 먹고산다. 뭐든지 닥치는 대로 한다. 단, 열심히 누구보다 제대로!' 이를 악물고 했어.

아침 먹고 와서 오전 내내 방 세 군데에다 구들장을 맞추고, 오후에는 그 위에 시멘트를 발라 공사를 마무리했어.

"김 씨, 가서 주인 양반 오라고 하게. 연탄아궁이에 종이 태우면서 연기 빨아들이는 걸 보여 주게."

"아들 보내지요. 마무리할 게 좀 있는데."

"그러지 말고 당신이 애 좀 써 줘."

"아버지, 제가 갈게요. 할 일도 없는데."

"넌 밖에 있는 고운 자갈 져다 부엌에 깔거라. 김 씨! 어서 다녀오소."

구태여 아버지가 그러니 내가 어쩔 수 있나. 아저씨는 이상한 낌새를 눈치챘는지 더 이상 뭐라고 안 하고 주인집에 가시더라고. 나는 자잘한 자갈을 가져다 부엌 바닥에 골고루 깔고 그 위에 다시 모래를 얄팍하게 폈어. 체로 친 모래에 시멘트를 섞은 다음 물을 넣고 반죽을 했지. 부엌 아궁이에 불을 땐 다음 불이 잘 들면 곧바로 부엌 바닥에 시멘트를 바를 수 있도록 준비를 한 거야.

그러고 있는데 아주머니가 오셨어.

"이제 공사가 다 끝났네요. 내일모레나 될 거 같다고 하시더니. 식구들이 공사가 끝나길 애타게 기다리고 있었어요. 고마워요, 아저씨!"

"우선 부엌으로 가지요. 아궁이에 종이로 불을 지펴서 쫙 빨아들이면 제대로 된 겁니다."

신문을 구겨서 아궁이에 넣고 그 위에 불을 붙인 종이를 넣으니 신기하더라. 불이 바닥에 들러붙듯이 아래에 깔린 채 안으로 쫙 빨려 들어가는 거야. 나중에는 타고 남은 재까지 딸려 들어가. 방이 세 갠데 부엌에 아궁이가 두 개 있어. 하나는 안방 거, 다른 하나는 작은방 거. 그리고 나머지 방 아궁이는 집 뒤쪽 쪽마루 밑에 있어. 세 군데 아궁이 모두 불이 쫙쫙 빨려 들어가는 거야.

"연탄 피우면 연탄 불꽃이 아궁이 쪽으로 기울어져 빨려 들어갈 겁니다. 잘된 것 같아요."

"그동안은 아무리 불을 때도 춥더라고요. 가스 냄새 나고. 애쓰셨어요. 너도 고생 많았다."

"오늘 부엌까지 마무리하고 갈게요. 콘크리트 마르는 거 봐서 연탄불 피워야 하는데 내일 저녁부턴 불 때도 될 겁니다. 도배만 하면 끝입니다."

"비용을 중간 정산했어요. 건축 자재비랑 인건비도 줘야 할 테니 남은 건 다 마무리하고 드릴게요."

"챙겨 주셔서 고맙습니다."

"그리고 이거 받아라. 이건 내 마음이다. 너 필요한 데 써."

하면서 봉투를 건네주시는 거야. 뭐라 말은 못 하고 손을 뒤로하고 한 발 물러서면서 아버지 얼굴을 쳐다봤어.

"그러시면 안 돼요. 제가 견적 뽑은 공사비에 아들 녀석 인건비도 다 포함된 겁니다. 놔두세요."

"사양 마세요. 지금이야 살기 힘들어 학교 못 다니지만 얼마나 기특해요. 이거라도 안 주면 이 집에 사는 내내 마음에 걸릴 거 같으니 받아라. 친구 엄마가 챙겨 주는 선물이라고 생각해. 책을 사 줄까, 뭘 사 줄까 생각 많이 했다."

난 두 손을 내밀어 봉투를 받았어. 고개를 꾸벅 숙여 인사를 했지만 난 아무 말 못 했어. 자꾸 목이 막히더라고. '아, 이제 나는 이 길을 가야 하는구나. 나랑 같이 놀던 아이들이랑 다른 길을…….' 시골에 살 때는 아이들을 피해 다니며 눈에 안 띄게 살 수 있었지만 여기 서울에서는 아이들한테 얼굴을 드러내 보이며, 아니지 학교에 안 다니는 초라한 내 모습을 드러내 놓고 살아야 한다는 걸 깨달았어.

아침에 아이들이 교복 입고 가방 챙겨 나설 때 나는 작업복 입고 연장을 챙겨 들고 일터로 가거나 돈벌이를 찾아 나서야 하는 현실이 내 앞에 서 있었어. 그건 내가 원하든 원하지 않든 아침이면 해가 뜨고 저녁이면 해가 지듯 너무 당연한 거야. 다른 사람들에겐 내가 이상하게 보이겠지만, 아이들이 학교에 가는 거나 내가 돈 벌러 가는 거나 내게는 별 차이가 없었어. 그냥 좀 마음 한구석이 불편할 뿐이지. 이제 나는 돈을 버는 직업 청소년이 된 거야.

나는 채소 장수다!

엄마가 서울로 올라온 다음부터 아버지 따라 일 다니던 걸 그만 두고 노량진 수산 시장 들머리에서 엄마랑 떡 장사를 서너 달 했 지. 그런데 그마저도 여름 장마가 시작될 무렵 접었어.

노점상은 길거리 장사를 말하는 건데, 그것도 지붕조차 없는 길 거리 장사에게 장마철은 고달픈 때야. 하늘에서 내리는 비야 어떻 게 우산으로 막는다 하더라도, 손님은 줄어들지 떡마저 잘 쉬니 여 름 장사로는 힘들더라고. 처음에야 엄마 옆에 앉아 떡 파는 걸 거 들고 어쩌다 잘 팔리는 날에는 떡집에 가서 떡 받아 오는 재미가 괜찮았어. 하지만 내가 할 일이 별로 없다 보니까 하루하루가 지루 하고 힘들더라. 뭔가 바쁘게 움직이면서 하나하나 내 힘으로 이루 어 가는 그런 일거리를 찾아야겠더라고.

떡 장사를 접은 뒤로 집에서 뒹굴거리며 지내는데 그러자니 몸 과 마음이 우울해져. 다시 세상과 차단된 고통스런 시간이 시작되 는 거야. 나만 세상에서 버려진 채 무기력하게 쓸모없는 사람으로 머문다는 것이 무섭더라. 내 또래 아이들은 눈 씻고 찾아봐도 보이지 않는 골목길을 혼자 돌아다니다 들리는 학교 종소리와, 학교 앞 문방구에서 친구랑 같이 군것질하는 아이들 모습이 날 외롭게 만들어. 혼자 골목길 모퉁이에서 부러운 마음으로 중학교를 쳐다볼 때마다 내 가슴은 마치 칼로 베이듯, 겨울바람이 몰아치듯 아팠지. 마음이 아플 때면 어디 가서 말도 못 하고 혼자 방에 들어와 이불을 머리까지 뒤집어쓰고 잠을 잤어. 그런데 자고 나면 몸과 마음이 개운한 게 아니라 더 우울해지고 몸살까지 나네.

여하튼 꽤 오랫동안 집에서 뒹굴거리던 어느 날, 이러다가는 또다시 무기력함과 우울함이라는 깊은 나락에 빠질 것 같아 집에 있는 낡은 자전거를 끌고 나섰어. 용산 청과물 도매시장으로 향했지. 이날은 장마철답지 않게 맑고 시원한 바람까지 불더라고. 자전거를 타고 내가 다니던 초등학교 앞을 지나 본동 고개를 넘기 시작했어. 심하게 언덕진 길을 몇 굽이 돌아 본동 고개 끝자락에 이르니 한강 물 내음이 풍겨 오네. 다리 위에서 강바람을 맞으며 자전거 페달을 신 나게 밟았어. 탁 트인 강물을 보니 답답하고 우울하던 가슴이 뻥 뚫려.

온갖 채소를 실은 손수레가 끊이지 않고 강을 건너 나랑 반대쪽, 그러니까 강 남쪽으로 내려오는 게 보여. 새벽에 물건을 해서 팔러 가는 사람들이야. 다리 위로 오가는 사람들 대부분이 용산에서 물건을 받아 장사하는 이들이지. 나처럼 강 북쪽인 용산으로 가는 이는 별로 없고 대부분이 강 남쪽으로 내려오는 사람들이야. 이미 그때는 물건을 하러 가기에 늦은 시각이거든. 또 어떤 사람은 손수레 위에 자기 키보다도 높게 물건을 가득 싣고 한 걸음 한 걸음 온 힘을 다해 걷는데 '저 많은 물건을 오늘 하루에 다 팔 건가?' 하는 생각이 들더라고. 나중에 알고 보니 파는 게 아니라 소매상한테 배달하는 거라네. 지금으로 말하자면 배달해 주고 돈을 받는 택배 같은 거지.

한강대교를 건너 시외버스 터미널과 용산역 광장을 지나니 왼쪽으로 길이 꺾여. 거기서부터 길이 복잡해지기 시작하는 거야. 양옆으로 가게가 많고 가게 앞으로는 포장마차가 쪽 늘어서 있어. 찐빵, 국수, 냉면, 떡볶이, 어묵, 도넛, 부침개, 닭발…… 없는 게 없네. 용산시장 드나드는 사람들이 먹을 온갖 음식이 널려 있는데 보는 것만으로도 군침이 돌아. 입에 침이 마르게 설명하면서 특효약을 파는 약장사가 있는가 하면 난 생전 본 적 없는 이상한 물건을 파는 사람도 있어. 바쁘게 움직이는 활기찬 사람들 표정을 보면서 어둠침침한 굴다리로 들어섰지.

용산역에서 서울역 방향으로 오가는 기차가 굴다리 위로 지나갈 때마다 견디기 힘든 소리가 나는데, 얼마나 큰지 땅이 다 울리더라. 잠깐 지나가는 나는 이 소리에 몸이 움츠러들어 소름이 돋는데, 굴다리 양옆에 팔 물건을 펴 놓고 있는 장사꾼들은 빈틈없이 앉아 있네. 땅바닥에 물건을 펼쳐 놓고 지나가는 사람을 부르며 자기 물건 사라고 난리야. 나는 또 기차가 올까 봐 무서워 서둘러 지나가느라 정신없는데, 기차 소리를 온종일 듣고 앉아 물건 파는 이

들은 어떻게 견디나 싶어.

마침내 그 시끄럽고 어두운 굴다리를 벗어나니 거기는 또 다른 세상이 펼쳐져. 길 양옆으로 장사하는 데 필요한 온갖 것, 그러니까 봉지, 저울, 면장갑 따위를 갖추고 있는 가게가 모여 있어. 조금 더 안쪽으로 가면 배추면 배추, 무면 무를 한 가지씩 산더미같이 쌓아 놓고 소매상에 넘기는 넓은 터가 있어. 여기를 지나 조금 더 안쪽에는 양파만, 또 어디에는 과일만, 그야말로 산더미같이 쌓아 놓고 팔아. 여기저기 발길 닿는 대로 구석구석 돌아다니다 보니 도라지나 나물 종류, 파, 마늘, 생강 같은 양념류 이렇게 비슷한 것끼리 모여 있네. 그런가 하면 수산 시장처럼 크지는 않지만 생선 파는 곳도 있고.

그런데 장사라고 다 똑같은 장사가 아니더라고. 큰 가게에서 배추나 무를 대량으로 그러니까 트럭째 사고파는 이가 있는가 하면, 그 가게 옆에서 우거지를 주워 우거지만 묶어 파는 이도 있어. 도라지를 안 까고 그냥 큰 자루째 파는 이가 있는가 하면, 거기에서 조금 사 일일이 손으로 까서 파는 이도 있어. 거래하는 물건을 배달하는 이, 그 사람들 먹을 걸 파는 이, 장사할 때 쓰는 물건만 파는 이도 있고.

별별 장사가 다 뒤섞여 있는 모습을 보며 '그래, 이제 여기서 한 가지 일거리를 잡자. 이제 내 힘으로 하는 거야. 엄마 없이 나 혼자' 하고 마음을 먹었어. 내일 당장 물건을 해다가 팔아 보기로 생각했지. 내가 시골집에서 농사지은 배추랑 곡식을 팔아 봤고 비누,

종이 봉지, 떡 장사도 해 봐서 그런지 새로운 걸 시작하는 두려움은 그다지 크지 않더라. 채소는 다 못 팔면 집에 가져가서 먹어도 되고 아니면 시장에서 다른 물건으로 바꿔도 되는 거니까. 까짓것, 밑져야 본전이지.

사람이 가장 많이 드나드는 시장 입구에서 지나가는 사람들이 뭘 사 가나 살펴봐야겠다는 생각이 드네. 입구 왼쪽 양파 파는 가게 옆에 한가한 데가 있기에 자전거를 세워 두고 손수레에 물건을 해 가지고 나가는 사람들을 눈여겨봤지.

뭘 가장 많이 해 가지고 갈지 궁금하더라. 채소하면 무, 배추가 가장 먼저 떠올라. 사람들이 배추를 받아 가기는 하는데 우리가 흔히 생각하는 통배추가 아니고 얼갈이배추를 가져가네. 그러니까 김장할 때 쓰는 속이 꽉 찬 배추가 아니라 다발로 묶은 길쭉한 배추를 해 가는 거야. 그리고 열무를 많이들 해 가더라. 나중에 안 건데 여름에는 통배추나 무는 맛이 별로라네. 찬바람이 나는 가을이라야 제맛이래.

그다음으로 양파랑 마늘, 풋고추도 있고 오이도 많이들 사 가. 파는 빠지지 않고. 가만히 보니 물건을 해 가는 모습을 두 가지로 나눌 수 있겠더라. 어느 한 가지만 잔뜩 해 가는 이가 있는데 이를 테면 얼갈이배추만, 열무만, 심지어 감자만 사 가지고 가. 반대로 이것저것 조금씩 해 가는 사람도 있어. 많이도 아냐. 파 몇 단, 열무 몇 단, 배추 몇 단, 오이나 호박도 한 상자 정도씩. 왜 그런지 알 수가 있어야지. 한 가지만 잔뜩 해 가는 사람을 보면 그 많은 걸 언제

다 파나 싶고, 조금씩 찔끔찔끔 해 가는 사람을 보면 저렇게 팔아서 돈이 남을까 싶고. 그냥 보기만 해서는 잘 모르겠더라고. 이럴 때는 그냥 믿을 만한 사람을 붙잡고 물어보는 게 최고라는 생각이 들어.

세워 둔 자전거를 다시 끌고 무 배추만 다루는 가게가 즐비하게 서 있는 데를 돌면서 인상 좋고 믿을 만한 사람을 찾기 시작했어. 입구를 중심으로 광장 둘레에 늘어서 있는 가게를 돌아보는데, 입구에서 오른쪽으로 서너 집 지난 곳에 열무나 얼갈이배추를 트럭으로 받아 소매상들한테 넘기는 아저씨가 눈에 들어와. 그 아저씨 가게 옆에 서서 한참을 살펴봤어. 8톤 트럭에 담긴 채소를 작은 트럭에 옮겨 실어 주고 큰돈을 주고받는 모양새가 장사 수완이 보통은 아닌 것 같더라고. 이왕이면 인상도 좋고 장사 수완도 좋은 분한테 물어보면 제대로 배울 수 있지 않겠어. 멀찍이 서서 아저씨가 좀 한가해지기를 기다렸지.

배가 고파 시장 들머리에서 찐빵을 몇 개 사서 허기진 배를 달랬어. 얼마쯤 지났을까 아저씨가 한가한지 가게 안에서 앉아 쉬기에 그리로 들어섰지.

"저, 저기 아저씨 뭐 좀 여쭈어 봐도 돼요?"

"……"

대답이 없네. 쑥스러워 망설이며 속으로 몇 번 연습하다 기껏 큰마음 먹고 물어보는데 아무 대답이 없어.

"아저씨, 물어볼 게 있는데요."

"예, 어서 오세요. 뭐 필요해요?"

"그게…… 뭘 사러 온 건 아니고, 뭐 좀 물어보려고요."

"그래, 뭐 찾냐?"

"아니요. 사실은 제가…… 물건을 받아다 팔려고요. 그런데 처음 이라 뭘 받아다 팔아야 할지 잘 몰라서요."

"누가 할 건데?"

"제가요. 제가 손수레 갖고 장사하려고요. 집에 아버지가 집 일 할 때 쓰는 손수레가 있거든요. 그걸로 하려고요."

"니가 한다고? 혼자? 쉽지 않을 건데."

대답은 싹싹하게 잘해 주면서도 바쁘다는 그런 투야. 그래도 아 저씨 말투에서 무섭다거나 무뚝뚝한 느낌은 들지 않기에 안으로 더 들어서서 내 사정을 이야기하기 시작했어. 시골에서 올라온 지 얼마 안 되었고 지금 학교 다니면 중학생이지만 집안 사정이 어려 워 학교는 안 다니고 있다고. 그리고 놀면서 집에 있으려니 뭐라도 해야겠다는 생각이 들어 나왔다며, 꼭 채소 장사를 해야겠다고 주 절주절 묻지도 않은 말을 했어.

"그러냐? 이 장사 힘들다. 새벽에 나와야 하고 요령도 있어야 해. 네가 하기에는 벅차."

"아저씨! 도와주세요. 저 보기에는 약해 보여도 시골서 쟁기질, 지게질, 낫질 웬만한 농사일 다 해 봤어요. 장사하는 방법 좀 가 르쳐 주세요. 열심히 해 볼게요."

"부모님 계시냐? 집은 어디고?"

"예, 어머니, 아버지 다 계세요. 노량진 너머 상도동이 집이에요."

"……. 내일 아침 여섯 시쯤 여기로 와라. 오면 물건 몇 가지 해 가게 해 주마. 부모님이랑 같이 올 수 있냐?"

"예, 엄마랑 올게요."

"그래, 그러면 수레 끌고 엄마 모시고 와라."

"저기, 그런데 돈은 얼마나 있어야 하는지……."

"돈이야 한없지. 처음이니까 조금만 가져와. 잔돈도 미리 준비해 야 한다."

"네, 고맙습니다. 내일 올게요. 안녕히 계세요."

"이리 와라. 너 점심 못 먹었지? 나도 바빠서 아직 못 먹었다. 먹 고 가."

"아니에요. 그냥 갈래요. 찐빵 먹었어요."

다른 데 더 들러 보지 않고 그냥 돌아섰어. 아저씨 얼굴이나 말 투에서 믿음이 확 오는 거야. 뭔가 그 눈길에서 진심이 느껴지고. 아무 미련 없이 되돌아서서 자전거를 끌고 용산시장 굴다리를 빠 져나왔어.

그런데 굴다리를 다 빠져나와 오른쪽으로 꺾이는 길모퉁이에서 발걸음을 멈추고 말았어. 길모퉁이에 자리 잡은 포장마차에서 냉 면이라고 하는 걸 파는데 태어나 처음 그걸 본 것 같아. 냉면이 정 말 먹고 싶은 거야. 국수보다는 면발이 부드럽고 가는 걸 삶아서 찬물에 헹구고, 거기에 양념장을 몇 수저 넣더니 삶은 달걀 반쪽, 얼음 조각 몇 개, 그리고 곱게 채 썬 오이랑 당근을 얹어 주는 걸 보는데 어찌나 먹고 싶은지. '저건 어떤 맛일까? 와, 겁나게 시원하고 얼큰한 게 맛있겠다'는 생각이 들면서 나도 모르게 자전거를 세우고 멍하니 쳐다보며 서 있었어. 그러다 갑자기 내 뒤에서

"야 임마! 비켜. 무거워 죽겠는데 길을 막고 있으면 어떡해! 비키란 말이다."

하는 소리에 놀라 얼른 자전거를 들어 옮기며 옆으로 비켜섰지. 온갖 물건을 높이 실은 수레를 끌고 힘들어서 얼굴이 벌게진 아저씨가 거친 욕을 하며 가네. 그렇지 않아도 먹고 싶은 걸 못 먹는 서러움에 속이 별로인데 욕을 먹고 나니 기분이 썩 좋지 않더라.

그런데 욕을 한 번 먹고 나니 시장이란 데가 거칠다는 생각이 들면서 귓등으로 들어 넘기던 소리가 내 마음으로 크게 들어와.

"짐이요! 짐! 짐!"

"비켜요, 비켜!"

"찌릉, 찌릉."

"빵, 빵빵! 앞에서 뭐 하는 거야! 당신이 길 전세 냈어!"

"가요, 가요, 갑시다!"

"비키란 말이야. 가자고!"

아이고, 짐을 지거나 싣고 이고 잰걸음으로 움직이면서 저마다 목소리를 높이는데 대단들 하더라. 일일이 말하기 어려운 온갖 욕설이 나부끼는데 무서워. 마치 길을 계속 막고 있으면 어떻게 할 것처럼 소리소리 지르면서 자기 길을 여는 걸 보니, 수레를 끌고 나오면 나도 저래야 하는 거 아닌가 싶은 걱정이 들어. 목소리 높

이면서 수레 끌고 다닐 걸 생각하니 보통 일이 아니야.

다음 날 새벽 엄마랑 같이 손수레를 끌고 길을 나섰지. 집 담벼락에 기대 놓은 수레를 끌고 가는데 엄마가 챙겨 준 면장갑도 꼈어. 주머니에 물건 살 돈도 챙겼고. 새벽이라고 하지만 여름이라 훤해. 힘들 거라며 걱정하는 엄마는 수레 뒤에서 따라오고 나는 부지런히 발을 움직였지.

"엄마, 뒤에 타요. 내가 태워 줄게."

"싫다. 끌고 가는 것도 힘든데."

"언덕 나오면 내리면 되지. 걱정 말고 타요."

"아니다. 그냥 가자."

어제 자전거 타고 가면서 알아본 지름길로 갔어. 본동 고개로 들어서는데 고개 비탈이 자전거 타고 갈 때와 생판 다르게 더 가팔라 보여. 빈 수레인데도 수레가 뒤에서 미는 힘이 대단해. 깜빡 잘못하면 앞으로 밀려 사고 나겠더라고. 위태위태한지 엄마는 뒤에서 수레를 붙잡고 난 손잡이를 위로 바짝 들어 올려 수레 뒤 양쪽에 박아 둔 통나무로 속도를 늦췄지. 몸을 뒤로 젖혀 수레가 미는 힘을 두 발로 버티면서 조심조심 고개 비탈길을 내려갔어. 엄마는 뒤에서 조심하라는 말을 수도 없이 하네. 걱정 말라고 큰소리쳐 안심시키기는 했지만 솔직히 나도 겁나더라니까. 그런데 어지간히 내려오니 요령이 생기면서 긴장감도 풀려. 조금 빨리 걷다가 달리기도 하고 일부러 수레를 바짝 들어 속도를 늦추기도 하면서 수레 모는 방법을 익혔지.

힘든 고갯길을 내려와 마침내 한강대교로 들어섰어.

"엄마, 타요."

"힘들다. 자식이 모는 수레를 어떻게 타나?"

"걱정 말고 타요. 다음에 돈 많이 벌면 자가용에 모실 테니. 오늘은 그냥 아들이 모는 자가용에 탔다고 생각해요."

내가 수레를 멈추고 타라고 자꾸 보채는 바람에 엄마는 못 이긴 듯 수레에 타시더라. 새벽에 부는 시원한 강바람을 맞으며 엄마를 태우고 시골에서 즐겨 부르던 노래를 흥얼거렸어.

"엄마! 좋지? 아들 수레 타는 맛이 어때요? 두고 봐, 장사 열심히 해서 돈 많이 벌 테니까."

하면서 한참을 갔지. 다리 중간쯤 갔을 무렵 문득 뒤를 돌아보고 흥얼거리던 노래를 멈추고 말았어. 엄마가 한 손으로 수레 가장자리를 붙잡고 다른 한 손으로는 흐르는 눈물을 닦고 계시는 거야. 게다가 그 순간 내 옆을 달리는 버스에는 중고등학생 아이들이 가득 타고 있더라. 그 복잡한 차 안에서도 책을 들고 공부하는 모습이 보이네. 어떤 애는 자가용을 타고 가고.

"엄마, 왜 울어! 내가 학교 안 가고 장사해서 그래?"

"아니다, 그냥. 니가 하도 장하기도 하고 힘들어 보이기도 하고. 안 울어."

"울지 마! 배고프게 학교 다니는 것보다 나아. 난 돈 없이는 학교 안 간다니까. 돈 벌 거야. 그래서 공부도 하고 내가 하고 싶은 거 할 거라고."

"그래, 안 운다. 우리 아들 학교 갈 거다. 암, 하고말고. 꼭 할 거다."

"공부가 뭐 그리 중하다고. 죄 안 짓고 살면 되지. 도둑질 안 하면 될 거 아냐."

난 이 말을 하면서도 발을 쉬지 않고 놀렸어. 눈에서는 눈물이 쏟아지고. 용산시장 들머리에 이를 때까지 다시는 뒤돌아보지도 쉬지도 않았어. 그냥 묵묵히 걷기만 했지.

"내리게 잠깐 세워라. 쉬었다 가자."

수레를 잠깐 세워 엄마가 내린 다음 이내 다시 걸음을 옮기기 시작했어. 포장마차에서 풍기는 온갖 맛있는 음식 냄새를 지나 어두컴컴한 굴다리로 들어섰지. 그런데 어제 자전거를 타고 왔을 때와는 상황이 달라. 엄청 많은 사람과 수레, 자전거, 게다가 트럭까지 엉켜 그야말로 아수라장이네. 여기저기서 소리 지르고 가끔 욕까지 들려. 물건을 해서 나오는 사람과 하러 들어가는 사람이 뒤엉켜한 걸음을 옮기기가 쉽지 않네. 조심조심 수레를 움직이며 마침내 굴다리를 빠져나와 두 갈래로 갈라지는 넓은 시장 길로 들어서자 숨통이 좀 트여.

"아들 어디로 가냐?"

"오른쪽으로요. 거기 가면 어제 말한 그 아저씨 가게가 있어요."

수레를 끌고 가게 앞으로 가 보니 세상에! 아저씨 가게가 안 보일 정도로 트럭이 여러 대 서 있어. 감자 자루를 가득 실은 것도 있고 얼갈이배추나 열무를 실은 것도 있는데, 큰 트럭 옆에는 작은 트럭이나 손수레를 대고 물건을 옮겨 싣느라 정신이 하나도 없어. 아저씨는 돈 넣는 전대를 차고 몇 사람과 이야기를 하며 종이돈을 두툼하게 주고받고.

"자, 간다. 배추가 한 단 가는데 거기에 하나가 더해서 둘이 가고 둘에 셋이 가니 넷이요 넷에 다섯이요 다섯에, 이건 빼고, 다시 여섯이요 일곱이고 여덟인데 아홉수 아홉을 넘어 하나가 더 가 니 열이라. 한숨 돌리고 하나 가니 열하나요……."

하면서 얼갈이배추를 큰 트럭에서 작은 트럭으로 빠르게 던져. 작은 트럭에 있는 사람은 그걸 기가 막히게 받아 차곡차곡 가지런히 쌓는 거야. 얼갈이배추는 통배추랑 달라서 정말 연해. 밟거나 누르면 으깨져. 그런데도 큰 트럭에 있는 사람은 뒤에서부터 요령껏 상하지 않게 빼서 두 단씩 던지고, 또 작은 트럭에 있는 이는 그걸 받아 쌓아. 배추가 상하지도 않고 마치 예술 작품처럼 예쁘게 쌓는 거야. 거기에다 흥얼거리며 배추 단을 세는 사람의 몸놀림과 목소리에 옆에서 보고 있는 나도 신이 나. 가끔 시원찮은 게 나오면

"국이나 끓여 먹어라!"

하면서 그냥 작은 트럭 주인한테 던져 주고. 그건 셈에 넣지 않더라니까.

가게 주인아저씨 얼굴을 보니 어제 본 그 얼굴이 아니야. 상기되었다고나 할까 아니면 긴장감이 느껴진다고 할까. 여하튼 굉장히 활기차면서도 눈동자가 빠르게 움직이고 말 한마디 허투루 하지 않는다는 게 느껴져. 그 시간에는 옆에 가서 말도 못 붙이겠더

라. 아저씨 둘레에서 서성이며 있는 어른들도 물건 개수를 계산하고 있고. 어제 늦은 점심 무렵의 한가함은 찾아볼 수 없는 분위기야. 엄마랑 나는 아저씨가 일하는데 부담 주는 게 그래서 좀 더 뒤로 물러나 시장에서 움직이는 사람들을 바라보며 기다렸지.

"너 왔구나. 조금만 더 기다려라. 내가 지금 물건을 넘겨야 해서."

"네."

"그냥 기다리기 뭐할 테니 수레는 거기 놔두고 둘러보다 와."

나는 엄마랑 같이 무나 배추를 주로 다루는 시장을 둘러보고 나물, 고추, 젓갈, 양념, 과일 파는 데를 둘러봤어.

"채소는 철마다 먹는 게 다르다. 나오는 것도 다르고. 그래서 철에 맞춰서 해 가야 해. 그나저나 값이 저마다 천차만별일 텐데 요령을 알아야 좋은 값에 좋은 물건을 해 가지."

"아까 그 아저씨가 알려 준대요."

"그래, 믿을 만하겠더라. 그래서 그런지 다른 집보다 손님도 훨씬 많아 보이고."

"엄마, 오늘은 뭘 해 가야 잘 팔릴라나?"

"더울 때라 잘못 해 가면 금방 물러 버려. 비싸기도 하고. 열무가 맛있을 때지. 얼갈이배추도 좋고. 김치 담그기가 쉽지 않은 때야. 날이 더워 금방 쉬니까 많이 담그지도 않아. 고추나 깻잎, 호박 이런 게 어떨까 싶다. 여름에는 담백한 걸 많이 찾거든."

여기저기 둘러보다 다시 아저씨 가게로 갔지. 세상에! 가 보니 그 많던 열무며 얼갈이배추가 다 나가고 트럭도 없네. 가게 앞에서 있던 트럭 여러 대가 다 빠져나가고 가게 앞에 열무랑 얼갈이배추가 몇 무더기 쌓여 있을 뿐이야. 아저씨는 가게 안 의자에 앉아 쉬고 있고.

"왔구나. 어머니시니?"

"네."

"바쁘신데 폐 끼치는 게 아닌지……. 아들이 어제 집에 와서는 좋은 분을 만났다면서 채소 장사를 하겠다는 거예요. 아는 게 없어요. 도와주신다니 고맙습니다."

"저 나이 애가 자기 발로 와서 장사하겠다는 걸 처음 봤어요. 힘들다고 말렸는데도 자신 있다고 해서 오라고 했지요. 시장이라는 데가 그야말로 눈 뜨고 코 베 가는 정도가 아니라 코를 붙잡고 있어도 베어 가는 데니까 조심해야 합니다. 좋은 사람도 많지만요."

"네, 많이 가르쳐 주세요. 아들 녀석이 학교는 못 다니고 있지만 심지는 굳어요."

"오늘은 물건을 많이 하지 마세요. 그런데 어디서 팔 거니?"

"상도동에서 팔려고요. 골목에 끌고 다니거나 아니면 시장 한쪽에 자리 잡아 보려고요."

"장사는 해 봤어?"

"애가 시골서 농사지은 배추랑 곡식을 조금 갖고 와서 동네 골목에서 판 적이 있어요. 저랑 떡 장사 조금 해 보고."

"그래? 그러면 해 볼 만하겠다. 골목 장사는 쉬운 게 아닌데…….

단골도 있어야 하고. 아무튼 조금만 가져가고 상도동이면 좋은 물건이 들어가는 데야. 좀 비싸도 좋은 걸 해 가야 한다. 채소가 먹는 거라 사람 사는 수준에 따라, 동네에 따라 해 가는 물건 질이 달라. 값도 다르고. 일단 좋은 걸로 시작해라. 여기서 해 가는 값의 반 정도 이익을 붙여서 값을 불러. 다른 사람들은 배 정도 먹을 거야. 넌 처음이니까 좋은 걸로 해 가고 이익은 남들보다 적게 먹어야 한다."

"뭘 떼어 갈까요?"

"오늘 열무랑 얼갈이배추가 많이 들어와서 서울에 왕창 풀렸다. 비싸다가 오늘 값이 떨어져서 너도나도 그걸 해 가서 시장에 넘칠 거야. 너는 그거 해 가지 말고 오이, 호박, 고추, 깻잎, 파, 생강, 마늘 그리고 붉은 고추를 가져가라. 열무가 많이 풀려서 빨간 물고추랑 생강을 찾을 거야. 마늘 잊지 말고. 깻잎이 늦게 많이 들어와서 값이 새벽보다 내렸다. 들깻잎도 한 상자 해 가."

"얼갈이배추랑 열무는 해 가지 마요?"

"아니지. 내가 오늘 많이 팔고 남은 거 싸게 주마. 이건 가져가거든 내가 준 값의 배를 불러. 그래도 남들보다 싸다. 내가 싸게 줄게. 대신 시장 복판으로 가지 말고 입구에서 팔어. 그래야 사람들이 들어오다가 값을 물어보고 시장 안 여기저기 다니면서 견주어 본 다음 네 물건이 싸다는 걸 알고 올 거야. 대신 값 물어보고 가는 사람들한테 꼭 양념 있다는 이야기를 해라. 양념이 있는 줄 알면 다른 데서 안 사고 너한테 와서 살 거야."

"진짜 그렇겠네요. 고맙습니다."

그러면서 아저씨는 어느 물건은 어디서 사고 준비해야 할 게 뭐가 있는지 일일이 일러 주시는 거야. 고추나 깻잎이 있으니 종이봉지가 있어야 하고 잔돈도 준비하라면서 나가는 길에 돈 넣을 전대도 하나 사라네. 전대를 사거든 침을 전대에다 탁 뱉으면서 속으로 빌래. 재수 좋으라고. 그래야 액땜을 한다는 거야. 장사하다 보면 온갖 사람을 다 만나니까 무슨 일이 생길지 모른다나. 하다 보면 요령이 생기니까 걱정하지 말라는 말도 덧붙이고.

손수레를 가게에 세워 둔 채 여기저기 다니면서 일러 준 채소를 사 와서 수레에 실었지. 아저씨 가게에서 얼갈이배추랑 열무도 받아 싣고 돌아서는데 뒤에다 대고 '장사 잘하라'는 한마디를 던져 주시더라. 올 때보다 훨씬 더 무거워진 수레를 끌고 굴다리 앞으로 가다 보니 아닌 게 아니라 전대랑 봉지를 파는 가게가 쫙 줄 서 있네. 들어올 때는 그냥 가게가 있나 보다 하고 지나쳤는데, 물건을 사 가지고 장삿길을 나서다 보니 왜 시장 들머리에 이런 가게가 줄지어 있는지 알겠더라니까.

손수레를 세워 놓고 전대 파는 가게로 갔지. 엄마는 전대를 내 허리에 묶어 보고 다시 풀기를 여러 번 하며 마음에 드냐고 물어. 나야 그 상황에서 뭐가 뭔지 제대로 알겠어? 처음 나서는 장삿길이라 쑥스럽고 어색해 그냥 대충 마음에 든다고 했지. 엄마는 그러기를 한참 하더니 하나를 골라 내게 건네며 한마디 하시네.

"침 뱉어라."

좀 어색하기는 하지만 망설이지 않고 얼른 침을 뱉으며 장사 잘하게 해 달라고 빌었지. 그리고 손으로 쓱쓱 문질렀어. 엄마는 전대를 내 허리에 묶어 줬어. 이제는 누가 봐도 나는 채소 장수야. 전대를 차고 있으니까. 전대를 앞치마처럼 앞에 매고 있는 내 모습이 너무도 어색하고 불편하지만 내가 벌인 일이니 어떻게 해.

벗었던 면장갑을 다시 끼고 팔려고 실은 채소가 떨어지거나 상하지 않게 한 번 살펴본 뒤 수레를 끌기 시작했어. 엄마는 뒤에서 밀고. 뒤에 실은 물건이 제대로 팔릴까 걱정되면서도 한편으로는 기분이 좋더라. 내 또래 아이들은 학교 다니며 열심히 사는데 나만 학교 밖에 덩그마니 혼자 남아 있다는 외로움과 할 일이 없다는 무기력감은 어느덧 사라져 버렸어. 온몸에 솟아나는 낯설지만 짜릿한 힘을 느끼며 묵직한 수레를 끌고 굴다리로 들어섰지.

이렇게 채소 장수라는 낯선 길로 들어선 첫 날, 엄마가 사 준 바로 그 전대를 적지 않은 세월이 지난 지금도 잘 간직하고 있어. 가끔 장롱을 뒤적이다 가장 밑바닥에 있는 전대를 보곤 해. 이걸 보는 순간 전대에 얽힌 여러 장면이 영화필름 돌아가듯 쭉 떠올라. 나에게는 참 소중하고 의미 있는 전대지만 다른 이에겐 쓸모없는 낡은 천 조각에 지나지 않지. 허접스럽게 색 바랜 낡은 헝겊 쪼가리인 전대에 얽힌 이야기를 이제부터 풀어내 볼까 해.

골목 시장에 얼굴을 내밀다

팔 물건을 실은 손수레를 끌고 용산시장 굴다리로 들어서는데 팔다리에 힘이 바짝 들어가. 아침나절 빈 수레를 끌 때와 느낌이 달라. 그때야 신경 쓸 게 없었지만 팔 물건을 싣고 나니 그게 아니네. 거칠게 운전하면 덜컹거려 물건이 상하지나 않을까, 혹시 길에 떨어지는 건 아닐까, 햇빛에 시들지는 않을까 걱정돼 자꾸 뒤돌아보게 되더라. 솔직히 다른 사람들이 해 가는 물건에 견주면 얼마 되지도 않아. 웬만한 음식점 하는 사람이 장 봐 가는 정도나 될까. 이걸 다 못 팔면 어쩌나 하고 몸이 바짝 달았지.

"아들 뭐 좀 먹고 가자. 저기 저 빈 데다 세워."

"엄마! 배 많이 고파요?"

"나야 뭐 괜찮다만 니가 수레 끌고 가려면 힘없어 못 간다."

"갈 만한데……. 집에 가서 먹지요?"

"아니다. 어여 저쪽에 세우고 이리 와라."

엄마는 우동, 국수 같은 끼닛거리를 파는 포장마차로 들어가 자리를 잡네. 길모퉁이 빈자리에 수레를 세워 놓고 엄마를 따라 들어 갔어.

"어서 오세요. 뭘 드릴까?"

"아들, 국수 곱빼기로 하나 먹을래? 아니면 우동? 밥은 없소?"

"예, 분식만 있어요. 쫄면하고 냉면도 있고."

"엄마, 저기 저 사람이 먹는 게 냉면인가? 저기 저거."

"그래, 맞다. 냉면 먹을래?"

엄마는 잔치 국수를 한 그릇 시키고, 난 냉면을 시켰어.

"물건 해 가는 길인가요?"

"네, 얘가 하도 하자고 해서."

"아드님이 장사하는 건가 보네?"

"네, 어미야 그냥 따라만 다니고 얘가 다 해요. 오늘이 첫날인 데……."

"아드님이 몇 살이에요?"

이렇게 말을 튼 엄마와 아주머니는 한참을 이야기하더라고. 나 는 멍하니 앉아 바쁘게 움직이는 아주머니 손길만 봤지. 침을 꼴깍 꼴깍 넘기면서. 마침내 면을 다 삶더니만 찬물에 헹구고 거기에 뻘 건 양념 고추장, 곱게 채 썬 당근, 오이, 마지막으로 얼음 몇 덩이와 시원한 국물을 넣어. 그 시큼한 냄새에 입안에 침이 절로 고여. 아 주머니가 냉면 그릇을 놔 주면서 가위로 잘라 줄까 물어보더라고. 그냥 잘라서 먹었으면 되는데 어디서 들은 건 있어 가지고 잘난 척 한마디 했지.

"냉면은 자르지 않고 그냥 먹는 게 제맛이래요. 그냥 주세요."

하고 그야말로 잡은 먹잇감을 앞에 둔 호랑이처럼 입맛을 다시면서 양념을 섞고 젓가락으로 집어 드는데 어떻게 된 게 한번에 다 딸려 와. 순간 당황스럽더라. 사실 냉면이라는 음식을 처음 먹어 보는 거였어. 비빔국수 정도로 생각했는데 이건 어찌 된 게 한번에 다 딸려 오니 어떻게 해. 잘난 척은 했고. 에라 모르겠다 싶어 그냥 한입 덥석 물고 우물우물 씹는데, 아 이게 씹히질 않네.

'이건 음식이 아니라 고무줄이네, 고무줄. 이거 먹는 거 맞아? 아이고 질겨.'

시큼하고 달콤하지. 거기에다가 얼음의 시원한 느낌. 그리고 상큼한 오이 냄새까지! 속에서는 어서 들어오라고 난린데 질겨서 끊어지지는 않지, 아주머니랑 사람들이 나만 쳐다보는 것 같지, 씹지도 않고 대충 꿀꺽꿀꺽 삼켰어. 이 모습을 보고

"아이고, 냉면을 진짜 좋아하는구나. 쉬지도 않고 잘 먹네. 하긴 돌도 먹으면 소화될 땐데. 여기 냉면 사리 덤으로 주마."

하고 부탁도 안 했는데 아주머니가 양념에 섞은 냉면 한 덩어리를 더 주시네. 매워 땀 나고 힘들어서 땀 나고…… . 힘들게 먹은 그 냉면 맛을 난 지금도 잊지 못해. 아무리 유명한 대한민국 최고의 냉면도 그날 엄마랑 먹던 냉면에 델 게 아니야. 나중에 안 일이지만 길에서 해 주던 그 냉면 진짜 이름이 고무줄 냉면이라고 하더라.

여하튼 국물이랑 얼음까지 남김없이 깔끔하게 먹고 다시 손수레를 끌고 길을 나서는데 배 속이 든든해 그런지 걷는데 힘이 솟아.

용산역 앞 광장을 지나 용산 시외버스 터미널까지는 평평한 길이라 실드럭실드럭 걸었어. 버스 터미널 앞을 지나는데 거기는 시외버스, 시내버스가 다 서는 곳이라 사람들이 버글버글해. 찻길로 가자니 차가 무섭고 인도로 가자니 사람이 많고. 버스들이 어찌나 거칠게 움직이는지 내가 앞에서 조금만 걸리적거려도 곧바로 빵빵대니 도저히 갈 수가 없더라고. 인도로 올라서서 수레를 끄는데 이번에는 사람들이 길을 막네. 별수 있나. 사정했지. 점잖은 목소리로 우아하게.

"비켜 주세요. 저기, 아줌마 조금만……."

아무도 안 비켜. 일부러 그러는 건 아니고 내가 있는지 모르는 거야. 이리저리 버스를 따라 뛰는 이들이 손수레에 부닥쳐 다칠까 걱정도 되고 거기에 오래 서 있다가는 뭔 일 나겠더라니까. 다급하니까 나도 모르게 목이 터지더라.

"짐이요, 짐! 짐! 짐! 갑시다. 가요! 짐!"

깜짝 놀랐어. 사람들이 놀란 게 아니라 내가 놀랐다니까. 용산시장 들어가는 터널에서 아저씨들이 악쓰는 정도는 아니지만 사람들이 충분히 들리게 소리가 나오더라고. 한 번 터진 목소리는 더 커지더라. 그렇게 시외버스 터미널 앞을 지나자 거기서부터는 언덕바지라 엄마는 밀고 나는 끌고 그렇게 다리 위까지 올라갔어.

다리 위에선 힘 하나 안 들이고 운전만 하면 내 걸음 따라 수레가 잘 굴러 와. 한강대교 가운데에 있는 노들섬 버드나무 그늘 아래에 수레를 세우고 쉬는데 엄마는 손으로 내 얼굴에 흐르는 땀을

닦아 주며

"아들, 힘들지? 이 땀 봐라. 제대로 먹이지를 못해 몸이 허해서
그런가, 왜 이렇게 땀이 많이 나냐?"

"뭘 못 먹어요? 냉면 잔뜩 먹었는데. 엄마, 얼마씩 받아야 하지?
아저씨가 가르쳐 준 대로 받으면 될까?"

"그러게 말이다. 어디 가서 팔 생각이냐?"

"어디는 어디예요. 골목골목 다니면서 소리 질러야지. 낮에는 그
렇게 팔고 남는 것만 가지고 시장에 가요."

"그래. 해 보자."

다시 수레를 끌고 한강대교를 건너기 시작했어. 지금 올림픽도
로가 지나가는 한강대교 남쪽 끝을 지나, 노량진역 쪽으로 비스듬
히 방향을 튼 다음, 오른쪽으로 사육신묘가 보이는 데서 찻길을 건
넜어. 건너자마자 곧 본동 고개가 시작되는데 바로 거기에서 오른
쪽으로 시장이 있는 게 생각나.

"엄마, 저기 시장에서 물건 값을 좀 알아봐요. 제가 가면 좀 그러
니까, 엄마가 물건 사는 척하고 값을 알아보면 어떨까?"

"그래, 그러지. 내가 다녀오마."

언덕이 시작되는 오른쪽에 있는 건물이 만든 그늘에 앉아 쉬고
있는데 조금 뒤 엄마가 값을 알아 왔어. 아닌 게 아니라 아저씨가
준 얼갈이배추랑 열무는 우리가 해 간 값의 세 배를 받더라는 거
야. 우리 것보다 단도 그다지 좋지 않은데 말이야. 장사꾼들이 도
매상 값의 배를 받으니까 우리가 싸게 해 오기는 한 거지.

손수레를 끌고 고개를 오르기 시작했어. 용산시장을 떠나 시외 버스 터미널을 지나고 한강대교를 건너온 건 아무것도 아니더라. 고개를 오르는데 수레는 뒤에서 날 잡아당기지, 장마철이라 날씨가 후덥지근해 땀이 비 오듯 흘러. 수레 손잡이를 허벅지 위 골반에 걸치고 끌다 보니까 골반이 너무 아파. 손잡이를 손으로만 잡고 골반에 걸치지 않으니까 이번에는 힘을 못 쓰겠네. 내려올 때는 짧아 보이던 고개가 왜 그렇게 긴지. 한 굽이 돌면 끝나나 했더니 또 나오고 저 앞에 있는 모퉁이만 돌면 되나 싶더니 또 나와. 몇 번을 쉬면서 고개를 오르는데 마침내 저 앞에 절이 보이더라. 절이 나오면 끝이거든. 절에서 십여 미터만 가면 고갯마루야. 엄마도 지치는지 뒤에서 수레를 밀면서 연신 이마에 흐르는 땀을 훔치네.

고갯마루에 오르고 나면 평퍼짐해. 한숨을 훅 하고 내쉬면서 걷는데 얼굴에 스치는 바람이 참 시원하더라.

"엄마, 그늘에 쉬었다 가요."

"그래, 애썼다. 힘들지?"

"이제 팔기 시작해야지. 조금 쉬었다가 여기서부터 물건 사라고 소릴 질러야지. 봐요, 엄마. 해 볼게요."

나는 길 옆 돌 위에 앉아 쉬다가 일어나서 헛기침을 몇 번 한 뒤 연습 삼아 소리를 질렀지.

"……."

입에서 소리가 안 나.

"아~ 아~ 아."

음악 시간에 발성 연습하듯 몇 번 소리를 내고 다시 하는데

"……."

"목소리가 안 나오니?"

"응. 소리가 안 나요. 큰일 났네. 아침나절에 제값 받고 팔고 저녁에 시장 가서 팔아야 하는데 어쩌지. 소리가 안 나."

엄마는 안타까운 얼굴로 나를 쳐다보며 그냥 시장에 가서 자리 잡자고 했지만 그래도 난 그러고 싶지 않았어. 엄마한테 미리 말하지는 않았지만, 용산시장에 물건을 하러 가면서 이 고개를 넘어 오면 한 번 쉬고 그다음부터 고래고래 소리 지르며 가겠다고 마음먹고 있었거든. 고개를 숙이고 있다가 갑자기 수레를 끌고 한 걸음 나서면서 소리를 질렀어.

"얼갈이배추! 열무!"

소리가 나오냐고? 나오긴 뭐가 나와. 입에서만 뱅뱅 돌지 입 밖으로 터지질 않네. 다시 몇 걸음 가며 아랫배에 힘을 주고 해 봤지만 소리가 터지질 않는 거야. 누가 하라고 해서 시작한 일도 아닌데다 여기에 들어간 돈이 어떤 돈이야. 식구들 먹고살 쌀을 사면 한참 먹을 돈이라고 생각하니 아찔해. 그리고 나는 뭐가 되냐고. 며칠 머리 굴려 시작한 장사인데 여기서 멈추면 어떻게 해. 또 혼자만 뚝 떨어져 이 골목 저 골목 자전거나 타고 다니거나 방구석에 처박혀 잠만 잘 거 아니냐고. 수레를 끌다 말고 길 한복판에 선 채 생각하다가

"엄마! 잠깐 여기 계세요. 저 혼자 저쪽 우리 학교 뒤 빈터에 가

서 연습 좀 하고 올게요."

하고 엄마 대답도 듣지 않고 대궐처럼 으리으리한 집들이 서 있는 길을 따라 올라갔어. 조금 올라가니 집 지으려고 닦아 놓은 빈터가 나오더라. 거기에 서서 연습을 했지. 내가 채소 장사 연습을 하던 그 자리는 지금 김영삼 전 대통령이 살고 있는 집 가까운 곳이야. 거기에 서서 연습을 했어. 아무도 보는 사람이 없으니까 마음 놓고 했지.

"열무, 얼갈이배추 왔어요. 고추, 마늘, 오이!"

아주 작은 소리만 나. 그냥 확 소리를 내지르면 좋으련만 난 그런 배짱이 없었나 봐. 아니면 내가 다니던 초등학교 앞이라 그런가 싶기도 하고. 목구멍까진 올라왔는데 왜 소리가 안 터질까 생각하니 내 자신이 너무 초라해 보이더라. 문득 아이들과 놀면서 어울리던 초등학교를 보니 서러운 생각도 들어. 주책없이 그놈의 눈물은 왜 또 나오는지. 혼자 풀이 무성한 빈터 구석에 서서 땀을 뻘뻘 흘리며 꺼이꺼이 울었네.

울다 보니 안 되겠어. 엄마가 내 눈을 보면 또 알 거 아니냐. 얼른 얼굴을 가다듬고 생각을 정리했지. 이러다가 시간 다 가겠다 싶어 오늘은 시장에 가서 팔기로 했어. 다시 얼굴을 손으로 문지른 다음 엄마한테 갔지.

"엄마, 오늘은 시장으로 가요."

"그래, 그러자. 하다 보면 요령이 생길 거다."

다시 수레를 끌고 길을 나서는데 길 양옆에는 네모반듯하게 터를 잡은 좋은 양옥집들이 늘어서 있어. 마당도 있고 대문도 아주 커. 지금 아파트로 따지면 육십 평이 넘는 넓은 집들이야. 대단한 부자들이 사는 동네지. 그 당시 서울 버스운송조합 조합장이 사는 집도 있고 유명 배우들이 사는 집도 있었어. 그 사이를 천천히 걸어가는데 가끔 아주머니들이 지나가더라. 가면서 내 얼굴 한 번 보고 손수레 뒤에 실린 물건을 보고 그러네. 마음먹은 대로 물건 사라고 소리도 못 지르고 속이 상해 터덜터덜 걷고 있는데

"아저씨! 잠깐만요!"

하는 소리가 들려. 휙 뒤돌아보니 아주머니 한 분이 우리를 보고 뛰어오네.

"뭐 팔아요?"

"네. 얼갈이배추, 열무, 고추, 깻잎, 마늘, 오이, 호박……. 어지간한 채소는 다 있어요."

"김치 좀 담가야 하는데 요새 뭘 담가야 맛있어요?"

"열무나 얼갈이배추가 좋을 때예요. 덥고 습한 장마철이라."

조금 생각하는 듯하더니 얼갈이배추, 열무를 주섬주섬 장바구니에 담아. 양념은 뭐가 있냐고 하기에 있는 걸 다 보여 주는데 아주머니 하는 말이 많이 사니까 싸게 해 달라는 거야. 그래서 내가 한마디 했지.

"사실은 채소 장사가 오늘 처음이에요. 아줌마가 첫 손님이고. 싸게 드릴 테니 깎지 마요. 그리고 덤을 잔뜩 줄게요. 일단 필요한 물건을 골라 담으세요. 대신 내일부터 이리로 지나갈 때 소리

가 나거든 내다보시고 저한테 물건 사세요. 좋은 물건만 해 올 거예요."

"그래요? 어쩐지 그런 느낌이 들더라. 그래요. 그럽시다."

아주머니는 이것저것 많이도 고르더라. 아주머니가 물건을 골라 하나씩 수레 옆 난간에 올려놓을 때마다 가슴이 막 뛰는 거야. 흥분해서 떠오르는 대로 말을 마구 주워섬겼지. 시장에서 다른 사람들이 물건 파는 걸 보면서 나라면 어떤 말을 하고 어떻게 물건을 골라 주고 할지 수없이 많이 연습을 했거든. 마음속으로 상상을 한 거야.

"다 골랐어요. 이거 다 얼마예요?"

"아줌마! 빨간 고추는 안 필요해요? 얼갈이배추랑 열무김치에 넣으면 맛있는데. 시원하고 빛깔도 좋대요."

"아니 총각이 모르는 게 없네. 그래, 고추도 줘요."

"고추 이만큼이면 돼요?"

내가 빨간 고추를 두 손으로 잔뜩 움켜쥐고 보여 주니까

"아니, 아니, 너무 많고 몇 개만 줘요. 요즘 비쌀 땐데."

"아니에요. 이만큼 다 가져가세요. 첫 손님이고 물건을 너무 시원시원하게 골라 주셔서 고맙다는 제 마음이에요. 사실 안 팔리면 어쩌나 걱정하면서 가고 있었거든요. 엄마, 봉투 벌려 주세요. 아줌마, 손님들 소개 많이 해 주세요."

값도 싸게 주는데 덤을 많이 준다고 사양하는 걸 나는 진짜로 고마운 마음에 처음에 집어 들은 고추를 그대로 다 드리고 마늘까지

몇 통 더 넣어 드렸어. 그리고는 혼자 들고 가겠다는 걸 집까지 배달해 드렸지. 바로 옆이기는 하지만.

배달하고 와 보니 그새 우리 수레를 아주머니들이 둘러싸고 있네. 얼마나 신이 나. 내가 첫 손님하고 흥정하는 걸 멀찍이 서서 봤다는 거야. 그러면서 자기들도 덤을 많이 달래. 그러겠다고 했지. 첫 손님만큼은 아니지만 본전만 해도 좋다는 마음으로 즐겁게 물건을 팔았어. 아무리 가까운 집이라도 다 배달해 주고.

물건을 골라 주다 보니까 아주머니들이 생각보다 채소에 대해 잘 모르더라고. 어떤 배추가 좋은 건지, 언제 뭘 먹어야 맛있는지를 잘 몰라. 철마다 맛이 다르다는 걸 모르더라고. 나야 몇 년 농사를 지어 봐 그런지 내가 아는 것만 해도 적은 게 아니더라. 그래서 아는 대로 이야기를 하면서 물건을 골라 주니까 내 말에 따라서 물건을 사 가네.

마치 소나기 지나가듯 손님을 치르고 나니 전대에 돈이 제법 만져져. 돈을 꺼내 세어 보고 싶은 마음이 드는 걸 그만뒀어. '많이 벌었구나' 하는 느낌을 깨고 싶지 않더라.

부지런히 걸어 집으로 갔어. 집 한쪽 그늘에 수레를 세워 놓고 들어가 등목을 한 뒤 눈을 좀 붙였어. 잠이 맛있게 오더라. 다들 학교로 일터로 간 뒤 혼자 남아 우울하게 잠들 때와는 견줄 수 없을 만큼 참으로 달콤한 잠에 들었지. 세 시쯤 되었을까, 눈이 떠지기에 일어나 엄마가 차려 주는 밥을 먹고 다시 수레를 끌고 시장으로 나섰어.

미리 몇 번이나 가서 시장 어디에다 자리를 펼까 궁리하면서 봐 둔 자리가 있거든. 그곳에 가 보니 아직 비어 있더라고. 사람들이 한창 장 보러 나올 때면 바글바글한 목 좋은 데는 언감생심 마음도 못 먹고, 시장 가장 끄트머리 가정집 담벼락 밑에 자리 잡은 거야. 그러니까 시장에 가려면 거쳐야 하는 길 가운데 수레를 펼쳐 놓기도 좋고 사람도 어지간히 다니는 데를 골라 놨지. 그리고 가장 마음 쓴 건 누가 쫓아내지 않는 자리가 어딜까 하는 거였어. 물건이 덜 팔리는 것보다 무서운 게 누가 와서 쫓아내는 거야. 난 그게 가장 두려웠고 걱정이었어.

수레를 세워 놓고 손님이 오기를 기다렸지. 장마철이라고 하지만 유월 장마라 그런지 흐리다 말다 하면서 비 오는 날이 적은 마른장마야. 기온이랑 습도가 높아 후덥지근해 그늘에 가만히 서 있는데도 온몸에서 땀이 줄줄 나. 세 시가 넘어 네 시 무렵 되면서 담벼락 그늘이 길어지기 시작하자 장 보러 오는 사람들이 서서히 늘어나기 시작해. 지나가는 사람들 모습이 눈에 띄게 늘어나자 웅크리고 있던 내 마음도 활기차게 움직이기 시작했어.

노량진 수산 시장 들머리에서 떡장사 할 때랑 마음이 달라. 그때는 엄마 장사를 도와주는 거였고 지금은 내가 벌인 판이라 그런지 사람들이 관심 없이 그냥 지나가는 걸 보는데 몸이 바싹 달아올라. 시장 들어가는 길목을 보니 나처럼 수레에 팔 물건을 해 온 사람도 있지만 대부분 땅바닥에 종이나 보자기 따위를 펼치고 그 위에 채소나 생선, 살림살이에 필요한 물건을 늘어놓고 파는 거야. 그냥 앉아 있는 게 아니라 자기 물건을 사 가라고 목소리 높여 손님을 부르네. 장사꾼들이 지르는 소리와 흥정하는 소리로 시장 골목에 활기가 돌기 시작했어.

큰 가게는 큰 가게대로, 길 옆에 벌인 좌판에서는 좌판대로 물건 파느라 바쁘게 움직이는데 나만 우두커니 혼자 서 있어. 어떤 말이라도 해서 지나가는 이들 눈길을 끌어야 하건만 마치 꿔다 놓은 보릿자루마냥 기죽은 얼굴로 서 있었지.

장터에 사람이 많아지면 많아질수록 더욱 초조해져 죄 없는 얼갈이배추랑 열무만 뒤적거렸지. 마치 손수레에 있는 물건을 잘못 펼쳐 놔 아무도 들여다보지 않는 것처럼.

"우리 물건이 시들어 보여요? 왜 아무도 들여다보질 않지?"

"기다려 봐라. 다른 집도 보니까 개시 못 한 데가 많네. 아직 장이 끝나려면 멀었다."

기다리면 뭐해, 한두 사람이 값을 물어보고 대답 듣기가 무섭게 시장 쪽으로 가 버리네. 아무도 거들떠보지도 않아. 몸이 바짝 달아올라 뭐라도 해 봐야지 더 이상은 못 견디겠어. 이제 시장 골목은 걷기 어려우리만치 사람들로 꽉 차서 그야말로 야단법석이네. 사람이 많아지는 만큼 장사꾼 목소리도 커지고 눈들이 번뜩이는 게 난리가 났어.

난 엄마한테 시장을 살펴보고 오겠다고 말하고 복잡한 시장을 둘러보기 시작했지. 내가 판을 벌인 데는 시장에서 가장 목이 좋은 곳에서 삼백 미터쯤 떨어진 곳이야. 이 자리도 내 눈에는 복잡하다고 생각했는데 웬걸, 시장 한복판으로 가면 갈수록 발 디딜 틈 없이 사람이 많아. 낮에 왔을 때엔 안 보이던 장사꾼들이 길 양옆에 자리 잡고 물건을 펼쳐 놓고 있네. 손수레, 보자기, 판때기, 심지어 신문이나 가마니까지도 깔고.

물건을 고르고 돈을 주고받는 손길이 엉켜 머리가 어지러울 정도인데 내 뒤에서 누가 소리를 질러. 시장통의 그 시끄러운 소리를 내리누르는 거친 목소리로. 돌아보니 아저씨 한 분이 손수레를 밀면서

"동태! 오늘 나보다 싸게 파는 사람 있으면 나와 봐! 막 준다. 막 줘!"

하고 소리를 지르는데 얼굴을 보니 불그레한 게 술 한잔 걸쳤더라고. 꽝꽝 언 동태를 수레 안에 뒤죽박죽 쌓아 놓고 파는데 다른 생선 가게처럼 다듬어 주기는커녕 토막도 안 내 줘. 그냥 신문에 대충 둘둘 말아 장바구니에 넣어 주고 돈을 받는데 친절함이라고는 눈곱만큼도 없어. 그런데도 아주머니들이 벌떼같이 달려들어 서로 조금이라도 큰 것을 집으려고 난리가 났어. 큰 걸 두 사람이 같이 잡으면 서로 말투가 거칠어지기까지 해. 더 기가 막힌 건 그 복잡한 길 한복판을 수레로 떡하니 막고도 고래고래 소리를 지르며 판을 벌이고 있다는 거지.

"아저씨, 이거 두 마리 다듬어 줘요!"

"이 값 받고 다듬어 주면 나는 뭐 땅 파서 장사하는 줄 아쇼? 난 뭐 먹고살라고. 이 와중에 다듬어 달라니. 집에 가서 다듬고! 자,

이제 몇 마리 없다. 나 이제 집에 간다. 술이나 한잔 먹고 한숨 잘
란다."

"많이 사니까 한 마리 더 줘요."

"안 팔어. 여기 있는 거 다 사 가 봐라. 내가 덤을 주나. 대가리도
안 준다."

아니 뭐 이런 장사꾼이 다 있나 싶더라니까. 물건 파는 사람이
되레 더 큰소리를 쳐. 살려면 사고 말려면 마라는 투야. 희한하더
라. 이렇게 거친 소리를 들으면서도 사람들은 서로 사겠다고 난리
가 나니 말이야. 나로서는 도저히 이해가 안 가. 그 아저씨는 정신
없이 돈을 받고 물건을 주고 하면서도 입은 잠시도 쉬지 않고 떠들
어 대. 순식간에 둘레 분위기가 동태 아저씨한테 쫙 빨려 들어가는
거야. 장 보러 온 사람들 눈길과 돈까지도.

넋 놓고 동태 아저씨가 장사하는 모습을 보고 있는데 골목 시장
군데군데에 손수레를 끌고 다니며 장사하는 이들이 있더라고. 그
렇게 왁자지껄하더니 어느 순간 시장이 잠잠해진 느낌이 들어. 둘
러보니 사람들이 눈에 띄게 줄어들었네. '아이고, 벌써 장이 끝나
가는구나!' 싶은 생각에 머리가 쭈뼛 서네. 얼른 사람들 사이를 헤
집고 엄마한테 달려가 보니 엄마 눈이 그새 십 리는 들어가 보여.
초조한 얼굴로 손수레 앞에 서 계시는데 얼굴에 생기라고는 하나
도 없어.

"가자, 엄마! 그냥 수레 끌고 시장을 왔다 갔다 하자."

뭐라고 하는 엄마 말을 흘려버리고 짐을 챙겨 시장 한복판으로

밀고 들어갔어. 서둘지 않고 사람들 발걸음을 따라 되도록 느리게 갔지. 혹시 장사꾼들이 뭐라고 하지나 않을까 눈치를 보면서 바짝 긴장한 채 복잡한 시장 속으로 들어갔어.

"아저씨! 파 한 단에 얼마예요?"

"고추 있어요?"

"오이 어떻게 해요?"

하면서 물어보는 사람이 많아지는 거야. 그래서 아까 팔던 값을 그대로 부르는데 그것도 싼가 봐. 값을 말하자마자 옆에서 기웃거리던 사람들이 순식간에 우르르 몰려들어 내가 서 있을 틈도 없어. 나는 뒤로 주춤 물러나서 사람들이 물건을 골라 오면 돈 받고 잔돈 거슬러 주기도 숨 가쁘네. 이때를 놓치면 안 되지.

"자, 열무랑 얼갈이배추 몇 단 안 남았어요. 떨이! 떨이! 그냥 막 준다!"

"아줌마! 열무 사려고? 빨간 고추는? 열무랑 얼갈이는 물고추를 갈아 넣어야 제맛이라니까요. 고추 달라고요? 그래요. 이만큼은 덤이고. 엄마! 봉투 좀 줘요. 어이, 싸다, 싸. 막 준다. 까짓것, 이제 얼마 남지도 않았고."

느닷없이 목소리가 커지고 생각도 안 한 말이 주절주절 쏟아져 나오는데 그 순간 엄마랑 난 눈이 마주쳤어. 사람들이 몰려드니까 신 나서 엉겁결에 말은 해 놓고 순간 움찔하더라. 그래도 한 번 목소리가 터지니까 그다음은 줄줄 나와. 어색하기는 해도.

누가 돈 안 내고 집어 가도 모를 정도로 손님들이 막 달려드는데

정신을 못 차리겠더라니까. 바쁘게 물건 주고 돈 받기를 한참 하다 한가해지기에 숨을 돌리는데

"남의 채소 가게 앞에서 뭐 하는 거야! 당장 저리 안 가! 빼란 말이요. 사람이 양심이 없어."

하는 날카로운 소리가 들려. 아이고 어쩌냐? 내가 남의 채소 가게 앞에서 판을 벌이고 신 나게 주책을 떤 거야. 아직 몇 사람이 물건을 고르고 있기에

"죄송해요. 정말 죄송해요. 비킬게요. 아줌마! 잠깐만, 저리 가서 저쪽에서 골라요."

하면서 서둘러 허둥지둥 수레를 옮겼어. 왼쪽에 있는 2층짜리 건물 앞에 손수레를 세울 만한 자리가 보이네. 망설이지 않고 그 안으로 수레를 밀어 넣었어.

"열무요! 이제 얼마 안 남았어요. 떨이! 떨이! 아줌마, 싸게 드릴게 가져가세요."

또 소리 지르기 시작했어. 열무랑 얼갈이배추는 금방 다 팔렸고 이제 양념 종류만 남았어. 잠시 찾아오는 손님이 주춤하고 뜸해지자 엄마는 수레 구석에 있는 보자기를 꺼내 땅바닥에 펼쳐 오이, 고추, 마늘, 깻잎 따위를 무더기로 해 놓더라. 조금 있으니까 사람들이 엄마가 보자기에 펼쳐 놓은 물건에 관심을 보이면서 잘 팔리네. 수레 안에 있을 때랑은 달라. 그제서야 수레 안에서 물건을 꺼내 놔야 손님들 눈에 잘 띄겠다는 생각이 들어.

"엄마, 나 잠깐 어디 좀 갔다 올게요. 여기 돈주머니!"

서둘러 집으로 가는 길을 되짚어 뛰기 시작했어. 한참 헉헉대며 뛰다 보니 저만치 공사장이 보여. 공사장에서는 이제 일을 마무리하고 있더라고. 그 안을 기웃거리는데

"왜 그러냐? 누구 찾니?"

"아뇨, 그게. 저, 부탁이 있어서요. 나무 판때기 몇 개 얻을 수 있을까요?"

하는데 공사장 구석에 딱 내가 원하는 판때기가 보여.

"아저씨, 이 나무 쓰시는 건가요?"

하고 집어 들어 보여 주니 가져가도 된다네. 고맙다고 인사한 뒤부지런히 시장으로 되돌아왔지.

"어디 다녀오니? 그건 어디 쓰려고?"

"이렇게 놓고 여기다 오이랑 남은 물건 올려놔야 잘 팔릴 것 같아서요."

판때기를 뚜껑 삼아 수레 위에 올리고 그 위에 남은 물건을 꺼내놓으니 눈에 확 띄는 게 보기 좋더라고. 판때기 밑에 있는 물건은 빛이 안 들어가 덜 시들어 좋고. 왜 이런 생각을 진작 못 했나 싶더라니까. 어지간히 좋은 건 다 팔고 얼마 안 남았을 때는 사람들이 보기에 찌꺼기만 남은 것 같은지 눈길 한 번 휙 주고 그냥 지나쳤는데, 판때기로 덮고 그 위에 물건을 펼쳐 놓으니까 손님 반응이 달라.

어둑어둑 어둠이 시장 골목에 내릴 무렵 우거지랑 부러진 오이 몇 개, 벌레 먹은 고추 따위만 남고 마침내 다 팔았어.

"아들 애썼다. 다 팔았네, 다 팔았어. 배고프지?"

"배? 하나도. 배가 두둑해요. 이거 봐. 돈주머니에 돈이 이렇게 많다니까요. 이거 얼마나 될까?"

"너무 싸게 판 건 아닐까 싶다. 팔기는 다 팔았는데 얼마나 남았는지."

"돈 꺼내 볼까요?"

내가 돈을 꺼내려 하자 엄마는 길에서 돈 세는 거 아니라며 나를 말렸어. 다른 사람 눈길도 있고 공연히 장사하는 사람들한테 미움받을 수도 있다는 거야. 세상 사람 욕심 가운데 가장 무서운 게 자식 농사 욕심이고 그다음이 돈 욕심이라고. 아직 물건 못 판 사람들도 있으니 조용히 가자네.

서둘러 둘레 정리를 하고 집으로 가는 길을 잡았어. 빈 수레가 요란하다더니만 다 팔고 찌꺼기랑 버릴 쓰레기만 담긴 수레에서 털털거리는 소리가 요란해. 그래도 난 그 소리가 정말 듣기 좋았어. 해가 넘어간 뒤 서쪽 하늘에 남은 불그레한 노을을 보며 수레를 끌고 오는데 길옆에서 남은 물건을 팔던 이들이 나를 쳐다보네.

"엄마, 기분 좋아요, 너무. 거봐, 겁나지만 해 보니까 하잖아. 이러다 부자 되는 거 아냐?"

"그래. 우리 아들! 고단하지? 생선 사 갈까? 아니다, 돼지고기나 한 근 사 갖고 가서 찌개 해 먹자. 고생했는데 잘 먹어야지."

그날 나는 보리쌀 한 말 값을 벌었어. 엄마는 우리 아들 큰일 했다고 입이 닳도록 틈만 나면 이야기했어. 듣고 또 들어도 나 스스로가 자랑스럽고 어깨에 힘이 들어가더라. 그러나 나는 돈보다, 아니지 돈으로 계산할 수 없는 평생 가지고 살 귀한 것을 벌었어. 나 스스로 일을 벌이고 그 일을 마무리했다는 것. 어른도 하기 어려운 일을.

믿음 없이는 장사 못 한다

첫날 해 간 물건을 다 팔고 집으로 돌아온 나는 식구들한테 하루 동안 있었던 일을 신 나게 떠들다 일찌감치 잠이 들었어. 다음 날 새벽 조심스럽게 날 흔들어 깨우는 엄마 손길을 느끼자 순간 벌떡 일어났지.

"아니, 얘가. 살살 일어나라. 그러다 다쳐. 몸은 어떠냐? 갈 수 있 겠어?"

"엄마, 무슨 소리야. 겨우 하루 장사하고. 가야지."

"아픈 덴 없고?"

난 아무렇지도 않다 하고 밖으로 나가 벽에다 세워 둔 손수레를 끄집어 내렸지. 초여름이라 해가 길다고 하지만 아직은 어두운 마 당에서 짐을 챙겼어. 물건을 펼칠 때 쓸 판때기, 보자기랑 봉지를 챙겼지. 바퀴도 한번 만져 보면서 바람이 빠지지는 않았나 확인도 하고. 드디어 아침밥을 먹고 엄마랑 용산시장으로 떠났지.

온갖 장사가 늘어선 용산시장 들머리를 지나 철길 굴다리로 들어서기 시작하자 발 디디기가 어려우리만치 사람이 많네. 그냥 천천히 사람 물결을 따라 걸으면 되는데 느닷없이 내 목에서 소리가 나와.

"짐이요, 짐! 짐! 갑시다."

새벽에 용산 철길 굴다리를 지나다니는 사람 가운데 나보다 어린 사람이 어디 있다고 '갑시다'라니. 순간 난 움찔하고 놀랐어. 누군가

"야, 임마! 새파랗게 어린 자식이 어디다 반말지거리야!"

하면서 머리라도 쥐어박을지 모른다는 생각이 들더라. 그것도 잠시, 나도 이제 다 커서 어린애가 아니고 몸으로만 보면 다른 사람 머리 하나 정도는 더 큰데 뭐가 걱정이냐 싶어. 사실 손수레를 끌고 가면서 내 눈에 들어오는 사람 가운데 나보다 큰 사람은 찾기 쉽지 않았거든. 또 아무도 반말한다고 잔소리를 하기는커녕 쳐다보는 사람도 없고 오히려 길을 열어 주더라니까. 가다가 누가 앞에서 조금이라도 길을 막으면

"짐이요. 갑시다."

하며 목에 힘주어 외쳤지.

"어제 해 간 거 다 팔았나?"

"네, 초저녁에 다 팔았어요. 우거지 조금 남기고……."

"허, 이놈 장사 수완이 없지는 않구나. 오늘은 뭐 해 갈래?"

"어제랑 같은 거 해 가면 안 되나요? 어제 보니까 잘 팔리던데."

"그래, 그렇게 해라. 일단 시장 돌면서 네가 하고 싶은 물건을 적

당히 사 가지고 와."

"아저씨는 오늘 뭐 있어요?"

"일산에서 열무 좋은 게 들어왔다. 값이 좀 비싸기는 한데 물건이 아주 좋아. 한 번 먹어 본 사람은 또 찾을 거다. 다녀오너라. 네 거는 남겨 두마."

엄마랑 수레를 끌고 돌아다니면서 물건을 하는데 자꾸 욕심이 나. 나는 어제보다 더 많이 하려 하고 엄마는 어제만큼만 하자 하고. 내가 욕심을 부려서 어제보다 조금씩 더 했지. 아저씨네 가게에 가서는 열무를 꽤 많이 샀어. 아저씨 말이 많이 해 가도 그 열무는 잘 팔릴 거래. 값은 배를 부르라네. 깎아 주지도 말고 제값 다 받으래. 오늘 해 가는 열무는 큰소리치면서 팔아도 되는 아주 좋은 물건이라나.

한강대교를 건너 본동시장 들머리에 이르러 그늘에 수레를 세워 놓고 시장으로 갔지. 물건 값을 알아보러. 아무래도 열무를 다른 사람보다 너무 비싸게 사 왔다는 생각이 들어 마음이 불안하네. 다른 사람 값이랑 견줘 봐야지 안 되겠더라. 채소 가게 가까이 가 가게 안을 휘 둘러보는데 열무가 안 보여. 초여름 채소 가게에 열무가 없다는 건 말이 안 되지. 얼갈이배추는 보이는데 열무가 없기에 자세히 보니 천으로 덮어 놓은 게 있는데 그게 열무야. 열무란 놈이 워낙 연하고 햇빛에 금방 시들어 그런지 집집마다 축축하게 젖은 천으로 덮어 놨네. 열무가 얼마냐고 물어보니 내가 받을 값보다 싸. 순간 아찔하더라. 아무리 봐도 겉모양으로는 우리 거랑 별다를

게 없어 보이는데 값이 나보다 싸다니. 아직 장이 제대로 서지 않은 그 시간에는 장사하는 사람이 제값을 다 부르지 깎아 주는 일이 없거든. 몇 집을 둘러보는데 집집마다 다 나보다 싸. '아저씨가 날 속일 리가 없는데' 하면서도 마음 한구석이 찜찜해.

"열무를 너무 비싸게 떼어 왔나? 우리 열무 두 단 살 돈이면 다른 사람 건 세 단 사겠어요. 그래도 우리 걸 살라나?"

"아저씨가 좋다 안 하시더냐. 어디 맛 좀 보자."

하고 젓잎을 꺾어 입에 넣고 맛을 보시네.

"쌉싸래하면서도 매콤하니 좋은 열무가 틀림없다. 뿌리를 봐라. 황토 흙에서 제대로 키운 열무다. 아저씨 말대로 비싸게 불러도 팔릴 거다. 열무 볼 줄 아는 사람은 이거 사지 다른 거 안 산다."

그럼 그렇지, 아저씨가 하루에 파는 채소가 얼마나 많은데 열무 몇 단 가지고 사람을 속이겠나 싶은 마음이 들어. 아저씨를 의심한 내가 우습더라고. 이 마음을 아저씨가 알까 싶어 얼른 생각을 접고 부지런히 본동 고개를 넘기 시작했지.

어제보다 조금 더 사 가지고 왔다고 힘이 많이 들어. 나중에는 이놈의 고개가 언제 끝나나 자꾸 위를 쳐다보게 되더라. 초여름 아침 햇빛이 비치는 언덕길에는, 집 안을 정리하고 나선 아주머니나 손자를 돌보는 할머니들만 간간이 보여. 고갯마루가 보이기 시작하자 조금 더 서둘렀지. 고갯마루 너머에 있는 버드나무 그늘에 앉아 쉬고 싶어서.

힘들게 언덕을 오른 끝이라 그런지 고개 너머에서 불어오는 바람이 좋아. 이제 여기만 넘으면 돌아다니면서 만나는 작은 언덕은 언덕으로 치지도 못할 정도야. 나무 그늘에 앉아 쉬고 다시 길을 나서는데 이제부터가 문제야. 어제는 물건 사라고 소리를 못 지르고 시장 골목에 가서 팔았는데 오늘은 꼭 소리를 질러 보리라 다짐을 했지.

오늘은 목에서 소리는 나오겠는데 뭐라고 질러야 하나 걱정이야. 그날 해 가지고 가는 물건 종류가 적어도 열 가지는 되는데 그걸 다 일일이 말을 해야 하나, 아니면 한두 가지만 말하면 되나. '열무 사세요'라고 해야 하나, 아니면 '열무 왔습니다'라고 해야 하나. 어떻게 말을 해야 할지 궁리하느라 소리를 못 지르겠어. 평소에 동네로 물건 팔러 온 사람들이 외치는 소리는 쉬워 보이고 어떤 때는 음악 소리처럼 듣기 좋더니만 내가 하려니 힘드네. 그게 그렇게 많은 생각을 해야 하는 건지 꿈에도 몰랐어. 내 생각 같아서는 재미있게 하면 잘 팔릴 것 같은데 그러기에는 내 나이가 어린 것 같아.

언젠가 한번 아버지랑 집수리를 하고 있는데 이런 소리가 들리는 거야.

"생선이 왔어요. 살아 펄펄 뛰는 생선이. 시어머니가 왔거든 갈치 사다 조려. 시어머니 입맛 살리는 데는 내 갈치가 최고여. 시어머니 입맛 돌아오면 집 나간 서방도 돌아와. 친정엄니 왔거든 얼른 나와. 조기를 연탄불에 노릇노릇 궈 숟가락에 놔 드려 봐. 불쌍한 친정엄마 흰머리가 금방 까매져. 자 생선이요, 생선. 서방님이 요새 힘을 못 써? 그렇단 말이지. 생 물오징어 데쳐 술상 차려 봐. 힘이 펄펄 나. 거짓말이면 내 손에 장을 지진다. 생선이요, 생선."

벽돌 쌓는 아버지 옆에서 심부름하고 있던 나는 그 소리가 어찌나 웃기던지 골목에 나가 구경을 했어. 가 보니 세상에, 손수레 둘레에 아주머니들이 바글바글하네. 아저씨는 옆에 서서 돈 받으며 쉬지 않고 입을 놀리는데 아주머니들이 뭐라고 하면 계속 대거리를 해. 틈만 나면 한마디를 툭툭 던지는데 그게 참 재미있더라고. 손은 돈 받느라 바쁘고 입은 손님 끌어당기는 소리 내느라 바쁘고. 생선 사는 아주머니들이 하나같이 웃어. 아저씨 부인은 입을 꾹 다물고 생선을 다듬어 주는데 그 손길에선 정성이 느껴지고. '햐, 저렇게 장사하면 돈 금방 벌겠네' 하고 감탄한 적이 있거든.

내 마음만 굴뚝 같지 얼굴에 철판 깔고 그렇게 할 용기는 안 나. 이렇게 망설이다가는 어제처럼 결국 한마디도 못 하고 그냥 시장에 갈 게 뻔해 보여. 물건도 어제보다 더 많이 해 왔는데 시장에 가기 전에 조금이라도 팔아야 한다는 생각에 정신을 바짝 차렸지. 헛기침은 일부러 안 했어. 어제도 헛기침만 하고 그냥 갔잖아. 그래서 오늘은 한 번에 소리를 지르지 못하면 끝내 못 할 거라고 생각하고 천천히 수레를 끌고 가면서 속으로 '이제 아무 소리나 내자. 해야 한다. 해. 하라고!' 하며 스스로를 다그치는데, 느닷없이 소리가 튀어나와.

"열무! 얼갈이배추! 오이!"

'열무가 왔어요'도 아니고 '열무 사세요'도 아닌 팔 물건 이름만

짧게 외쳤어. 사람들이 다 나를 쳐다보는 것 같아 얼굴이 화끈거리고 목소리가 자꾸 안으로 들어가려 해. 그래도 계속 외치며 느리게 느리게 골목길을 돌기 시작했어.

"열무! 얼갈이배추! 빨간 고추! 오이! 부추!"

"아저씨! 통배추 있어요? 김치가 다 떨어져서 김치를 담가야 하는데……."

뒤에서 부르는 소리에 수레를 멈추고 돌아보니 젊은 새댁이야. 잰걸음으로 가까이 오더니만 좀 쑥스러운 얼굴로

"어머, 아저씬 줄 알았더니, 총각이네. 통배추가 없나 봐요? 신랑이 포기김치를 좋아해서."

나는 얼른 수레 손잡이에서 빠져 나와 열무랑 얼갈이배추를 덮어 놓은 헝겊을 젖히면서

"여름 통배추는 싱겁고 맛이 별로예요. 요샌 얼갈이랑 열무가 맛있을 때예요. 오이랑 이것저것 있으니깐 한번 보세요."

엄마도 옆에서 내 말을 거들어 주니 새댁은 그러냐면서 얼갈이배추랑 열무를 이리 뒤척 저리 뒤척, 집었다 놨다 하면서 시원하게 고르지를 않네. 난 속으로 자꾸 만지작거리면 짓물러서 제값을 못 받겠다는 생각에 속이 타네. 하지만 말을 할 수 있어야지. 그 순간 엄마는 열무 가운데 한 단을 들더니

"단도 실하고 이게 좋겠네. 새댁, 식구가 몇이우?"

"둘이 사는데요."

"그러면 열무 한 단, 얼갈이 한 단만 해요. 그러면 어지간히 드실

거요. 이게 실하네. 붉은 고추 있어요? 부추는?"

이러면서 물건을 골라 손수레 난간에 꺼내 놓으니 새댁이 아무말 없이 골라 주는 대로 가만히 있어. 그러다가 사실은 자기가 김치를 처음 담근다면서 김치 담글 때 무얼 넣어야 하고 담그는 순서는 어떻게 되는지 이것저것 물어보네. 그런 다음 값도 깎지 않고돈을 내는 거야. 엄마는 개시라고 하면서 뭘 덤으로 줄까 망설이다신랑이 퇴근하거든 주라고 풋고추를 한 움큼 담아 줬어. 새댁이 오히려 엄마한테 고맙다고 몇 번 꾸벅이며 가네. 다음에 오면 꼭 이쪽으로 오라고 하면서.

엄마가 하는 말이 채소나 생선을 팔 때는 손님이 자꾸 이것저것만지면 손 타서 못 쓰게 되니까 그대로 놔둬서는 안 된다는 거야.그렇다고 싫은 소리 하면 기분 나쁘다고 갈 것이고. 그럴 때는 '이거 어때요?' 하면서 골라 주면서 끊어 주라네. 그래도 계속 만지작거리면, 못 만지게 해야지 별 뾰족한 수가 없다나. 또 아까 그 새댁처럼 젊은 사람은 물건을 볼 줄 모르니까 알려 줘야 한다는 거야.김치 담그는 방법까지도 알려 줘야 하고.

"나는 어떻게 말해요? 그런 거 모르는데."

"대신 넌 농사를 지어 봐서 채소를 좀 알잖냐? 그걸 말해 줘. 어여 가자."

어느새 햇살이 뜨거워지기 시작하네. 젖은 헝겊으로 채소를 덮어 주고 다시 걷기 시작했지.

"열무! 얼갈이배추!"

툭툭 끊어 짧게 소리치며 상도동 이화약국 뒤 부자 동네 골목을 하나하나 뒤지고 다니는데

"아저씨! 뭐 있어요?"

하는 소리가 들려. 분명히 나를 찾는 소린데 아무리 둘러봐도 사람이 안 보여. 이상하다 하면서 멈췄던 발걸음을 다시 막 옮기려 하는데 또

"아저씨! 가지 말고 위를 봐요, 위를!"

고개를 오른쪽으로 돌려 위를 보니 높게 쌓은 축대 위로 얼굴이 뽀얗게 생긴 아주머니가 날 부르는 거야. 막 어디를 나가려고 화장을 하다 급하게 나왔는지 머리카락은 마치 미장원에 다녀온 듯 단정하고 입술에는 예쁘게 루주를 칠하고 있더라고.

"김칫거리 있어요?"

"네, 열무랑 얼갈이배추 그리고 오이도 있어요. 내려오세요."

"아니, 나 지금 바쁘니까 다섯 식구 한 달 먹을 김칫거리 가지고 들어오세요. 문 열어 놓을 테니까 가지고 들어와요."

아니 살 물건을 보지도 않고, 뭐를 얼마큼 달라는 것도 아닌 '다섯 식구 한 달 먹을 김칫거리'라니. 이상한 손님도 다 있다는 생각을 하며 서 있는데 엄마는 뭐 하고 있냐고 얼른 골라 담자는 거야.

"들고 갔다가 물건이 마음에 안 든다고 하면 어째? 양은 얼마나 가져가고?"

"사는 게 넉넉한 사람들은 전화로 주문해다 먹는댄다. 이 집도 보니까 어지간한 부자다. 얼른 챙기자."

집을 보니 대단해. 화강암으로 축대를 높이 쌓고 그 위에 다시 빨간 벽돌로 담을 쌓았는데, 대문에는 지붕까지 있고 인터폰도 달려 있네. 엄마랑 물건을 챙겨 열린 문을 지나 계단을 이삼십 개 올라가니, 파란 잔디밭이 쫙 펼쳐져 있고 예쁜 나무가 잔디밭을 둘러싸고 있는 거야. 잔디 마당 가운데에는 그야말로 잡지에서나 보던 파라솔이 펴져 있어 마치 그림 같아. 난 태어나서 그런 집을 처음 봤어. 주눅 든 표정으로 마당가에 서 있는데, 아까 담 너머로 얼굴만 보여 주던 아줌마가 살랑살랑하는 멋진 치마 차림으로 손에는 핸드백을 들고 급히 나오다가 우리를 보고

"여기 이쪽 구석에 놔 주세요. 열무 맛있어요? 아버님이랑 남편이 열무로 담근 물김치를 워낙 좋아해서."

"네, 맛있어요. 열무가 다른 데보다 비싸기는 한데 맛은 진짜 좋아요. 믿어도 돼요."

"그래요? 아줌마, 이 총각이 아들이에요?"

"네."

"곱게 생겼네. 알았어요, 믿어야지. 지난번에 다른 분한테 샀는데 써서 못 먹겠더라고요. 얼마지요?"

덤을 달라는 말도, 값을 깎자는 말도 없이 시원하게 값을 치르고 서둘러 앞장서네. 나는 뒤따라 나가면서 다시 한 번 마당이랑 현관문 사이로 빠끔히 보이는 거실을 살짝 엿봤지. 열린 현관문 사이로 풍겨 나오는 냄새까지도 맡으면서.

"고맙습니다. 맛있게 드세요."

"다음에 또 들러 보세요. 열무가 맛있어 보이긴 하던데."

하고 생전 처음 맡아 보는 화장품 냄새를 풍기며 아주머니는 집 앞에 세워 둔 자가용을 타고 골목길로 사라졌어.

"엄마! 굉장한 부자다. 부자는 원래 돈을 저렇게 잘 써? 다른 사람들은 콩나물 조금을 사도 더 달라고 하고 값도 깎고 그러는데. 저 아줌마는 열무를 만져 보지도 않고 그냥 사잖아."

"부자가 더 무서운 거다. 그냥 사는 것 같아도 볼 거 다 보고 판단하는 거야. 저런 사람이 한 번 믿으면 좋은 단골이 될 거다."

"내 목소리가 들리기는 들렸나 봐. 나와서 날 부른 거 보면."

"그래, 이제 제법 장사꾼 같구나. 어여 가자. 배고프겠다."

다시 수레를 끌고 골목길을 돌기 시작했어. 누가 내 목소리를 듣고 물건을 살까 싶었는데 그 높은 담 너머에서까지 사러 나온 걸 본 뒤로 자신감이 붙어 그런지 내 목소리는 더 커지기 시작했어.

"열무! 얼갈이배추! 고추! 부추!"

동네 아이들이랑 학교 다닐 때는 골목이 몇 개 안 되는 것 같더니 수레를 끌고 돌다 보니 참 길더라. 부잣집에서 물건을 판 뒤로 아무도 내다보지 않네. 목도 아프고 힘이 들어 집으로 방향을 틀었지. 집에서 점심을 먹고 잠깐 잠을 잔 뒤 다시 골목 시장으로 갔어.

이번에는 골목 시장 가는 길에 자리를 튼 게 아니라 아예 처음부터 시장 한가운데에 있는 일본식으로 지은 허름한 2층 건물 앞에다 자리를 잡았지. 누가 뭐라고 하지는 않을까 걱정하면서. 맞은편에 있는 생선 가게 주인이나 오른쪽에 있는 그릇 가게 주인도 나를 보기만 할 뿐 별 반응이 없더라고. 어제는 지레 겁먹고 시장 멀리에다 자리 잡았던 게 떠올라. 아직 손님들이 내려오는 때가 아니라 서 있으려니 심심하고 졸리고 힘드네. 두어 시간은 있어야 장이 제대로 설 테지만 그렇다고 어디 갈 데도 없어. 2층 건물 옆 골목에 자리를 펴고 앉아 꾸벅꾸벅 졸면서 그릇 가게에서 들려 오는 라디오 소리를 들었지.

"열무 어떻게 해요?"

하는 소리에 일어나 값을 부르니

"아니, 열무가 올랐나? 왜 이렇게 비싸요?"

"이거 일산 열무예요. 비싸기는 해도 진짜 맛있어요."

"열무 살 때마다 다들 일산 열무라고 하더니만 먹어 보면 맛이 별로던데. 무조건 일산이래."

"아줌마, 여기 뿌리를 봐요. 손으로 문질러도 불그레하잖아요. 황토 흙에서 큰 거 맞아요."

"다른 열무도 다 그렇드만. 총각, 싸게 줘요. 다섯 단 살 테니까."

"아이고 아줌마, 안 돼요. 여기 있는 열무 다 사 가도 돈은 못 깎아요. 다른 데보다 비싼 거 알아요. 대신 맛은 확실하다니까요."

무슨 배짱인지, 뭘 믿고 큰소리치는지 모르지만 속에서 나오는 대로 말을 했어. 한편으로는 좀 깎아서 팔까 하는 생각도 들었지만 아저씨가 열무 맛은 좋다고 확신한 말을 떠올리며 계속 돈을 못 깎아 준다고 고집을 피웠지. 그런데 금방 살 것처럼 하면서 값을 깎아 달라고 몇 번 하다가 안 깎아 줘서 그런지 그냥 돌아서서 다른 데로 가더라고.

"둘러보고 오세요. 맛은 보장하니까요."

하고 뒤에다 대고 말은 하면서도 속으로는 후회를 했어. 그냥 좀 싸게 팔걸 하고. 다른 손님들도 와서 값을 물어보고

"총각네 열무는 금칠했어?"

"열무가 좋으면 얼마나 좋다고, 너무 비싸네."

하면서 몇 마디 하고 다른 데로 가 버리네. 이제 제법 장이 서서 사람들이 바글바글한데 값만 물어보지 통 사 가지를 않아.

"엄마, 너무 비싼가 봐. 값을 내릴까?"

"아니다. 아직 장이 제대로 선 것도 아니고 시간 넉넉하니까 기다려 보자."

"그러다 안 팔리면 어째. 김칫거리를 안 사가니까 다른 것도 통 안 팔리네. 사람이 모여들어야 기웃거리기라도 할 텐데."

값을 내릴까 말까 고민하면서 지나가는 사람들 눈치만 보고 있는데 처음에 왔던 아주머니가 다시 내 쪽으로 오고 있는 거야.

"총각! 열무 말이야, 값 좀 잘 해서 줘요."

"저도 그러고 싶지만 대신 붉은 고추를 김치 담글 만큼 드릴게요. 열무 사다가 한번 담가 보세요. 진짜 맛있을 거예요."

"다른 데 둘러보니 값은 싼데 여기만 못해 보이더라고. 다섯 단하고 얼갈이 겉절이 하게 한 단, 그리고 양념 뭐가 있나 보여 줘요. 열무도 좋은 걸로 골라 주시고. 믿고 사는 거니까 좋은 걸로 골라 줘요."

"네, 걱정 마세요. 가장 좋은 걸로 골라 드릴게요. 자, 열무가 왔어요, 열무. 황토밭에서 자란 일산 열무. 열무라고 다 열무냐. 열무 중엔 일산 열무가 최고지. 열무요, 열무."

아주머니랑 흥정이 끝나자 나도 모르게 흥이 나서 다른 사람들처럼 떠들어 대기 시작했어. 아주머니가 가져온 보자기를 바닥에 펼치고 엄마가 골라 놓은 열무를 옮기면서

"자, 일산 열무가 나간다. 열무가 한 단 가고 여기에 한 단 더 가니 두 단이요, 또 한 단 가니 세 단인데, 엄마 이거 열무가 꺾였어요. 이건 빼고 다른 거, 그래 이거로 하자. 세 단에 한 단 더해 네 단이요, 마지막으로 한 단 더해 다섯이라. 아줌마, 열무 다섯 단 맞지요?"

"아까 빼 놓은 거 좀 덜 해서 그냥 나한테 팔지, 총각."

"그래요, 까짓것."

내가 중얼거리며 떠들어 그런지 지나가던 사람들이 기웃거리며 자꾸 몰려들기 시작했어. 돈을 받아 전대에 챙겨 넣고

"아줌마, 이거 들고 갈 수 있어요? 이따가 좀 한가해지면 제가 댁까지 가져다 드릴까요? 지금은 어렵고."

"그래요, 그러면 내가 주소 써다가 줄게. 그렇지 않아도 다른 걸 더 사면 못 들고 갈 것 같아 걱정하고 있던 참인데."

아주머니가 써 준 주소를 전대에 받아 넣는데

"총각! 배달도 해 줘요?"

"배달해 드리지요. 몇 단이나 사실 건데요?"

길거리 장사도 배달을 해 주냐, 무슨 열무가 이렇게 비싸냐 하면서도 사람들은 우리 열무를 사 가기 시작했어. 값만 물어보고 열무를 들었다 놨다 하다가 다른 데로 갔던 아주머니들 대부분이 우리 집으로 돌아와서 열무를 사 가는 거야.

"일산 열무 이제 몇 단 안 남았다. 열무라고 다 같나, 열무 중에는 일산 열무가 최고여, 자, 열무 떨이!"

누구 눈치도 보지 않고 이제는 목소리도 커. 손뼉도 치고 공연히 수레 둘레를 이리저리 왔다 갔다 하면서 물건도 다시 정리했어. 그러다 보니 시장이 좀 한가해지고 물건도 얼마 남지 않았네.

배달해 주기로 한 짐을 챙겨 들고 복덕방에 가 물어보니 숭실대학교 뒤쪽 산동네로 올라가는 어귀에 있는 집이야. 문을 두드리니 아주머니가 나왔고 물건만 전해 주고 그냥 가겠다고 하는데도 굳이 안으로 들어오라 하네. 시원한 물을 한 잔 주면서 나이가 몇 살이냐, 학교는 어떻게 했느냐, 누구랑 사느냐 하고 물어보더라. 나야 그냥 아무 생각 없이 있는 그대로 다 이야기를 했지. 이야기가 끝나고 배고프겠다면서 찬밥이라도 먹고 가라는 걸 그냥 돌아서 나왔지. 아주머니는 대문까지 따라 나오면서 좋은 물건을 가져오거든 이제 집을 아니까 와서 이야기해 달라는 거야. 마음 써 주시는 게 고마워 인사를 드린 다음 부지런히 시장으로 되돌아갔어. 가면서도 아주머니네 집 위치를 몇 번이고 다시 확인했지.

그날은 전날보다 더 일찍 다 팔았어. 전날은 첫날이라 겁먹고 싸게 팔았지만 오늘은 정반대로 다른 사람보다 비싸게 팔면서도 더 일찍 다 판 거야. 남은 몇 가지는 엄마가 맞은편에 있는 생선 가게 아저씨한테 싸게 주고 이면수 몇 마리 사 들고 집으로 향했지. 다른 사람들이 날 쳐다보면서 '뭐 저런 놈이 다 있나. 어디서 굴러먹던 놈인데 장사를 잘하지?' 하고 쳐다보는 것 같더라. 늦게 장 보러 나온 손님들이 띄엄띄엄 다니며 물건을 둘러보는 시장 골목길을 빠져나와 집으로 갔지.

집에 다다르자마자 서둘러 수레를 정리하고 계산해 보니 어제보다 이익이 배는 더 남았어. 밤에 아버지가 들어오셨기에 돈 번 이야기를 신 나서 했지. 좋아하실 줄 알았던 아버지는 아무 말씀도 없었어. 엄마도 얼굴이 굳어서 말이 없고. 싸늘한 집안 분위기가 느껴지면서 잘못하면 또 집안에 싸움이 벌어지겠구나 싶더라. 식구들이 서울에 올라온 뒤로 가끔 엄마랑 아버지는 말다툼을 벌이고는 했는데 나는 그 까닭을 잘 모르겠더라고. 그날도 그래. 내가 새벽에 나가 물건을 해다 팔아 돈을 벌었다는데 얼마나 좋은 일이야. 아버지가 당연히 대견해하면서 칭찬해 주리라 믿었는데 칭찬은 그만두고 어두운 얼굴로 밥만 먹고 밖으로 나가시네.

"엄마, 아버지 왜 그래요? 왜 화를 내? 내가 뭐 잘못했어?"

"아니다. 너한테 그러는 것 아니야. 걱정 마라. 네가 뭘 잘못했다고 그러시겠냐. 다른 일이 있다."

다음 날 아침 일찍 또 용산시장으로 갔지. 아저씨를 찾아가 어제 물건 판 이야기를 하니 아저씨 말씀이 장사하다 보면 물건의 종류와 때에 따라 다른 사람보다 값을 더 받아야 할 때가 있고 본전을까먹으면서 팔아야 할 때도 있다는 거야. 사람들이 싸게 팔면 우르르 몰려들어 사 갈 것 같지만 때를 잘못 고르면 쳐다보지도 않는다네. 그런데 어제 다른 사람보다 더 받은 건 바가지 씌운 게 아니라는 거야. 정당한 값이고 어제 그 열무를 먹어 본 사람은 다시 찾을 거래. 그 사람들 믿음을 잃으면 안 된다면서 그 믿음을 꼭 지켜야 한다고 몇 번이나 말씀하더라.

"오늘은 뭐 해 가요?"

"나한테는 별 게 없네. 그냥 어제랑 비슷하게 해 가면 될 거야. 욕심내지 말고 적게 해 가. 그리고 안 팔아 본 것 가운데 마음 가는 거 한두 가지 해 봐."

수레를 끌고 여기저기 돌아다니며 느긋한 마음으로 물건을 골라 담았어. 어제 장사가 잘돼 그런지 욕심이 나. 하지만 어렸을 때 구슬치기 하면서 겪은 일이 생각나 욕심부리지 않기로 마음먹었지. 구슬치기 놀이에서 '홀짝'이라는 게 있잖아. 처음에는 조금씩 걸고 하다가 점점 구슬이 많아지면 상대편 구슬을 한 번에 다 따먹으려고 많이 걸었다가 몽땅 잃어버리는 그런 경험.

어제보다 적게 사서 막 돌아 나오려는데 과일만 파는 데를 가 보고 싶더라. 그냥 구경이나 하자는 마음으로 용산시장 위쪽에 있는 과일 전에 들어서는데 다른 데랑 달리 장이 크게 서지 않았어. 사람도 그다지 많지 않고 문 닫은 가게도 여기저기 있네. 온갖 과일이 많지만 유독 참외가 눈에 띄어. 벌써 참외가 나오는구나 하면서 둘러보는데 노란 게 당장 먹고 싶은 생각이 드네.

"몇 상자 가져다 팔아 볼래? 오늘 참외가 많이 들어와서 싸다. 올 들어 처음 먹어 보는 사람들이 많아 잘 팔릴 거야."

"뭐가 좋은 건지 알아야지요."

"장사 시작한 지 얼마 안 됐지? 나한테 물건 해다 팔아서 밑진 사람 없다. 한 상자만 해 가. 싸게 줄게."

"……."

"이거 먹어 봐라. 아주머니 이거 드세요."

하면서 먹음직스럽게 생긴 참외 하나를 상자에서 꺼내 주는 거야. 괜히 먹고 안 사면 뭐라고 할까 봐 안 받으려 하니 강제로 사라고 하지는 않는다면서 먹어 보라는 거야. 껍질도 안 까고 먹는데 진짜 맛있네. 엄마랑 나는 서로 마주 보면서 살까 말까 망설이는데

"이거 한 상자 가져가요. 여기 있는 거 한 무더기 얹어 줄게."

아저씨는 지푸라기 위에다 펼쳐 둔 참외를 열 개 정도 더 상자에 얹어 주면서 거저 주는 거니까 가져다 팔아 보라네. 내가 참외를 가져다 팔아 보고 싶어 하는 눈치니까 엄마는 나보고 알아서 해 보래. 다른 사람보다 많이 싸게 주는 거니까 너무 싸게 부르지 말라는 말까지 해 주고. 할까 말까 망설이다가 한번 해 보자 마음먹고 아저씨한테 값을 치르고 용산시장을 나섰지.

다시 오던 길을 되짚어 한강대교를 건너고 본동 고개를 넘어 늘 다니던 길로 다시 들어서는데 이번에는 별로 망설이지도 않고 물건을 사라고 외치기 시작했어. 그것도 큰 목소리로.

"얼갈이배추가 왔어요. 오이지 오이요! 오이지 오이! 노랑 참외

가 왔어요. 달콤한 참외! 참외!"

그냥 소리만 지르는 게 아니라 이제는 제법 높낮이가 오르락내리락하는 게 내가 들어도 자연스럽더라. 목소리가 커서 그런지 골목길에서 좀 팔았지. 집에 들러 점심을 먹은 다음 과일칼을 챙겨 수레 양옆에 보기 좋게 꽂고 껍질 담을 그릇까지 얹어서 다시 골목시장으로 갔지. 어제 자리 잡았던 그 자리에 손수레를 세우고 참외를 펼쳤어. 바닥에다 가져온 지푸라기를 펼치고 그 위에 참외를 조심스럽게 하나씩 꺼내는데 이게 웬일이니. 나는 참외 크기가 다 같으리라 믿고 속을 안 봤는데 꺼내 놓고 보니 겉은 크고 싱싱한데 밑으로 갈수록 조막만 해지고 시들해. 시들하기만 한 게 아니라 모양도 비틀어지고 상처도 많네.

"아들, 칼 어디 있냐? 이리 다오."

엄마는 아래쪽에 있는 참외를 하나 꺼내 반을 쪼개 보더니 얼굴색이 바뀌어. 쪼갠 걸 옆에 놓은 뒤 얼른 다른 걸 들어 쪼갰어.

"세상에! 참외가 곯았다. 이걸 어떻게 팔아. 작으면 작은 대로 싸게 팔면 되지만 이렇게 곯은 걸 어떻게 파냐고. 나쁜 놈이지, 이런 걸 팔라고 주다니!"

그렇지 않아도 겉과 속이 달라 물건을 펼치다 말고 허리춤에 두 손을 대고 심각하게 서 있었는데 엄마가 쪼개 놓은 참외 속을 보니 아닌 게 아니라 정말 흐물흐물하네.

"어떻게 해요? 이걸 다시 가져가서 물어 달라고 해야 하나."

"지금 거길 다녀오면 장사는 어떻게 하고. 하는 걸 봐선 내일 가

져가서 바꿔 달래도 바꿔 줄 사람 같지 않다. 그냥 손님들 맛이

나 보게 하자. 위에 있던 좋은 거만 골라 팔고."

화나고 속상하지만 어째. 하는 수 없이 좋은 놈만 골라 깔아 놓

은 지푸라기 위에 크기에 따라 무더기 지어 놓고, 시들해 보이는

건 한쪽에 잘 안 보이게 놔두었어. 시든 놈 몇 개를 챙겨다가 그릇

가게랑 생선 가게 주인한테 사정을 말하고 드렸지. 주인들은 '그런

물건을 해 와서 어쩌니?' 하고 위로해 주면서 팔아먹은 사람 욕을

하더라. 이왕에 그런 거 어떻게 해. 속만 긁어내면 먹어도 뒤탈은

없을 정도니까 둘레 장사하는 분들에게 몇 개씩 가져다 드렸지.

장 보는 사람들이 늘어나기 시작하면서 나한테도 손님들이 와

서 채소 값을 물어보고 흥정을 하는 거야. 그러면 그냥 사든 안 사

든 한쪽에 보이지 않게 둔 참외를 하나 건넸어. 물건을 잘못 해 와

서 속이 좀 곯은 거라 그러니 긁어내고 드시라며. 올 들어 처음 먹

어 보는 참외라 그런지 많은 사람들이 모여들어서 드시더라. 쪼그

리고 앉아 참외를 까 먹는 아주머니들로 붐비니까 왜 그러나 하고

기웃하다가 물건을 사 가네. 또 비록 싱싱하지는 않지만 참외를 드

시고 나서 그냥 가기가 뭐한지 하다못해 고추라도 사 가지고 가니

장사가 잘돼.

"총각, 먹을 만한데 돈 받고 팔지 왜 그냥 줘? 그래 가지고 장사

제대로 하겠어?"

"속이야 상하지만 안 좋은 물건인지 뻔히 알면서 어떻게 팔아

요? 그냥 드세요. 물건을 잘 보고 해 와야 하는데……."

그날은 시장이 한창 복잡할 때 다 팔아 버렸어. 그래도 이익은 남았고. 밑지지 않은 것만으로도 다행이지. 다음 날은 엄마가 몸이 안 좋아 나 혼자 시장에 나갔는데 채소 가게 아저씨한테 어제 참외 이야기를 하니

"과일 장사는 아무나 하는 거 아니다. 그 사람이 속이려고 했는 지는 모르지만 일부러 그러지는 않았을 거다. 전문가 아니면 과일 속을 잘 몰라. 겉이야 보기 좋고 맛있어 보여도 맛이 엉망인 게 과일이다. 상자에 담긴 물건 살 때는 상자를 뒤집어서 속을 다 봐야 해. 더구나 수박 같은 건 아예 손댈 생각도 마라."

"그래도 밑지지는 않았어요."

"그래, 그걸 팔지 않고 공짜로 준 건 잘한 일이다. 참외 드신 분들 은 또 올 거다. 오늘은 내 심부름 좀 하다가 늦게 가자."

"뭔데요?"

"여기 있는 이 감자 자루 말이다, 저기 저 차에다 옮겨 싣자. 일하 는 사람이 오늘 아프다고 안 나왔네."

총각무 한 트럭

"허리 안 다치게 조심해라."

"시골서 맨날 하는 게 지게질인데요?"

"지게하고 달라. 자루를 몸에 딱 붙이고 다녀. 허리로 들지 말고 무릎으로 들어."

감자 자루는 쌀이나 곡식이랑 다르네. 무겁기도 하지만 울퉁불퉁해서 어깨가 여간 배기고 아픈 게 아니야. 큰 트럭에 있는 걸 작은 트럭이나 가게 안으로 옮기는 일인데 남들 하는 걸 볼 땐 '저 까짓것!' 하고 쉬워 보이더니 막상 해 보니 그게 아니야. 겨우 몇 자루 옮겼을 뿐인데도 다리가 후들거리고 어깨가 빠개지듯 아파. 하지만 시작한 일을 멈출 수가 있어야지. 아저씨 눈치도 보이고.

내가 하는 일이 불안해 보이는지 아저씨는 일하는 요령을 몇 번이나 몸으로 보여 주면서 알려 주는데 나는 잘 안 되더라. 그러는 동안에도 손님들이 감자를 사 가는데 손수레에 몇 자루씩 사는 게 아니라 1톤 트럭, 2.5톤 트럭에 싣고 가는 거야. 가게 앞에 있는 큰 트럭 한 대에 실려 있는 감자가 다 없어져 가기에 '이제 끝났구나' 하고 있는데 그 차를 빼고 나니 또 한 대가 들어와. 서울 잠실 쪽에서 감자를 캐서 가져오는 거래. 지금이야 잠실이 아파트랑 빌딩으로 가득 찼지만 그때만 해도 감자랑 채소 키우는 밭이었거든. 모래가 많은 땅이라 감자가 맛있다는 거야.

큰 트럭 몇 대를 비우고 나니까 이제는 눈앞이 핑핑 돌고 다리가 풀려서 자꾸 넘어지네. 아저씨는 내 모습이 불안한지 사무실에 들어가 쉬라고 하더라. 너무 힘들어 못 이기는 척 사무실에 들어가 쉬었지. 미안하기는 하지만 도저히 더 이상은 일을 못 하겠기에 창피를 무릅쓰고 앉아 쉬고 있는데 얼마쯤 지났을까 아저씨가 어깨를 털며 안으로 들어서더라.

"점심 먹으러 가자. 너 없었으면 큰 고생할 뻔했다. 나와라."

아저씨가 날 데리고 시장 안쪽에 있는 식당으로 가는데 다리가 후들후들한 게 걷기도 힘드네. 점심을 먹으며

"힘들지?"

"네, 수저를 못 들겠어요. 팔이 안 올라가요."

"오늘은 여기다 손수레 놔두고 집에 가서 쉬거라. 오늘 품값은 쳐줄 테니."

"괜찮아요. 그동안 아저씨가 도와준 게 얼만데요."

"이 힘든 일 시키고 품값도 안 주면 내가 욕먹는다. 여러 말 말고 받어."

하면서 봉투를 내미네. 난 쭈뼛거리며 망설이다 그냥 받았어.

"내일도 늦게 오너라. 내일 들어오는 물건을 봐야 하겠지만 감자가 좋은 게 들어오면 그걸 가져다 팔어. 돈이 될 거야. 내일 보자. 들어가거라."

손수레를 가게 안에 들여다 놓고 후들거리는 다리를 끌고 집으로 발걸음을 옮겼어. 용산 시외버스 터미널 맞은편에서 집에 가는 버스를 탔지. 오랜만에 버스를 타고 한강대교를 건너는데 기분이 이상해. 걸어서, 그것도 짐 실은 손수레를 끌고 건너다 버스를 타고 건너서 그런가 봐. 다리 위에서 손수레를 끌고 가는 사람이 자꾸 내 눈에 들어와. 집에 가니 낮이라 그런지 아무도 없더라. 대충 닦고 낮부터 세상모르고 잠에 빠져들었어.

다음 날 늦게 용산시장으로 갔지. 이날부터 엄마 없이 혼자 다니기 시작했어.

"몸은 어떠냐? 많이 아프지?"

"견딜 만해요. 오늘은 뭘 가져다 팔까요?"

"오늘 감자는 별로네. 저기 차에 실려 있는 총각무 가져다 팔아 볼래?"

"몇 단이나 가져갈까요?"

"저기 있는 거 모두 가져가라."

"네?"

나는 놀래서 눈이 휘둥그레졌어. 1톤 트럭 그러니까 흔히들 용달이라고 하는 작은 트럭으로 한 차가 되고도 남을 양인데 그걸 나더러 가져다 팔라는 거야. 내 손수레로는 도저히 가져갈 수도 없고 설령 가져간다 한들 그걸 내가 어떻게 팔어.

"저 많은 걸 팔라고요? 남으면 어쩌요? 하룻밤만 자고 나면 시들어 버릴걸."

"팔다 남은 건데 아침보다 좀 시들긴 했어도 좋은 거다. 가져가서 수단껏 팔아 봐. 돈은 되는 대로 가져오고."

"오늘 다 못 팔고 남으면요? 그리고 저 많은 걸 어떻게 수레에 싣고 가요?"

"차로 실어다 주마. 어차피 여기 더 있어 봐야 팔리지도 않고 아저씨는 이제 집에 들어가 쉬려고."

"못 해요. 자신 없어요. 제가 저 많은 걸 어떻게⋯⋯. 겁나서 못해요. 그리고 시장 어디다 펼쳐요?"

다 팔든 못 팔든 들어온 돈의 반만 받겠다고 하면서 겁내지 말고 해 보라는 거야. 대신 조심할 게 시장 한복판에는 가지 말래. 복판에서 싸게 팔면 다른 장사꾼들한테 미움 산다고 시장에서 멀찍이 떨어져 판을 벌이라네. 물건은 정말 믿을 만한 거니까 다른 사람 받는 값의 3분의 2정도는 받으래. 그러기만 해도 손님이 몰려들 거라나. 아저씨 말을 듣다 보니 욕심도 나고 겁도 나고. '못 팔면 까짓 것 그냥 똥값에 줘 버리지. 그러면 팔릴 거 아냐? 남아도 상관없다는데 무서울 게 뭐 있어?' 하는 생각이 들어.

"겁나긴 하지만 해 볼게요. 근데 진짜 그렇게 주셔도 되는 거예요? 저한테 넘겨주는 값도 안 정하고 그냥 주는 그런 장사가 어디 있어요?"

"난 이미 총각무 받아서 본전만 챙긴 게 아니라 꽤 벌었어. 오후까지 있으면 팔리기야 하겠지만 일찍 자야 내일 또 새벽에 나올 거 아니냐. 난 오히려 손해라니까. 어이! 김 기사! 총각무 위에 저기 저 손수레 얹어요. 운임은 내가 계산하는 거요. 상도동까지 실어다 줘요. 수레 가져가라. 배달 갈 때 필요할 거야."

용달차 가득 총각무를 싣고 상도동 골목 시장으로 가면서도 머리가 복잡해. 무엇보다도 자리를 어디다 펴야 할지가 걱정이네. 다른 장사꾼들이 없으면서도 사람이 많이 드나드는 곳을 찾아야 하는데 총각무가 너무 많아 땅 주인 허락도 받아야겠고……. 배달이라도 가려면 누가 있어야 하니까 혼자는 도저히 못 하겠더라. 운전수 아저씨보고 우선 우리 집으로 가자고 했어. 집 가까이 차를 세우고 집 안으로 뛰어가는데 가슴이 뛰고 흥분돼.

"엄마! 나랑 시장 가요! 총각무를 한 트럭 싣고 왔어요. 겁은 나지만 한번 팔아 보려고."

엄마는 서둘러 나오다 말고 용달차 가득 실려 있는 총각무를 보고 입이 벌어져 다물지를 못하네.

"너무 많지요?"

"그래, 이걸 오늘 어떻게 다 팔지? 얼마씩 받아 왔냐?"

그동안 일을 이야기하니 엄마는 고개를 끄덕이고 한번 해 보자면서 차를 타고 시장 쪽으로 가기 시작했어. 가면서도 엄마랑 어디에 자리 잡을지 궁리를 하는데 이걸 결정하는 게 쉽지 않더라. 시장으로 가는 길을 여기저기 돌아다니다 보니 마음에 드는 데가 눈에 떠네. 사거리인데 약국과 가게가 서로 마주 보고 있고 다른 두 모퉁이는 가정집이야. 사람들이 많이 오가고 다른 장사도 없어 괜찮다 싶어. 하지만 자기 집 담벼락에다 총각무를 잔뜩 쌓아 놓으면 누가 좋아하겠어.

"아저씨, 여기 어때요? 잘 팔리지 않겠어요?"

"그러게 말이다. 저녁 장이 제대로 서면 사람들이 꽤 많이 지나다니겠어. 저기 약국 옆 빈자리에다가 펼치면 좋겠다만 약국 주인이 봐줄라나."

"아들, 내려가 살펴보자. 얼른 물건 내리고 아저씨도 가서 돈 벌어야지."

용달차 문을 열고 약국 옆 빈자리에 서서 보니 딱 마음에 들어. 엄마는 먼저 약국에 들어가 사정을 이야기해 보자고 하네. 나도 엄마를 따라 약국 안으로 들어갔지.

"어서 오세요."

"저기 그게 아니고요, 약을 사러 온 게 아니고 죄송한 부탁을 좀 드리려고요."

"무슨 일이지요?"

"사실은 채소 장사를 하는데 오늘은 물건을 많이 해 왔네요. 시장에 자리를 펴기도 뭐하고, 약국 담 밑에 자리를 펼까 하는데 괜찮을런지……. 깨끗하게 치우고 갈게요. 어떻게 안 될까요?"

뭘 파는지 물어보고 생선은 안 된다고 하면서 그렇게 하라는 거야. 시장에 장사가 많을 때는 거기까지도 장이 선다네. 꼭 깨끗이 치우고 가고, 약국 손님들 드나드는 데 지장만 주지 말아 달라고 몇 번을 당부하더라. 엄마랑 나는 고맙다고 여러 차례 머리를 조아려 인사하고 밖으로 나왔어. 운전수 아저씨한테 차 짐칸을 뒤로 해서 대 달라고 했지. 아저씨는 차 위에서 총각무를 내게 주고 나는 그걸 받아 부지런히 담에 붙여 쌓았어.

운전수 아저씨가 떠난 뒤 짐을 부리며 흘린 검불이나 이파리를 정리하는데 담에 쌓여 있는 총각무를 보니 덜컥 겁이 나네. 엄청나게 많은 걸 오늘 안에 다 팔 수 있을지, 값은 얼마를 받아야 팔릴지, 알 수가 있나. 아무리 내가 받고 싶은 대로 값을 받으면 된다고 하지만 터무니없이 싸게 부를 수도 없고. 값이라도 알아봐야지 그냥 있으면 안 되겠더라. 김칫거리가 얼마나 들어왔는지, 값은 어떤지 알아보러 골목 시장으로 갔어.

이제 사람들이 장 보러 올 시간이 다가와 그런지 물건들이 깔끔하게 정리되어 있더라. 김칫거리가 얼마나 들어왔나 보니 나처럼 무지막지하게 쌓아 놓고 파는 집은 없고 그저 열무나 얼갈이배추를 몇 단씩 놓고 파네. 총각무도 마찬가지야. 몇 군데에서 값을 알아보고 엄마한테 돌아왔지. 아저씨가 일러 준 대로 다른 사람보다 3분의 1은 싸게 불렀어. 아직 개시도 못 하고 지나가는 사람들을 쳐다보고 있는데

"아들, 총각무 좋은 걸로 세 단 골라 약국에 가져다 드려라. 고맙다고 말씀드리고 깨끗이 치우고 가겠다는 말도 하고."

"엄마가 가요. 쑥스럽게……."

"니가 가 봐. 그런 것도 해 봐야 한다. 가서 말씀드리고 와."

좋은 놈으로 세 단을 골라 약국 안에 갔더니 약사 아주머니는 장사를 누가 하는 건지, 학교는 다니는지 물어보네. 물건 사 가는 아주머니들이 가끔 내게 물어보듯이. 나는 또 거기에 늘 하듯 대답했지. 아주머니는 고맙다면서 걱정 말고 장사를 잘하라네.

밖으로 나와 지나가는 사람들한테 값을 부르고 사 가라고 해 보지만 한동안 개시도 못 하니 걱정이네. 손님이 바글바글해도 다 팔 수 있을까 걱정인데 아직 개시도 못 했으니 말이야. 시무룩해 있는데 엄마 말씀이 총각무 값을 써서 붙여 놓으면 좋겠다는 거야. 목 아프게 말하느니 눈에 띄게 값을 써 놔야 사람들이 다른 가게랑 견주어 보고 사 가겠다 싶어. 그런데 쓸 거리가 있어야지. 종이도 없고 매직이나 색연필도 없고. 이리저리 궁리하다 약국 유리문에 있는 글이 보여. 나는 급한 마음에 앞뒤 생각도 하지 않고 약국으로 들어갔지.

"저기, 혹시 글 좀 써 주실 수 있어요?"

"뭘 써 달라고?"

"총각무 값을 써 놓고 싶은데 잘 쓸 줄도 모르고 해서……."

"그래, 어디다 써 줄까? 종이 상자 펴서 거기에 쓸까? 뭘 써야 할지 여기 종이 위에 써 줘 봐라. 손님도 없고 하니 내가 써 줄게."

약사 아주머니가 준 종이와 볼펜을 앞에 놓고 있는데 순간 눈앞이 아득해지네. 연필이나 볼펜을 잡아 본 지 얼마나 되었는지 까마득해. 초등학교 졸업하고 난 뒤 낯선 사람 앞에서 글씨를 써 본 적이 없거든. 그래서 그런지 내 앞에 있는 볼펜을 잡는 게 무섭고 겁나. 학교 안 다니고 장사하는 건 창피한 걸 모르겠는데 누가 보는 앞에서 글씨를 쓰려니까 선뜻 쓰지를 못 하겠더라. 나는 그냥 고개만 숙이고 서 있었어.

"불러 주거라. 내가 써 볼게. 뭐라고 써야 잘 팔릴까?"

다행히 아주머니는 내게 내밀었던 종이를 도로 가져가 상자를 펼쳐 쓸 준비를 하고 날 쳐다봤어. 값을 불러 주니 종이 여러 장에다 아주 큼직하게 굵은 매직으로 예쁘게 써 주는데 마치 광고에서 나 본 듯한 예쁜 글씨로 써 주는 거야. 모양도 내 주고.

고맙다고 인사를 하고 나와 값이 적힌 종이 팻말은 총각무를 쌓아 둔 앞에다 세웠어. 간간이 손님을 부르며 사 가라고 소리도 지르지만 아직 개시를 못 해 기가 죽어 힘도 없고 흥도 없어. 시간은 흘러 저 위쪽 시장은 사람으로 복잡한데 어떻게 된 게 나는 개시도 못 하고 있으니 한숨이 나오고 입술이 타들어 가. 다른 날 같으면 물건을 적게 해 와 어떻게 해서든 다 팔 거라는 막연한 자신감이라도 있었지만 오늘은 그게 아니야. 어깨는 축 처지고 얼굴은 시무룩한 게 온몸에 힘이 빠져 더 이상 앉아 있을 기분이 아니더라. 내가 걱정되는지 약국 아주머니도 나와서 보고

"총각무를 다듬다가 잘라 먹어 보니까 아삭아삭하니 맛있어. 김치 담그면 맛있겠더라."

"비싸게 받는 것도 아닌데 왜 아무도 안 올까요?"

"그러게 말이다. 너 가만히 있지 말고 저기 저 아래에 있는 식당

에 가서 사라고 해 봐. 다른 데보다 싸니까 살 거야."

총각무 몇 단을 수레에 싣고 식당으로 갔어. 식당 앞에까지는 갔는데 문을 열고 들어가 사라고 하기가 영 거북하네. '김칫거리를 대 주는 단골 가게가 있는 거 아닌가?' 하는 생각도 들고, 아니면 장사하는 데 방해된다고 내쫓지나 않을까 두렵기도 하고. 식당 앞에서 들어갈까 말까 몇 번을 망설이다가 산더미같이 쌓여 있는 총각무를 생각하니 망설이고 있을 때가 아니다 싶어. 손에 총각무 몇 단을 들고 그냥 문을 열고 들어섰지.

"아줌마 김칫거리 사세요."

느닷없이 들어서서 내지른 내 말소리가 너무 큰지 식당 안에 있던 사람들 모두가 나를 쳐다보네. 그 순간이 너무 어색해서 총각무를 손에 든 채 잠시 서 있다가 다시

"싸게 드릴게요. 오늘은 총각무만 한 트럭 가져와서 싸게 드릴 수 있어요. 무가 연하고 맛있어요."

"처음 보는데? 장사한 지 오래 됐냐?"

"아뇨, 얼마 안 됐어요. 믿고 사 보세요. 무에 심이 박혀 있으면 제가 책임질게요. 물건은 틀림없어요."

"그래? 마침 사기는 사야 한다만. 그래, 어디 보자."

식당 아주머니를 모시고 밖으로 나와 수레에 있는 알타리무를 보여 드렸더니 조금 있다가 약국 앞으로 오시겠대. 가서 보고 고르겠다고 우선 한 단만 놔두고 가라는 거야. 사실 식당에 들어서면서 쫓겨날 걸 각오하고 들어섰는데 첫 집에서 이렇게 문제가 풀리니

몸에 힘이 좀 솟더라. 다시 수레를 끌고 식당 몇 군데를 들렸어. 이 번에는 아예 총각무 한 단을 풀어서 식당 주인들한테 두세 뿌리를 건네주면서 맛을 보여 줬어. 값도 싸니까 약국 앞으로 오시라고 했 어. 그러면 배달도 해 주겠다고 하고 다시 엄마한테 돌아왔지.

그때까지도 엄마는 개시를 못 했어. 산더미같이 쌓여 있는 총각 무 무더기를 보고, 약국 안 벽시계를 보니 이대로 있으면 도저히 안 되겠더라. 이제는 막다른 골목이야. 아무리 아저씨가 팔 수 있 는 만큼만 팔고 오라 했지만 이 많은 걸 이대로 하룻밤 재울 수는 없잖아. 하룻밤을 재운다는 건 대부분이 못 쓰게 된다는 건데 말이 안 되지.

"저 위 시장 좀 둘러보고 올게요."
하고 다시 시장 쪽으로 뛰어 올라갔어.

시장은 난리야. 사람들이 발 디딜 틈도 없이 바글바글해. 그때 어디선가 들어 본 목소리가 들리기에 보니 언젠가 아버지랑 일하 다 본 부부 생선 장수가 있어. 시장 우물가 옆에 손수레를 세워 놓 고 생선을 파는데 아저씨 손수레 둘레에 손님이 몰려 있네. 아주머 니는 오늘도 입을 꾹 다물고 다듬기만 하고, 아저씨는 '생선 팝니 다' 하고 종이에 쓴 걸 목걸이처럼 걸고 노래를 하는 건지 악을 쓰 는 건지 신 나게 떠들고……. 아저씨를 보고 나도 목에다 써 붙이 고 떠들기라도 해 보자는 생각이 들어 얼른 약국으로 되돌아왔지.

그런데 약국 앞에 사람이 몇 명 몰려 있는 게 보여. 손님이 왔구 나 싶어 뛰어서 가 보니 아까 처음 들렀던 식당 아주머니가 오신 거야.

"아줌마 오셨어요?"

"총각이 없어서 내가 잘못 왔나 했지. 이분이 어머니라며? 두고 간 총각무 한 단을 다듬어 보니 무가 연하고 맛있더라고. 좋은 걸로 열 단 배달해 줄 수 있지?"

아주머니 말씀은 캄캄한 어둠을 밝혀 주는 등불이요, 기쁨을 주는 소리요, 복음이야. 이 말을 듣자마자

"그럼요. 돈은 못 깎아 드리고 제가 섭섭하지 않게 덤을 얹어서 가져다 드릴게요. 믿고 내려가세요. 제가 지금 당장 좋은 놈으로 골라서 옆에 놔두었다가 손님 뜸할 때 갖고 내려갈게요. 고맙습니다. 정말 고맙습니다."

총각무 더미에 세워 둔 값을 쓴 종이 팻말에 구멍을 내 옆에 있던 노끈으로 목걸이를 두 개 만들어 가슴이랑 등에 묶었어. 엄마보고 앞치마 묶듯이 해 달라고 했지.

"뭐 할라고 그러냐?"

"저 위에서 생선 장수 아저씨를 봤는데 이렇게 하고 팔더라고요. 나도 해 보려고요."

엄마는 노끈으로 묶어 주면서 웃긴다는 거야. 웃기면 성공 아니겠어? 내가 바라는 건 사람들이 날 보는 거야. 급한데 어떻게 해. 이 많은 총각무를 썩게 놔둘 수는 없는 거 아냐. 어떻게든 팔아야지.

"자, 싸요! 싸! 총각무가 왔어요. 세 단 사면 한 단이 덤!"

"열 단 배달 갑니다. 보자기 벌리시고. 한 단 가고 거기에 또 한

단 가니 두 단이요 하나 더하니 석 단이고 넷에 다섯이고…….”

일부러 부산스럽게 떠들었어. 내 표정에서 좋은 기운이 돌았는지 손님이 모여들기 시작하네. 한 명, 두 명이 기웃거릴 때 그때를 놓치지 않고 더 떠들었어. 싸다는 느낌, 사람이 많이 모인다는 느낌을 주려고.

“아줌마! 몇 단? 세 단?”

“총각, 싸기는 싼 거야?”

“아이고, 아줌마는……. 저 위에 올라가서 보고 내려오세요. 아니면 사 가지고 가다가 여기보다 싼 데 있으면 제가 한 단 더 드릴게. 몇 단?”

“저기 저 뒤에 있는 아줌마는 몇 단? 이거 단이 실하고 좋네. 이거 어때요?”

“두 단만 줘요.”

“엄마, 두 단 좋은 걸로 골라 드리세요. 막 줘! 거저야, 거저. 살림에는 눈이 보배! 눈만 좋으면 뭐 해. 발이 빨라야지. 어서 오세요. 놓치면 후회합니다.”

“한 단만 줘요. 날이 더워서 더 담그면 시어서 못 먹겠더라고.”

“아줌마, 모르는 말씀! 총각무는 배추랑 달라요. 익어야 맛이 있지. 그리고 이거는 맵지 않다니까요. 여기 칼로 깎아서 드셔 보세요.”

“조금 있어 봐요. 늦장마 끝나면 김칫거리가 금값이야. 지금 쌀 때 사다가 쟁여 놔요.”

하면서 칼로 껍질을 벗겨 잘라서 주니 먹어 보고 다들 고개를 끄덕이는 거야. 누가 해 준 물건인데 틀림없지. 내가 좋아하는 아저씨가 확신하고 준 물건이 맛없을 리가 없잖아. 내가 먹어 봐도 마치 가을무처럼 쌉싸름하면서 맛있더라고. 나도 한 입 크게 물고 와그작와그작 씹으면서

"맛있다! 총각무가 아니라 가을무다, 가을무!"

겁 없이 차로 실어온 걸 모두 썩혀 버리는구나 하고 절망하고 있었는데 손님이 모여들자 그동안 여기저기서 주워들은 넋두리를 주워섬기면서 떠들어 대기 시작했어. 그러면 그럴수록 손님은 발 디딜 틈 없이 많아지네. 한참을 떠들고 골라 주고 묶어 주고 돈 받고 거슬러 주고 하다 보니 저녁이 되었어. 마치 한줄기 소나기가 지나간 것 같아. 어느 순간 손님이 뜸해서 한숨 돌리고 보니 이제 얼마 남지 않았어. 그 뒤로도 마치 밀물이 들어왔다 빠지듯 몇 번 하더니만 이제는 손수레로 실을 정도만 남았네. 산더미같이 쌓여 있던 것에 견주면 그야말로 다 판 거나 마찬가지야. 전대에는 돈이 두둑해.

"엄마, 저 아래 식당에 배달 다녀올게요."

전대를 엄마한테 건네고 골라 놓은 총각무를 싣고 갔어. 덤으로 세 단을 더 드렸더니 너무 많이 줬다고 고맙다면서 일주일에 한두 번씩 들리라네. 물 한 잔 얻어 마시고 다시 돌아와 보니 이제 남은 걸 어쩌나 걱정이야. 지금까지 엄청나게 많이 팔았지만 아직도 남은 게 많아. 다른 날하고 따지면 남은 것만으로도 하루 종일 팔아

야 할 양이야. 이미 장은 마무리 단계라 손님들도 드문드문 오갈 뿐이네. 장사하느라 배고픈지도 몰랐다가 어지간히 정리하고 나니 배가 쓰려 와. 밥 먹을 때가 지나도 한참 지났어. 지쳐서 앉아 쉬고 있는데 골목 시장에서 가끔 생선을 바꾸어 먹는 아주머니가 내려오셨어.

"총각, 그 많던 걸 다 팔았어? 세상에! 그렇지 않아도 엄마랑 장사하는 총각이 어째 안 보인다고 이야기들 했지. 누가 낮에 보니 총각무를 산더미같이 쌓아 놓고 시무룩해 있다고 이야기하더라고. 그래서 두어 번 내려와 멀리서 보고만 올라갔어. 물건이 줄지 않고 그대로 있어 다들 걱정했어. 많이 팔았구만. 다행이네."

"알고 계셨어요? 저 여기 있는 걸요?"

"시장이라고 해야 좁은 덴데 그걸 모를라고. 허, 대단하다. 그 많던 걸 다 팔고 남은 게 이 정도니, 그래 돈은 좀 남겼수?"

엄마는 걱정해 주는 아주머니가 고마워 얼른 약국에서 박카스를 사 와 마시라고 권해.

"어떻게 정신없이 팔기는 했는데 얼마나 남았을런지. 남기지 않고 팔기만 해도 좋을텐데……. 다들 이렇게 마음 써 주시니 고맙네요."

"뭔 소리요. 없는 사람은 하루 벌어 입에 풀칠하기도 힘든데 서로 마음이라도 보태야지. 우리 아들은 얼마 전에 군대 갔어요. 애비 없이 커서 어쩌나 늘 걱정했는데 그래도 군대 가더니 지 에미 걱정하는 편지를 보냈더라고요. 아드님은 몇 살이우?"

"지금 학교 다니면 중학교 3학년일 거예요."

"그릇 가게 주인이 독한 사람이라 자기 가게 옆에다 누가 자리 펴면 뭐라 하는데 총각이 와 장사하는 날은 아무 말 안 하드만. 그 독한 양반이 아무 말 안 하는 거 보고 나도 놀랐다니까. 오늘은 총각이 어째 며칠째 안 보이냐고 걱정을 다 하더라고."

"어쩐지 그 좋은 자리가 비어 있다 했어요. 고마워서 어째요. 이렇게 신세를 지고 사니."

엄마는 아주머니 손을 꼭 잡고 고맙다면서 뭐라고 길게 한참 이야기를 나누더라. 나는 그 옆에 앉아 남은 걸 어떻게 하나 머리를 굴렸어. '하룻밤을 재우면 안 된다. 무슨 수를 쓰든지 팔아야 해. 지금 남은 건 어차피 고르고 남은 거라 시들기도 했고 낮에 팔던 값의 반만 받고 팔자. 내일이면 거저 줘도 안 가져갈 거 아냐. 그래, 이제 값을 후려치는 거야.' 이런저런 생각을 굴리다가 엄마한테 내 생각을 이야기하니 그렇게 하자네. 약국 아주머니한테 종이 상자에 값을 새로 써 달라고 해서 가슴이랑 등에 매단 뒤 머리에 땀 닦는 수건을 두르고 일어서서 외치기 시작했어.

"총각무 떨이! 떨이! 그냥 거저 준다. 똥값, 똥값!"

벽에 기대어 쌓아 둔 총각무를 수레에 얹고 일부는 길 가장자리에 펼쳐 놓았어. 가끔 지나가는 사람들이 무슨 일인가 하고 기웃거리며 눈길을 주기 시작했고 그렇게 한 시간쯤 팔다가 남은 건 모두 손수레에 모두 실었어. 팔던 자리는 깨끗이 한 뒤 수레를 끌고 시장을 오르내리며 팔았지. 엄마는 생선 장수 아주머니랑 그릇 가게 아저씨한테 아무것도 안 받고 세 단씩 드렸어. 가게 몇 군데에 들러 필요한 물건이랑 바꾸고 열 단 넘게 남은 건 집에 가져가서 이웃들이랑 나누어 먹기로 했어. 집으로 가는데 엄마가

"아들! 어이구 이뻐서 어쩌냐?"

하면서 내 엉덩이를 툭툭 치는 거야.

"엄마, 다 큰 아들 엉덩이를 쳐요?"

"이놈아, 너는 늙어도 내 아들이다. 그 산더미 같은 걸 다 파니 너무 좋다. 힘든 걸 모르겠네. 힘이 펄펄 나. 우리 저기 가게에 가서 튀김이나 먹고 가자. 밥도 못 먹었다. 얼마나 정신이 없으면 에미란 게 아들 밥도 못 챙길까."

점심 먹은 뒤 밤 열시가 되도록 밥도 못 먹었어. 빈속에 손님들한테 맛 보여 준다고 무만 깎아 먹었으니 속이 쓰리고 아린데 그걸 제대로 느낄 겨를조차 없었어. 튀김 몇 개로 허기를 달래고 식구들과 나누어 먹게 나머지는 싸 가지고 집으로 갔지.

다음 날 일찍 수레를 끌고 용산시장으로 갔어. 아저씨는 날 보자마자

"얼마나 팔았냐?"

"……."

아무 말 없이 웃기만 하고 전대에서 돈을 꺼내 아저씨한테 건넸지.

"어제 팔고 받은 돈 전부예요. 동네 사람들한테 나누어 준 열 단 정도 빼고는 다 팔았어요."

동전까지 정리해서 건네 드렸지.

"야 임마, 그걸 다 팔았어? 진짜? 이놈 봐라. 으하하하하!"

아저씨는 자기 물건을 다 판 것처럼 내 어깨를 아프게 치면서 좋아하시는 거야. 돈을 세어 보더니 값도 실하게 받았다고 하시네. 진짜 장사 제대로 한다며 동전은 전부 내게 주고 종이돈은 대충 뚝 떼어서 주는 거야.

"장하다! 잘했어. 이 돈은 네 거다."

"아저씨, 이게 얼마예요? 이 많은 걸 절 줘요? 본전이 있는데…….
조금만 줘요."

"아니다. 네가 큰일 한 거야. 거래를 하다 보면 돈보다 귀한 게 있어. 그럴 때 쪼잔하게 돈 세는 거 아니다. 팍 화끈하게 줄 때도 있어야지. 넌 돈 받을 만해, 임마! 그 많은 걸 하루에 팔다니. 어른도 쉬운 일 아니다."

"전 밑천도 안 들인 장산데 너무 많아요."

"밑천은 니 몸뚱이가 밑천이다. 장사는 말이야 돈이나 물건이 하는 게 아냐. 사람이야, 사람. 사람을 보고 하는 거지. 믿으면 모험도 하는 거다. 그게 장사다."

"고맙습니다, 아저씨. 사실 전 어제 떨려서 혼났어요. 팔리지는 않지 시간은 가지. 다 썩혀 버리는 줄 알았어요. 어떻게 해서 그걸 다 팔았는지 몰라요. 잠깐 손님들이 우르르 몰린 것 같더니 확 줄었어요."

"총각무를 차에 실어 보내면서도 생각은 많았다. 그 많은 걸 팔

수 있으려나. 여하튼 큰일 했다. 너 장사해도 먹고살겠어."

아저씨는 내게서 받은 돈을 전대에 넣으며 말을 이어갔어.

"오늘은 아래쪽에 비가 많이 와 물건이 별로 없다. 당분간은 쉬어야 할 거야. 늦장마가 시작됐어. 이럴 때 괜히 욕심내 장사해봐야 몸만 고달프다. 너도 오늘 감자나 호박 같은 것 조금만 해가고 당분간 쉬거라. 장마 끝나고 나면 감자 장사 한번 해 봐. 지금 나오는 감자는 물러서 금방 썩어. 장마 끝나고 좀 시원해지면 그때 감자를 파는 거야. 그래야 오래 두고 먹을 수 있거든."

그날 아저씨는 날 데리고 용산 미군 부대 가까이에 있는 삼계탕 집에 데리고 가서 삼계탕을 사 주셨어.

공장에 일하러 가는 첫날

　장마 동안에는 단골손님을 놓치지 않을 정도로만 물건을 해 갔지. 호박, 오이, 풋고추, 감자 따위를 조금씩 사다가 파는데 그나마도 잘 안 팔려서 식구들이나 이웃들과 나누어 먹는 게 일이었어. 장사가 잘 안 되네. 본전 건지기도 힘든 날이 이어지자 나는 손수레를 끌고 여기저기 돌아다니기 시작했어. 봉천동 고개 너머 있는 시장에도 기웃거리고 장승백이, 노량진 그리고 사당동까지도 손수레를 끌고 갈 만한 거리다 싶으면 그날 기분 내키는 대로 발길 가는 대로 돌아다녔지.

　그렇게 상도동 골목 시장과 용산시장을 오가며 그해 여름과 가을을 보냈고 겨울이 오자 노량진 수산 시장에서 생선을 받아다 팔았어. 설날에는 동태 포 뜨는 걸 배워 동태 포를 떠서 팔기도 하고. 그 덕에 평소에는 쉽게 먹지 못하던 생선을 많이 먹었네. 겨울이 오니까 장사하는 사람이 많아지더라. 겨울에는 건축 현장 공사를 못 하거든. 막노동해서 먹고사는 사람들은 추워지면 일거리를 구하는 게 힘들어지니까 손수레를 하나씩 구해 장사하러 나서는 거지. 그러다 봄이 오면 다시 막노동 일거리를 찾아 나서고. 그래서 겨울이 되면 손수레 값이 올라가고 봄이 오면 내려. 겨울에는 용산 시장에 가 봐야 팔 게 마땅하지 않아. 채소가 별로 없거든.

하루는 노량진 수산 시장에서 동태, 갈치, 이면수 같은 생선을 받아다 팔고 집에 왔는데 엄마랑 아버지가 심각한 표정이야. 방에 들어서니 두 분이서 무언가 이야기를 하고 계시더라. 그러다가 내가 가니까 이야기를 멈추는 거야.

"엄마, 뭔 일 있어요?"

"아니다, 일은 무슨 일. 어서 저녁이나 먹자. 팔다 남은 갈치 손질 해서 연탄불에 구워 주마. 추운데 애썼네."

"숨기지 말고요. 뭔가 일이 있나 본데 무슨 일 있어요?"

두 분이 하던 이야기가 분명히 나랑 관련 있다는 생각이 들었지 만 더 이상 물어보지 않았어. 추운 데 있다가 와서 그런지 지치기 도 하고 배가 고팠거든. 부엌 겸 마당으로 쓰는 수돗가에 나가 몸 을 닦은 뒤 엄마가 석쇠에 갈치를 올려놓고 굽는 걸 옆에서 지켜보 고 있는데

"아들, 장사 재미있냐?"

"네, 재미는 있는데 돈벌이가 그저 그래서."

"그래서 말인데 사실은……."

할 말이 있기는 한데 자꾸만 말꼬리를 흐리네.

"뭔데 그래요?"

"아버지가 자주 나가는 복덕방에 할아버지 알지? 그 할아버지한테 누가 사람을 구해 달랬대."

"사람을?"

"그래. 인천에서 공장 하는 이 사장이라고 하는 분이 가끔 복덕방에 들리는데 얼마 전에 부탁을 하나 하더래. 공장에서 일할 젊은이를 한 명 구해 달라고. 그러면서 조심스럽게 니 이야기를 하더라네."

"날? 공장에 가서 일하자고?"

"그래. 마침 네 생각이 나서 복덕방 할아버지한테 말을 넣었다는구나."

"날 어떻게 알고?"

"니가 지난번에, 왜 그 강남초등학교 앞 약 공장 있잖아? 공장 사장네 집 고치러 아버지랑 같이 간 적 있지? 그 집 안주인이 사장 장모라는 거야. 사위가 공장에서 일할 사람이 필요하다니까 네 생각이 나서 이야기를 했다네."

"뭐 하는 공장이래요?"

"글쎄다. 아버지는 널 어떻게 거길 보내냐고 말도 못 꺼내게 하더라만."

"장사도 좋기는 한데 안 되는 날이 많아서. 기술 배우면 돈 많이 번다고 하던데 무슨 공장이래요? 가서 열심히 기술 배우면 그것도 괜찮지요, 뭐."

"공장 다니면서 야간학교라도 다니면 어떠냐? 요즘은 공장에 야

학이 생겨서 공부하는 애들이 있다고 뉴스에도 가끔 나오더만."

"난 공부 안 해. 공부한다고 돈이 나와 뭐가 나와. 장사를 하든, 공장에 다니든 부지런히 일해 돈이나 벌어야지. 겨울이라 장사도 안 되고. 뭐 하는 덴지는 몰라도 웬만하면 갈래요."

그날 저녁 아버지와 엄마 그리고 나 이렇게 셋이 앉아 공장 가는 일로 한참을 이야기했지. 어느 부모가 자식을 학교도 안 보내고 공장 보내는 걸 좋아하겠어. 두 분은 자꾸 망설이는 걸 내가 가겠다고 우겼지.

다음 날 아버지가 복덕방에 다녀오더니 화학약품을 다루는 데고 직원은 공장장 혼자 있다는 거야. 내가 가면 이제 둘이 하는 거라네. 아버지 말을 듣고 나니 실망스럽더라. 큰 공장도 아니고 겨우 직원이 한 명이라니. 앞으로 전망은 좋다네. 구리도금 원료를 만드는데 다른 나라에서 수입해다 쓰다가 우리 나라에서는 처음 만드는 거래. 사람 많은 공장보다 여기는 가족 같은 분위기라 지내기에는 더 편하고 좋을 것 같다는 생각이 들기는 하더라. 하긴, 기술 배운다고 공장 다니는 이들 말 들어 보면 두드려 맞는 일도 많다는 거야. 연장에 맞아 머리가 찢어져 병원에 다닌다는 이야기도 들었어. '공연히 큰 데 가서 고생하느니 여기를 갈까? 둘이서 일하니 가족 같을 거 아냐? 어디를 가나 나만 열심히 하면 별 문제 있겠어' 싶더라. 아버지한테 공장에 갈 테니 복덕방 할아버지한테 말해 달라고 했어.

"오늘 복덕방에서 이 사장이라는 분을 만났다. 너를 사장 장모가 좋게 본 모양이여. 널 꼭 보고 싶다네. 가든 안 가든 만나서 이야기하재. 자기 아들도 너랑 동갑이라는 거야. 자식같이 생각하고 기술 배우게 하겠다고 그러시던데. 어떻게, 만나 볼래?"

"네, 갈래요."

며칠 뒤 아버지를 따라가 복덕방에서 공장 사장을 만났어.

"크다고 하더니 진짜 크구나. 악수나 하자. 우리 아들이나 너나 덩치가 비슷하다. 공장장이 참 좋은 분이다. 착실한 분이라 일 배우는 게 어렵지는 않을 거다. 아버님이 네 이야기만 하면 속이 많이 상하시나 보던데 공장 다니다가 공부하고 싶으면 도와주마. 시간 내게 해 줄게. 어떠냐? 일해 볼래?"

"……"

난 아버지 얼굴을 쳐다봤어. 아버지는 내 눈길을 피하며 천장을 보네. 순간 좁은 복덕방 안이 조용해졌어. 입을 여는 사람이 아무도 없고……. 얼마 동안 무거운 침묵이 흐른 뒤

"아, 이 사람아, 공장 간다고 뭔 일 나? 남들 봐, 없는 집 치고 자식 일터로 안 내보내는 집이 어디 있어. 어려우면 어려운 대로, 넉넉하면 넉넉한 대로 다 형편껏 사는 거여. 좋은 인연 닿았을 때 보내. 이놈이 거기서 살아갈 길을 틀 거여. 이제 지놈이 길을 열어야지. 누가 열어 줘. 안 그래요, 이 사장?"

"그래도 애비가 못나 자식을 이 모양으로 만들고. 내 죄가 크지요. 아들만 보면 억장이 무너져서……."

"예끼, 이 사람아. 당신도 할 만큼 하는 거여. 자식 먹여 살리겠다

고 그 힘든 공사판에서 뼈 빠지게 일하잖아. 아들 믿고 보내. 보니 지 밥벌이는 하게 생겼구먼. 언제까지 애비가 끼고 살 거여. 내보내. 인생 벌판에 나가 살게 하라고."

눈가에 눈물이 맺히더니만 아버지는

"미안하다. 내가 너한테 참 못쓸 짓을 한다. 그래, 가거라. 사장님이 좋으신 분이니까. 그래, 그렇게……."

하고 말을 더 잇지 못하시네. 복덕방 할아버지는 내 손을 꼭 잡더니

"아버지 원망 말거라. 자식이라면 참 끔찍이 아는 분이여. 가끔 술 한잔하면 자네 이야기 많이 하네. 자네가 자식 낳아 애비 돼 보면 알 거다."

난 아버지가 보이는 눈물이 부담스러웠어. 내 눈에서는 눈물이 나오지 않았고. 아무 말 없이 그길로 사장과 함께 인천 공장으로 떠났지.

"영등포시장에서 버스 타고 가자. 공장장이 부탁한 게 있어서 뭘 좀 사 가야 하거든."

"네, 얼마나 걸려요?"

"한 시간 반은 잡아야 할 거야. 당분간 느지감치 출근해. 아직 일거리가 많지는 않으니까."

정류장에서 버스를 기다리는 내내 나는 눈길을 어디에 두어야 할지 불편하더라. 마치 처음 온 낯선 동네인 것처럼 두리번거리며 기다렸어. 여섯 살부터 상도동 골목골목을 누비고 다녀 모르는 데

가 없는데도 그날따라 낯설어 보이네. 버스는 장승백이, 노량진을 지나 영등포시장에 도착했지. 영등포는 태어나 처음 와 보는 곳이야. 하긴, 지금부터 내가 걸어가며 발을 내딛는 곳 모두가 처음 마주하는 낯선 땅이네.

"라면 한 상자 사자. 버스 타러 가다 보면 라면 도매상이 있는데 거기가 좀 싸거든. 공장에서 일하다 보면 출출해서 라면 먹을 일이 많아. 밥도 해 먹기는 하지만……. 밥 준비하는 일은 니가 하거라. 라면이나 필요한 먹을거리도 사 가고. 공장장 부인이 챙겨 주기는 하지만 필요한 건 여기서 사 가면 편할 거야. 우리 집에서도 찬거리를 대 주마."

"네."

"버스 타러 가는 길을 잘 봐 둬라. 지금 이 길이 지름길이다. 시장 골목이 웬만큼 복잡해야지. 헤매기 쉬워."

"길이 비슷비슷해서 헷갈려요."

"처음에는 그럴 거야. 저기 사거리 왼쪽에 '화공약품'이라고 간판 보이지? 거기서 침전제 좀 사 가지고 가자."

침전제라니, 처음 들어 보는 말이야. 화공약품 가게 주인이랑 잘 아는 사이인지 반갑게 알은체하네. 주인은 사장과 몇 마디 이야기 나눈 뒤 미리 준비해 둔 자그마한 상자를 건네더라. 가게 안을 살펴보니 양쪽 벽 천정까지 꽉 차게 올라간 장에 낯선 글씨가 쓰여 있는 온갖 크고 작은 깡통과 플라스틱 통이 있어. 초등학교 시절 과학 시간에 들어 본 이름도 몇 개 있지만 대부분 낯설어. 한글이

있긴 하지만 거의 다 영어네. 화공약품 가게를 나서는데

"이 가게를 잘 봐 둬라. 가끔 출퇴근길에 심부름할 일이 생길 거야."

가다 말고 뒤돌아서서 가게 위치를 눈여겨봤지. 나한테 화공약품 파는 가게는 참 낯선 곳이야. 물건 곁에 쓰여 있는 글씨들이 나를 겁먹게 해. 암호처럼 쓰여 있는 화학 용어도 그렇지만 가장 먼저 눈에 띄는 건 해골 그림과 '독극물' '위험'이라는 글자야. 그걸 보니 겁이 나. '화학약품을 다룬다는데 이거 너무 위험한 거 아냐?' 하는 두려움도 생기고.

여관에서 일할 때 가장 힘들었던 건 까탈스러운 주인 눈치 보는 거였어. 이발소에서는 외로움과 머리 감기는 거였고. 그런데 공장에 다니기로 마음먹고는 이런 걱정은 안 돼. 집에서 출퇴근하는 거니까 퇴근만 하면 내 세상이잖아. 게다가 공장은 일하고 월급을 받으니까 이발소에서처럼 기술만 배울 때랑 다르다는 생각이 들었어. '일이 힘들면 얼마나 힘들까? 손수레 끌고 새벽부터 시장 가고 물건 해서 끌고 오는 것보다 힘들라나. 물건 안 팔릴까 봐 걱정할 일도 없고.' 이런 생각을 하며 버스 정류장에 서 있는데

"저기 버스 온다. 인성여객 버스를 타거라. 인성여객이라고 다 가는 건 아니고 백마장, 가정동이라고 써 있는 걸 타. 인천 써 있다고 아무거나 타면 엉뚱한 데로 간다."

아무 말 없이 서 있던 사장이 어떤 버스를 타야 하는지 일러 주고 앞서 버스에 오르네. 그 뒤를 따라 올라탄 뒤 사장 옆에 나란히

앉았어.

"전철보다 버스가 편할 거다. 갈아타지 않고 한 번에 가니까."

짧게 몇 마디 말을 건넨 뒤로 목적지에 다다를 때까지 아무 말도 안 해. 문래동, 오류동을 지나 서울을 벗어났어. 공장에 돈 벌러 가는 아들 앞에서 눈물을 보이는 아버지를 뒤로하고 따라나선 길이야. 그래서 그런지 우울하던 내 마음은 창밖의 황량한 겨울 들판과 과수원을 보면서 더욱 울적해져. 장사나 할걸 괜히 공장에 간다고 했나 후회도 되고. 그러나 어째, 이미 나선 길.

"이제 조금만 가면 된다. 왼쪽으로 보이는 저 도로가 경인고속
도로고 오른쪽 저 산 안쪽으로 보이는 데가 군부대다. 공수부대.
이 고개를 넘어가면 삼거리가 나오는데 거기서 오른쪽으로 가면
강화도고 왼쪽으로 가면 인천이다. 좌회전하고 나서 세 정거장
지나 내리거라."

당장 내일부터 혼자 출근해야 하는 터라 어디서 내려야 하는지 귀담아들었지.

"다음에 내리자. 짐 챙겨라."

버스 계단에 발을 딛고 내려서는데 코에 와 닿는 공기가 서울하고는 달라. 그냥 시골 냄새가 아니라 비릿한 바다 냄새가 나네. 축축한 느낌도 들고. 라면 상자를 가슴에 안은 채 사방을 두리번거렸지. 정류장 앞에는 작은 가게가 하나 있고 오른쪽으로 정육점이 있는데 바로 그 옆에 식당이 하나 있어. 집이 많지는 않고 십여 채 있는데 조용해.

"가자. 한참 걸어야 한다. 정류장 잘 기억해 놓고."

"네, 경인에너지 다음에 내리는 거지요?"

다시 한 번 내릴 곳 이름을 확인하고 사장을 따라 걷기 시작했어. 가게 왼쪽으로 난 작은 길을 따라 내려가다가 동네 뒤편으로 쭉 뻗은 길을 걷는데 가게가 있는 동네를 벗어나니 바로 논과 밭이 있어. 아직 겨울 끝자락이라 을씨년스런 모습으로 논과 밭이 펼쳐져 있고 논밭 사이로 손수레 하나 지나갈 만한 길이 쭉 뻗어 있는데 이 길을 따라가는 거야. 멀리 삼십여 채 정도 되는 집이 옹기종기 모여 있는 동네가 보이고 오른편으로는 까마득히 먼 곳에서 불길이 너울거려.

"저기 저 불이 뭐예요?"

"응, 거기가 경인에너지 공장이다. 낮에도 불길이 보이는데 밤에는 더 뚜렷해. 그 너머가 강화도 쪽 바다고."

"바다가 가까워요?"

"왼쪽으로 저기 큰 건물이 희미하게 보이지? 저기가 인천 부두다. 거기 가면 가구 공장이 많고, 큰 목재소도 있다. 이 동네 사람 상당수가 거기서 일해. 너처럼 시골서 올라와 자취방 얻어 사는 젊은 애들도 많고."

"시골에서 명절 쇠고 나면 형이나 누나들이 서울로 일하러 가는 거 봤어요. 부모님이 허락 안 하면 몰래 도망도 가고."

"서울 온다고 뭐 좋은 일이 생기는 것도 아닌데 왜들 난리인지. 먹을 거, 입을 거 안 쓰고 착실히 돈 모으는 애들도 있기는 하더

라. 부모님 송아지 사 주고 동생들 공부까지 시키고."

아직 겨울 기운이 가시지 않아 볕이 잘 들지 않는 데는 눈이나 얼음이 조금씩 남아 있지만, 얼굴에 와 닿는 바람은 견딜 만해. 저수지라고 하기에는 조금 작은 웅덩이도 있네. 바람결 따라 이는 잔물결을 바라보니 시골 저수지가 떠올라. 동생이랑 걸어가며 바라보던 저수지 물결이 참 예뻤는데……. 지금 동생이랑 누나는 학교에서 공부하고, 난 공장에 일하러 가고 있어. 공장에 가면 어떤 일이 기다리고 있을지, 같이 일할 공장장은 어떤 사람일지 걱정이야. 라면 상자를 어깨에 메다 힘들면 가슴에 안기를 되풀이하며 사장 뒤를 부지런히 따라갔어.

"다 왔다. 저기 오른쪽으로 논 옆에 보이는 슬레이트 지붕이 있는 데다."

허름한 조립식 콘크리트 울타리 안에 슬레이트를 얹은 건물 네다섯 채가 자리 잡고 있어. 초라해 보여. 뒤쪽으로는 야트막한 산이야. 공장 대문 왼쪽 구석에 있는 쪽문을 밀고 들어서니 큼직한 마당이 있는데 기계 돌아가는 소리만 들릴 뿐 인기척이 없어.

"잠깐 이리 들어오너라. 여기가 사무실이다. 우리 공장에서 일할 아이요."

이 사장은 대문 왼쪽에 있는 건물 문을 열고 들어서며 나를 직원들에게 소개 시켰어. 직원들은 나 같은 아이에게는 별 관심 없다는 듯 책상 앞에서 일하다 잠깐 쳐다보고 사장한테 몇 마디 건넨 뒤다시 자기 일을 해. 여자 한 분이 가운데 있는 연탄난로 위에서 끓고 있는 보리차를 한 잔 따라 주며 내 이름, 주소, 주민등록번호를 받아 적었어. 직원들 하는 걸 보니 사장과 직원 사이가 아닌 것처럼 덤덤해. 나중에 안 일인데 내가 일할 공장은 이 공장에 세 들어 사는 거였어. 땅을 빌려 공장을 차리고 달마다 세를 내는 거지. 그러니 사장은 나한테나 사장이지 그 직원들한테는 사장이 아니고 세입자인 거야.

몇 가지 일을 마친 사장은 사무실 문을 나섰어. 길게 난 마당을 지나 왼쪽으로 가니 기둥 위에 지붕만 얹은 작은 건물이 보여. 공장 울타리 두 면을 벽으로 쓰고 나머지 두 면은 트여 있어. 그래서 일부러 모퉁이로 자리를 잡았나 봐. 한 귀퉁이는 합판으로 막아 방처럼 만들고 문까지 달았어.

"여기가 일할 곳이다. 공장장이 어디 갔지? 공장장!"

사장은 들어서며 큰 소리로 공장장을 찾았어. 합판으로 막아 사무실처럼 만들어 놓은 곳으로 들어서며 공장장을 찾았지만 아무도 없네. 나는 우두커니 서서 기다렸지. 이사 온 지 얼마 되지 않은 집처럼 모든 게 어수선하고 썰렁해. 공장 여기저기를 살피고 다니는 사장을 보며 서 있는데 작은 키에 조금 뚱뚱해 보이는 남자분이 들어서.

"오셨어요?"

"고생 많지? 서울에서 금방 오는 길이오. 인사 드려라. 공장장님이시다."

"안녕하세요?"

인상을 살피며 인사를 드렸어.

"전에 이야기하던 그 아이인가 보네요. 잘 왔다. 이사 온 지 얼마 안 돼 손볼 데가 많아. 처음에는 좀 고생할 거다."

"편하게 둘러보거라. 눈에 익어야 지내기 편할 테니. 공장장, 공장이 돌아가려면 얼마나 걸릴까?"

"글쎄요, 건조장하고 가마를 만들려면 시간이 좀 걸리겠어요. 벽돌, 시멘트 같은 자재야 연락하면 금방 오지만 스텐 판이랑 가마에 올릴 물탱크가 언제 오나, 그게 문제지요."

"서두르라고 하기는 했는데 곧 들어올 거요. 벽돌 쌓을 기술자를 부를까?"

"쟤가 그런 일을 하면 좋은데. 관의라고 했나? 너 블록 쌓고 하는 미장 일 할 수 있냐?"

"그냥 아버지 따라다니며 해 보기는 했어요. 너무 어려운 건 좀 그렇지만."

"그래, 그 정도면 충분해. 사람 살 방 만드는 것도 아니고, 아주 어려운 일은 아니니까. 그럼 내일 영등포시장에 들러 연장 몇 가지 사 오너라. 사 올 걸 써 주마. 너무 일찍 가면 철물점이나 공구점이 안 여니까 공장에 점심때쯤 도착하게만 와라. 버스에서 내리거든 택시 타고 들어오고."

공장장과 사장은 공장 구석구석을 돌아보며 심각하게 이야기를 나눠. 여기저기 길이를 재기도 하고 뭐를 어디다 놔야 좋을지 궁리하는 모양이야. 뭐라고 하는데 나야 알아들을 수 있나. 그냥 나 혼자 여기저기 조심스럽게 둘러봤지.

커다란 목욕통 같은 데서 김이 올라오기에 가 보니 처음 맡아 보는 이상한 냄새가 나. 안에는 물 같은 게 가득하고 그 안에 쇳조각이 잠겨 있는데 그 쇳조각에 누런 게 예쁘게 붙어 있네. 구리 비슷하게 생긴 게 반짝여. 통 둘레 땅바닥에는 녹물이 지저분하게 질척이고. 창고 벽 바로 옆에는 목재로 짠 틀 안에 푸르스름한 처음 보는 약품 같은 게 펼쳐져 있어. 한쪽에는 뭔지 모르는 액체를 담은 플라스틱 통이 잔뜩 쌓여 있네. 가까이 가니 녹 냄새 비슷하면서도 알키하고 톡 쏘는 냄새가 나. 화학약품을 다룬다더니 진짜 처음 보는 게 많아.

"라면이나 끓이자. 저기 냄비에 물 떠 와서 곤로에 올리거라. 라면 좋아하니?"

"네, 물 어디서 떠요?"

"저쪽에 수도꼭지 있다. 냄비는 그냥 한 번 헹구기만 하면 돼. 나랑 사장님은 한 개씩 먹을 거니까 나머지는 너 먹고 싶은 만큼 넣어라. 아침에 싸 온 김치가 있으니까 그것도 꺼내고."

공장에서 처음으로 한 일이 라면 끓이는 일이야. 그냥 공장 바닥에다 김치 하나 놓고 먹었지. 공장장이 싸 온 밥까지 말아 먹으며 이야기를 나누었어.

다른 데서 조그맣게 공장을 하다 이리로 이사 온 거라네. 옛날보다 커진 거래. 여기서 만드는 물건은 '청화동'이라고 하는 도금 원료인데 비싸다는 거야. 그동안은 다른 나라에서 수입해서 쓰다 우리 나라에서 처음 생산하는 거래. 물건만 좋으면 팔 데는 널렸대. 지금은 이렇게 초라하게 시작하지만 곧 공장도 키워야 할 거래. 외국에 수출할 계획도 갖고 있고, 지금 홍콩 쪽과 이야기 중이라는 거야. 얼른 생산을 시작해서 본보기 제품이 나오면 그걸 보여 주고 수출 계약을 받아 낼 생각이라 서둘러야 한다네. 땅바닥에 펼친 자리에서 라면 먹으며 공장의 미래를 그리는데 내 가슴에 빛이 보여. 첫날 낯선 곳에서 바싹 긴장하고 있던 내 가슴을 설레게 하는 이야기야.

'오냐, 열심히 일하자. 그러면 뭔가 보이겠지' 하는 마음이 드네. 점심을 다 먹고 그릇 설거지와 뒷정리를 했어. 정리라고 해 봐야 그냥 빈 라면 상자 안에 그릇을 넣어 겨우 먼지나 가리는 거지만.

"오늘은 일찍 가거라. 일은 지내면서 차츰 익히고 내일 오는 길에 여기 써 있는 걸 좀 사 오고 영수증 챙겨 오너라. 그리고 이건 택시비다. 짐이 무거우니까 버스에서 내리면 택시를 타거라."

이렇게 첫날을 마무리한 뒤 사장과 나는 다시 버스를 타고 영등포를 거쳐 집이 있는 상도동에 이르렀어.

"우리 집에 잠깐 들르자. 일하다 보면 가끔 우리 집에 들를 일이 있을 거야. 알아 두는 게 좋을 것 같구나."

사장님 댁은 우리 집 가는 길가에 있더라. 초인종을 누르니 사모님이 나와 대문을 열어 주면서 나를 아주 반갑게 맞아 주네.

"우리 아들하고 동갑이라더니 키는 더 큰 것 같구나. 어서 들어와라. 친정엄마가 네 이야기 많이 하더라. 참한 애니 잘해 주라고. 들어가자.”

“아들 왔소?”

“아뇨, 아침에 나가 아직 안 왔어요. 도서관에 있을 거예요.”

“녀석, 이제야 공부에 불이 붙었나?”

대문 안으로 들어서니 넓지는 않지만 나무도 몇 그루 있고 아담하니 마당이 참 예쁘더라. 거실로 들어서자 사모님은 주스를 컵 받침에 받쳐 내오는데 난 주스라는 걸 그때 처음 마셔 봤어.

“출퇴근하다가 가끔 들러라. 아들이려니 하고 지내자.”

잠깐 앉아 있다가 나와서 집으로 갔어. 내가 오기를 기다렸는지 부모님은 마치 어른 맞이하듯 집 밖으로 나와 나를 맞아 주시네.

“그래, 가 보니 어떻더냐? 일할 만하겠어? 멀디?”

엄마는 앉을 틈도 주지 않고 이것저것 물어보네.

“한 시간 반 정도 걸리데.”

“뭐 하는 공장이더냐? 공장은 커.”

“보통. 엄마 나 좀 쉴게요.”

“그래, 먼 데 갔다 오느라 피곤하겠다. 어여 닦고 와라.”

엄마는 쉴 새 없이 자꾸 말을 걸어. 아버지는 아무 말 없이 엄마 하는 걸 바라보기만 하고. 다른 때 같으면 시키지 않아도 주저리주저리 말을 하련만 그날따라 대답하는 게 힘들고 싫더라. 무뚝뚝하게 몇 번 대답하고 귀찮다는 듯 수돗가에 나와 닦았어. 나도 모르게 내 얼굴이 어두웠나 봐. 엄마는 더 이상 묻지 않았어. 아버지는 아무 말 없이 밖으로 나가고 엄마는 내가 입을 작업복이랑 속옷과 수건을 챙겨 가방에 담아 줬어. 조금 있다 아버지는 살아 있는 닭한 마리를 구해 오셨어.

"아들 먹고 출근하게 인삼 몇 뿌리 넣어서 끓여 줘요."

그날 끓인 삼계탕은 아무도 모르게 나만 주셨어. 엄마는 옆에 앉아 뼈를 발라 주면서

"많이 먹어라. 그래야 힘쓴다. 아이구 장한 내 새끼."

하는 말을 수없이 되풀이하면서 내 엉덩이를 토닥거렸어. 정말 대견하고 장하다는 듯.

다음 날 버스를 타고 영등포시장에 내려 공장장이 써 준 걸 사들고 공장으로 향했어. 버스표를 끊으면서 내가 학생이라고 해야할지 말아야 할지 망설였어. 학생이라고 하면 할인은 받지만 학생증 보여 달랠까 봐 불안해. 돈이 아깝지만 그냥 아무 말 안 하고 어른 삯을 냈지.

버스를 타고 가는 동안 그냥 가기 심심해서 길가 간판을 보며 동네 이름을 외웠어. 문래동, 오류동, 소사, 부평, 백마장, 효성동, 가정동. 그러다 보니 내릴 때가 다 되었네. 택시를 타고 들어갈지 아니면 걸어갈지 고민이 돼. 사실 택시 요금을 낸다고 내 돈 들어가는 것도 아니고 그냥 편하게 가면 되는데, 택시를 탄다는 게 그것도 혼자 그런다는 게 불편하고 어색해. 나이도 어린데 택시를 타는게 무슨 죄라도 짓는 것 같고……. 버스에서 내린 다음 가게로 들어갔지. 노끈을 얻어 멜빵을 만들어 한쪽 어깨에 걸치고 걷기 시작했어. 쌀 서너 말 지고 가는 거에 견주면 이건 짐도 아니야.

어제와 달리 바람도 안 불고 제법 봄기운이 도네. 이제 날마다 이 길로 걸어 다닐 거라는 생각에 논도 밭도 새롭더라. 염산 공장을 지나자 물이 가득 담긴 논 왼쪽으로 공장이 보여. 힘도 든 데다 그냥 공장에 들어서기 뭐해서 잠깐 논두렁에 짐을 내려놓고 논에 가득한 물을 물끄러미 쳐다봤어.

논두렁에 털썩 주저앉았지. 시골에서 모심던 생각이 나. 중학교 1학년 봄, 모심느라 학교에 못 갔을 때 담임 선생님은 밀린 등록금을 가지고 학교에 오라는 편지를 써서 동네 아이 편에 보냈지. 그때 그냥 학교를 갔더라면 지금쯤 난 뭘 하고 있을까? 학교를 그만둔 뒤 모든 게 달라졌어. 학교에 가는 대신 농사짓고 여관이나 이발소에서 일하면서 겪은 일이 떠올라. 장사하던 생각도…….

저 공장 문을 열고 들어서면 또 다른 일이 기다릴 텐데 싶으면서 갑자기 두렵고 겁이 나는 거야. '장사가 잘 안 되더라도 조금 더 참고 지낼걸' 하는 생각이 들어. 봄이 오면 채소 장사도 어지간히 될 텐데 괜히 공장에 간다고 했나 후회도 되고. 용산시장에서 날 도와주던 그 고마운 아저씨 생각에 마음이 무거워. 인사도 제대로 못하고 왔는데 말이야. 장사하는 걸 꾸준히 배울걸 괜히 여기 왔다 싶어.

공장이라고 허름한 게 그다지 앞날이 밝아 보이지도 않고. 게다가 이제 나이를 먹어 영영 중학교는 못 가겠구나 생각하니 서럽네. 논두렁에 걸터앉아 검불을 뜯어 물 위에 뿌리는데 자꾸 눈물이 나와. 되돌아가고 싶어. 공장 문을 열고 들어서기 싫고……. 그래도

어떻게 해? 이게 내가 선택한 길인걸. 이제 어쩔 수 없잖아. 한참을
멍하니 논에 담긴 물을 바라보며 지치도록 앉아 있다가 짐을 들고
일어섰어. 공장 문 앞에 서서 깊이 숨을 들이 마시고 내쉬기를 몇
번 하고 하늘을 쳐다본 뒤 마음을 가라앉히고 공장 쪽문을 밀고 들
어섰지.

결코 만만치 않은 길을 걸어가는 청소년들에게

"그래? 중학교 다닐 나이에 남의집살이하면서 이발 기술을 배웠
다고? 채소 장사도 하고?"
"대단하군. 그렇게 어려운 일을 겪으며 공부를 했다니."

　내 청소년 시절 이야기를 꺼낼 때마다 어른들에게 듣는 말이지
요. 여기까지는 그냥 나를 격려하는 말이려니 하고 고맙게 받아들
일 수 있는데 문제는 그 뒤를 잇는 말입니다.

"요즘 애들도 고생해 봐야 한다니까. 세상살이 쉬운 게 공부인지
모르고."

　어떤가요? 여러분들은 이 말에 고개가 끄덕여지나요? 이런 말을
하는 어른과 편한 마음으로 이야기를 더 나누고 싶어질까요? 방문

쾅 닫고 자기 방으로 안 들어가면 다행이라고 봅니다.

여러분들은 요즘 하루하루 행복하게 지내고 있나요? 어쩌면 이렇게 묻는 제게 무슨 헛소리냐고, 우리처럼 살아 보라고 한마디 쏘아붙이고 싶을 겁니다. 초등학생, 중고등학생 가릴 것 없이 힘들게 사는 게 제 눈에도 보입니다.

어른 세대가 자라온 어린 시절보다 여러분들이 먹고사는 건 좀 나을지 모르나 더 행복하다고 말할 자신은 없습니다. 날마다 공부하고 무언가는 열심히 하는데 마음먹은 대로 이루어지지는 않고 포기하고 싶은 마음이 문득문득 들겠지요. 누구보다 잘하네, 못하네 하면서 늘 비교당하거나 스스로 비교하면서 마음에 상처를 받기도 하고요. 아무런 조건 없이, 그러니까 무언가를 열심히 하든 안 하든, 성적이 좋든 나쁘든 상관없이 눈물겹도록 품어 주고 안아 주며 믿고 기다리는 누군가가 있으면 좋겠는데 그렇지도 않고요.

둘레에 사람은 많으나 늘 외롭지요. 그렇게 흔들리면서도 용케 참으며 새벽부터 밤늦게까지 학교와 학원을 오가느라 파김치가 되고요.

여러분들이 걸어가고 있는 길이 결코 만만치 않기에 옆에서 보고 있으면 안타깝고 눈물겨워요. 여러분 나이 또래인 이야기 속 '관의'도 외로움에 아파하고 절망감에 흔들리며 하루하루 고단하게 삽니다. 또래 아이들이 학교에서 공부하거나 어울려 노는 걸 보며 나만 홀로 버려졌다고 느낍니다. 자기 자신은 할 수 있는 게 아무것도 없고 아는 것도 없다고, 그래서 쓸모없는 사람이라 여기며 깊은 무기력감에 빠져 남모르게 울기도 하지요. 하지만 관의는 열심히 살아갑니다. 다른 점이 있다면 교실이 아니라 논밭, 이발소, 시장에서 세상살이를 깨달아 가고 있다는 것뿐이지요.

어느 누구의 인생길도 아름답고 편안하지만은 않아요. 굽이굽이

고갯길을 넘고 거센 물길을 건너기도 해야 하지요. 비바람 눈보라 치는 날이 있는가 하면 꽃 피고 따스한 봄날도 있고요. 여러분들도 이야기 속 관의가 걸어가는 길, 삶의 길을 함께 걸어가면서, 여러분 스스로의 삶을 새롭게 바라보고 힘차게 살아갈 밝은 기운을 받으면 좋겠습니다.

최관의

보리 청소년 8

열다섯, 교실이 아니어도 좋아

2014년 11월 1일 1판 1쇄 펴냄
2022년 9월 27일 1판 7쇄 펴냄

글쓴이 최관의

편집 김로미, 박세미, 이경희, 조성우
디자인 오혜진 | **제작** 심준엽
영업 나길훈, 안명선, 양병희, 원숙영, 조현정 | **독자 사업(잡지)** 김빛나래, 정영지
새사업팀 조서연 | **경영 지원** 신종호, 임혜정, 한선희
인쇄와 제본 (주)상지사 P&B

펴낸이 유문숙 | **펴낸 곳** (주)도서출판 보리 | **출판 등록** 1991년 8월 6일 제9-279호
주소 (10881) 경기도 파주시 직지길 492
전화 031-955-3535 | **전송** 031-950-9501
누리집 www.boribook.com | **전자우편** bori@boribook.com

© 최관의, 2014

보리는 나무 한 그루를 베어 낼 가치가 있는지 생각하며 책을 만듭니다.

ISBN 978-89-8428-858-4 43810

이 도서의 국립중앙도서관 출판예정도서목록(CIP)은 서지정보유통지원시스템 홈페이지(http://seoji.nl.go.kr)와
국가자료공동목록시스템(http://www.nl.go.kr/kolisnet)에서 이용하실 수 있습니다.
(CIP제어번호: CIP2014027573)